KB253547

覇^패君^군

설봉 新무협 판타지 소설

FANTASTIC ORIENTAL HEROES

패군 11

설봉 新무협 판타지 소설

초판 1쇄 찍은 날 § 2010년 7월 6일
초판 1쇄 펴낸 날 § 2010년 7월 12일

지은이 § 설봉
펴낸이 § 서경석

편집장 § 문혜영
편집 § 주소영

펴낸곳 § 도서출판 청어람
등록번호 § 제1081-1-89호
등록일자 § 1999. 5. 31
어람번호 § 제2-1946호

주소 § 경기도 부천시 원미구 심곡2동 163-2 서경B/D 3F (우) 420-822
전화 § 032-656-4452 팩스 § 032-656-4453
http://www.chungeoram.com
E-mail § chungeoram@chungeoram.com

ⓒ 설봉, 2009

ISBN 978-89-251-2221-2 04810
ISBN 978-89-251-1840-6 (세트)

FANTASTIC ORIENTAL HEROES

설봉 新무협 판타지 소설

覇君

패군

11

피매몰(被埋没)

도서출판 청어람

第七十一章

고별(告別)

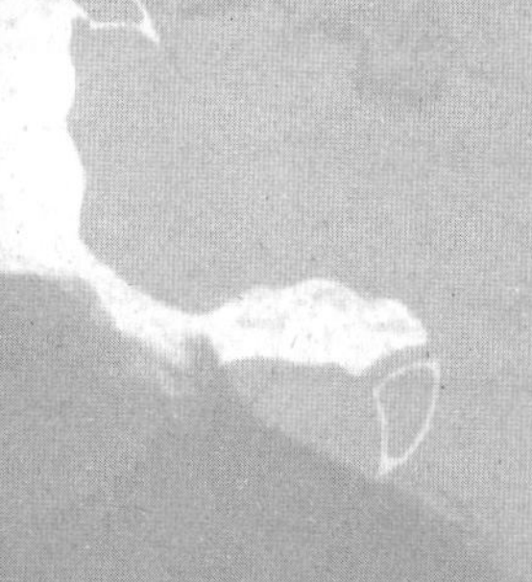

"피가 음초(陰草)와 섞이지 않아. 흠! 이런 현상은 처음인데…… 자네들의 생각은 어떤가?"

사천당문의 노문주가 허심탄회하게 부족함을 드러냈다.

사천당문의 노문주라는 직위는 '천하제일독' 이라는 명예와도 맞물린다. 독문 중의 제일이 사천당문이며, 또 그중의 제일이 당문의 문주이기 때문이다.

그런 사람이 '모른다' 는 말을 했다.

천하제일독이라는 명예 같은 것은 안중에도 두지 않는 발언이다.

"이런 현상은…… 피와 음초가 물과 기름처럼 서로를 밀어내고 있다. 피를 빨아들이는 음초가 오히려 밀어낸다? 허!"

독심독의가 혀를 내둘렀다.

“저도 이런 증상은…….”

월야사신도 고개를 내저었다.

“흠! 이 현상은 화화구중에 특이한 성질이 있다는 것을 뜻하지. 난 여기서부터 시작해 보겠네. 이 성질을 주시하다 보면 화화구중을 뽑아낼 방도가 보일 듯하이.”

“허허! 그러시지요.”

“같이 안 할 텐가?”

“전 기혈(氣血)에 중점을 둬보고 싶군요. 화화구중이 들어선 후부터 어떤 무공도 수련하지 못한다는 말은 다시 말해서 기혈을 의도적으로 움직일 수 없다는 말과도 같으니…….”

“허허! 그것도 그렇군. 거기서부터 시작해 보는 것도 좋은 방편일 듯하이. 자네는 어떤가? 마땅히 생각나는 게 없으면 나와 같이 해보지 않으려나?”

“후후후! 태산에 오르는 길이 하나일 수는 없는 법.”

“자네도 다른 생각이 있는가?”

“애초에 화화구중은 신외지물(身外之物). 신외지물 중에서도 먹어서는 안 되는 것. 먹을 수 없는 것을 먹었으니 독으로 작용하는 건 당연지사. 난 해독 쪽에서 생각해 볼 생각이오.”

“허허! 그것도 좋겠군. 그럼 그렇게들 하세.”

세 독인은 각기 할 일을 정했다.

서로가 다른 방편으로 화화구중을 연구한다.

그렇다고 해서 뿔뿔이 흩어져서 자기만의 세계 속으로 침잠

하는 것은 아니다. 서로의 연구를 관찰하고, 어떤 변화가 일어
나는지 살펴보는 일은 계속된다.

화화구중은 낯선 영물이다.

낯설다는 말 정도로는 표현이 안 된다. 생전 처음 보는 영물
이다. 생김새도 모르고, 성질도 모르며, 영물이 인체에 미치는
영향도 들어보지 못했다.

세 사람은 어느 날 갑자기 하늘에서 뚝 떨어진 물체를 연구
하는 것과 진배없는 일을 한다.

하니 화화구중이 일으키는 변화가 있으면 아무리 사소한 증
상이라도 살펴보고 확인해야 한다. 그래야만 화화구중에 대한
지식이 쌓이게 된다.

세 명의 독성은 사약란의 화화구중을 의술적인 측면에서 접
근해 들어갔다.

세 명의 독인이 밤을 꼬박 밝히며 화화구중을 파헤치고 있
을 때, 계야부도 밤하늘을 올려다보며 잠을 이루지 못하고 있
었다.

그는 의술을 모른다. 독에 대해서도 모른다.

사실 말똥구리들은 어느 정도는 의술을 안다. 응급 시에 팔
다리 하나 정도는 잘라낼 수 있는 의술을 지니고 있다. 독초를
구분할 수 있는 안목도 있다. 그렇기에 웬만한 병쯤은 의원을
찾지 않아도 혼자서 치료해 낸다.

범부(凡夫)들이 보기에는 의원과 다를 바 없다.

하나 지금처럼 깊은 지식을 필요로 하는 의술에는 전혀 도움이 되지 않는다. 그들이 배운 것은 말 그대로 응급할 때 사용할 수 있는 기본적인 의술이다.

그런 연유로 말똥구리들 중에 의원 흉내를 내는 사람은 없다.

의술은 안다고 말하는 사람도 없다.

계야부는 의술 쪽에서도 다른 시각랑들보다는 훨씬 깊은 경지를 이뤘다. 첨각 침투에서 돌아와 편히 쉬는 시간에 심심풀이로 들여다보던 책 중에는 의서도 상당수 끼어 있었다.

의술을 배우고자 해서 의서를 본 건 아니다. 생존에 필요한 기술이기에 배운 것뿐이다.

그렇다. 말똥구리들에게 의술이란 단순히 생존에 필요한 기술 중의 하나일 뿐이다.

계야부는 사약란의 상태를 짐작한다.

어느 정도 의술을 알기 때문에 얼마나 심각한 지경에 처했는지 짐작할 수 있다.

빙정과 화화구중은 통하는 구석이 있다.

자신의 몸에 틀어박혀 있는 빙정처럼 사약란의 몸속에 있는 화화구중도 일정한 역할을 하고 있으리라. 그리고 그 역할은 점점 좋지 않은 방향으로 나아가고 있다는 것도 짐작한다.

자신이나 사약란이나 정말 위험한 상태에 직면해 있다.

지금 현재 어떤 증상이 있고 없고의 문제가 아니다. 자신 같은 경우에는 빙정이 오히려 크나큰 힘을 보태주고 있다. 그래서 빙정이 좋은 것이라고 착각할 수도 있다.

천만에! 천만에다!

빙정은 여인이 취해야 한다. 결코 사내가 취할 물건이 아니다.

가져서는 안 될 것을 가졌으니 이상 증상은 반드시 일어난다. 그리고 자신이 그런 증상을 자각했을 때는 어떻게 손쓸 방도도 없을 정도로 몸 상태가 아주 심각해져 있을 것이다.

알면서도 어쩌지 못한다.

이것이 자신과 사약란이 안고 있는 고민이다.

하면 이대로 당해야 하는 것일까?

'나… 빙정…… 사매… 화화구중……'

기이하다 기이하다 해도 이처럼 기이한 인연이 있나.

한 쌍의 부부가 서로 가져서는 안 될 것을 가졌다. 서로 반대로 나눠 가졌다.

부부지연(夫婦之緣)을 맺은 후에 벌어진 일이 아니다. 그전에, 서로가 서로를 알기 전에 이런 일이 벌어졌다. 그리고 그 후에 두 사람은 서로가 가진 것을 까마득히 모른 상태에서 만났다.

기이한 일은 또 있다.

두 사람의 발병 시점이 비슷하다.

자신에게 빙정이란 존재가 깃들어 있다는 사실을 안 것은 얼마 전에 불과하다. 사약란도 비궁에 들어선 후에야 화화구중이란 존재를 알게 되었다.

계야부의 생각은 계속되었다.

귀영십삼식은 참으로 강력한 무공이다.

세상에 내공을 단전에서부터 원하는 혈도로 직충시키는 심공이 몇 개나 될까?

강력하고 빠르면서 허점이 없다.

정말 기가 막힌 무공이다.

아직 성취해 내지 못한 경지이지만 제십삼식 불가마멸(不可磨滅)에 이르면 그야말로 불멸지체(不滅之體)가 된다. 도검에 상하지 않으니 불사신공(不死神功)이 따로 없다.

계야부는 귀영십삼식과 빙정의 연관성을 생각했다.

귀영십삼식은 좋은 신공 역할만 한 게 아니다. 내공을 이끌어 직충을 시도할 때마다 그의 오장육부도 진파(震波)의 영향을 받았다. 다시 말해서 잠복해 있던 빙정을 일깨우는 역할도 했다.

물론 빙정을 부활시킨 것은 서인이다.

이것은 재론의 여지가 없는 분명한 사실이다.

빙정을 일깨우기 위해서 빙령초분 같은 음독(陰毒)이 필요했던 것도 사실이다.

하나 귀영십삼식의 진파가 없었다면 빙정은 아직도 단단한 얼음덩이가 되어서 몸속에 틀어박혀 있을 것이다. 진액이 되어 기혈을 휘어잡는 일은 벌어지지 않았을 게다.

귀영십삼식…… 사일도가 혼인 예물로 주었다.

빙정…… 안선 제일교사가 심어놓았다.

서로 불가분의 연관을 가진 두 개의 물건이 적대적인 관계에 있는 두 사람에게서 나왔다.

이걸 어떻게 해석해야 하나?

또 한 가지, 그의 마음을 답답하게 만드는 문제가 있다.

그것은 이번 만남, 자신과 사약란의 만남이 우연이 아닌 필연이라는 점이다.

천지를 창조한 신이 있어서 인간사마저 마음대로 좌지우지한다고 생각하면 답이 쉽게 나온다.

신이 자신에게는 빙정을, 사약란에게는 화화구중을 투여했다. 그리고 기다린다. 차분하게…… 빙정과 화화구중이 제대로 숙성될 때까지 기다린다.

드디어 때가 되었다.

빙정이 살아났다. 화화구중이 움직인다.

신은 두 사람을 만나게 한다.

무총이니 안선이니 하는 것은 아무런 문제도 되지 않는다. 사약란이 어떻게 했고, 계야부가 안선과 무총의 이목을 속인 채 잠입해 들었다는 사실도 문제가 안 된다.

신은 이 모든 것을 내려다본다. 그리고 자신이 원하는 방향으로 움직인다.

계야부가 시각랑을 내버려 둔 채 은밀히 잠입한 것까지도 신이 계획한 것이다.

그렇게 두 사람이 만난다.

그러면 신의 다음 계획은 무엇인가?

한쪽은 빙정을, 다른 한쪽은 화화구중을 지닌 채 만났지만 사정은 사뭇 다르다.

사약란은 죽어간다.

자신 역시 죽어간다지만 현재 상태에서 아프다거나 나쁜 구석은 없다. 그런 것과는 정반대로 온몸에 기운이 넘친다. 진기는 활력 차고 정신은 상쾌하다.

이는 무엇을 말할까?

빙정과 화화구중은 어떤 식으로든 작용을 한다.

어떤 작용인지는 신만이 안다.

참으로 어려운 선택이 기다린다.

빙정과 화화구중, 과연 어떤 것이 우위에 있을까?

빙정이 우위에 있다면 화화구중을 지닌 사약란의 희생이 예상된다. 반대로 화화구중이 우위에 있다면 자신이 지닌 빙정은 사약란을 되살리는 데 필요한 도구가 되리라.

선택은 이 두 가지다.

빙정과 화화구중이 비등하다고는 생각지 않는다. 서인이 있기 때문이다. 한쪽에서 다른 한쪽으로 진기를 완전히 이동시킬 수 있는 천하제일의 흡정신공이 자신의 이마에 틀어박혀 있다.

빙정과 화화구중 둘 중의 하나가 우위에 있다. 그래서 다른 것을 빨아들여 음양합일을 이룬다.

만약 빙정이 우위에 있다면 사약란은 즉사하기 쉽다. 그러잖아도 아픈 사람이다. 화화구중은 생기와 섞여 있으니 화화구중을 빼앗긴다는 것은 생기까지 빼앗긴다는 뜻. 그러고도 살아남을 수는 없다.

반대로 화화구중이 우위에 있다면 사약란의 경우처럼 자신의 죽음 또한 예상해야 한다.

빙정과 화화구중을 두 사람에게 심은 사람이 신이라면 이렇게 간단히 답이 나온다.

아마도…… 이런 생각은 옳을 것이다.

신이 아니라면 이어질 수 없는 인연들이 너무 많이 얽혀 있다.

자신과 사약란이 부부지연을 맺었다. 두 사람이 극과 극인 빙정과 화화구중을 지녔다. 그리고 두 사람 모두 이런 요물을 지니고 있는 줄은 까마득히 모르다가 최근에야 알았다.

이런 연속된 인연을 맞이하면서 어떻게 신의 존재를 떠올리지 않을 수 있겠는가.

신은 존재한다. 다만 천지를 창조한 신이 아니라 인간의 모습을 한 신일 뿐이다.

누구인지 모르지만 몸서리쳐지도록 뛰어난 인간이 있다.

무총에 있을 수도 있고, 안선에 있을 수도 있다. 사일도일 수도 있고, 일교사일 수도 있다.

그자는 굉장히 뛰어나다.

난생처음 보는 지자(智者) 중의 지자이며, 군사 중의 군사다. 과거부터 현재까지 존재했던 지략가를 모두 모아도 그자의 머리 하나를 감당하지 못할 것이다.

너무 과한 평가라고 할 수도 있다.

아니다. 최소한 산전수전 다 겪었다는 자신조차도 그의 존재를 짐작하지 못했다. 그가 시킨 대로 움직였지만 그런 사실조차도 알지 못했다.

자신뿐만이 아니다. 뛰어난 머리로 정평이 난 사약란조차도 그녀의 운명이 어떤 인간의 계략하에 휘둘려 온 사실을 몰랐다. 화화구중이 도진 지금도 그런 존재가 있다는 사실을 생각하지 않을 것이다.

신은 있다. 아니, 신처럼 뛰어난 인간이 있다.

증거를 내세우라고 하면 들이댈 게 없지만, 입으로 말할 것도 없지만 분명히 그런 인간이 있다.

본능이다. 직감이다. 낯선 자의 냄새가 풍긴다.

사일도가 귀영십삼식을 얻은 게 우연이 아니다. 일교사가 빙정을 갖게 된 것도, 또 그것을 자신에게 투여한 것도 우연이 아니다. 누가 사약란에게 화화구중을 썼는지 몰라도, 그것 또한 어떤 목적을 향한 과정이다.

계야부는 밤하늘을 올려다봤다.

별들이 총총하다. 달도 밝다.

'후후! 후후후!'

절로 쓴웃음이 새어 나왔다.

남이 들으면 미쳤다고 하겠지만 그는 자신의 생각을 믿는다.

어떤 절대자가 존재하지 않는다면 자신과 사약란 사이에 벌어진 일들은 결코 일어날 수 없다.

'앞으로…… 네놈을 항시 염두에 두고 생각해야겠군. 후후후!'

그는 다시 웃었다.

아마도…… 빙정보다는 화화구중이 우위에 있을 것이다.

귀영십삼식은 천하제일공이 아니다. 쓰면 쓸수록 몸에 해가 되는 마공이다.

아주 정교하면서 지독하다.

사일도 같은 고수마저 귀영십삼식을 정공으로 받아들였다. 아니, 성오존자 같은 고승조차도 귀영십삼식의 진면목을 파악하지 못하고 수련을 장려했다.

기혈은 경맥을 따라 흘러야 한다. 이것이 자연의 순리다. 지형의 굴곡을 따라서 자연스럽게 물줄기가 생성되어야 한다. 이런 흐름을 무시하고 일직선으로 관통시킨다면 엄청난 부작용을 불러온다.

귀영십삼식은 이런 부작용이 드러나지 않는다. 더군다나 진전 또한 굉장히 빠르다. 일식에서 팔식, 구식까지 수련하는 데 필요한 기간이 겨우 반년 정도다.

이만한 무공이 어디 있는가.

모두 감쪽같이 속는다.

진정한 부작용은 십성 이상 성취해야 발생한다.

직충의 기운이 강해질수록 자연스러운 흐름은 끊어지게 된다. 이것이 물줄기라면 단순히 땅의 형세만 바뀌는 것이겠지만, 사람일 경우에는 경맥이 뒤틀리게 되는 것이니 그 영향은 굉장히 심각하다.

자신이 수련한 무공이 그런 무공이다.

몸이 망가지는 것을 아랑곳하지 않고 오로지 빙정만 일깨우려는 속셈이다.

신을 가장한 인간은 자신을 목적을 위한 도구로 쓸 생각이다.

화화구중을 위한 도구다.

서인이 자신에게 있는 것도 같은 맥락이다.

얼핏 생각하면 서인은 빨아들이는 역할을 하니 화화구중까지 빨아들일 것으로 예상하지만 그의 생각은 다르다.

서인은 원래 사약란의 몸에서 자랐다.

수궁사(守躬絲)로 오랫동안 몸속에 지녔던 것이 그의 몸에 옮겨온 것이다.

자신에서 서인이 흡정신공의 역할을 하듯이 사약란의 몸에 있을 때도 비슷한 역할을 하지 않았을까 생각된다. 서인을 통해 외기를 흡수하고, 화화구중을 발전시키지 않았을까?

하면 서인을 통해 화화구중과 빙정이 만났을 때, 지금까지와는 전혀 다른 반응을 예상할 수 있다.

서인은 익숙한 몸, 익숙한 기운에 달라붙는다.

화화구중과 하나가 되어 빙정을 빨아들인다.

이런 느낌은 의술적인 측면에서는 설명되지 않는다. 논리로 말할 수도 없다. 아마 세 명의 독인에게 말하면 말도 되지 않는 소리라고 핀잔을 들을 것이다.

하지만 그는 그런 느낌을 지울 수 없다.

자신이 빙정과 서인을 지니고 있기 때문에, 그것들의 역할을 체험해 봤기 때문에 할 수 있는 말이다.

계야부는 머리를 좌우로 흔들었다.

너무 멀리 생각했다. 그렇게까지 생각하지 않아도 충분히 머리가 아프다.

지금 당장 사약란이 죽어가고 있다.

우연이든 필연이든 신으로 가장한 인간이 만들어낸 목적을 위한 과정이든 상관하지 않는다. 사약란을 낫게 할 수 있다는 점이 중요하다.

지금 당장은 그것에만 집중한다.

빙정과 화화구중이 만난다는 것은 남자는 남자가 가져야 할 것을, 여인은 여인이 가져야 할 것을 갖는다는 뜻이다.

이것이면 족하지 않나.

두 사람 모두 자연의 순리대로 환원되는 것을 의미한다.

하면 어떻게 해야 하나? 두 가지 기운을 어떤 식으로 움직여야 하나? 어떻게 사약란을 살려야 하나?

'서인이 열쇠다.'

이것은 느낌이라고 할 수도 없다. 아예 처음부터 예정되었던 일처럼 자연스럽게 생각이 든다.

서인은 외부와 연결시켜 주는 통로 역할을 한다.

　서인을 가운데 두고 빙정과 화화구중이 있다.

　사약란을 살릴 방법으로 이것처럼 명쾌한 설명이 어디 있겠는가. 서인이라는 통로, 그리고 통로를 앞에 두고 극과 극의 두 기운이 마주 보고 섰다면 끝난 이야기 아닌가.

　그에게는 세 명의 독성처럼 피를 뽑아 시험해 볼 지식이 없다. 빙정과 화화구중에 대해서도 잘 모르는데, 그것들을 논리적으로 연결시킨다는 것은 불가능하다.

　머릿속으로 백날 생각해 본들 뚜렷한 답이 나올 리 없다.

　'이럴 때는 내 식대로……'

　생각만 많고 판단이 제대로 서지 않을 때는 무지막지하게 그냥 부딪치는 것도 한 방법이다.

2

　약초나 독초의 효능을 한마디로 정리한다는 것은 불가능하다. 그런데도 세간에서는 약초나 독초를 한마디로 정의하고 있다.

　칡뿌리는 산열, 발한 두통에 쓰인다. 가슴이 답답하거나 갈증이 심할 때 칡뿌리를 달여 먹으면 효과가 있다. 배가 아플 때는 작약과 감초를 이 대 일로 섞어서 차를 끓여 마신다. 쑥잎은 지혈, 진통, 간장제로 쓰인다.

　모두 이런 식이다.

　단언하건대 세상에 존재하는 약초들의 특성만 대충 주워들어도 훌륭한 약의(藥醫)가 될 수 있다. 만약 모든 약초의 특성을 꿰뚫고 있다면 세상에서 알아주는 명의가 될 것이다.

사실이 그렇기도 하다.

의서(醫書)를 외운다. 풀을 연구한다. 뱀을 잡고, 거미를 잡는다. 과일도 먹어본다. 독과(毒果)는 물론이고 시중에서 쉽게 구할 수 있는 사과나 배 같은 과일도 연구한다.

이런 과정을 넘어서면 자신이 체득한 지식을 바탕으로 사람을 치료한다.

시술이 성공할 때도 있고 실패할 때도 있다.

어떤 경우이든 의원은 자신의 시술에서 배울 점을 찾는다. 성공한 과정은 반복을 거듭하고, 실패한 경우는 연구 검토하여 좀 더 나은 방법을 찾아낸다.

그러다 보면 어느덧 독물, 독초, 영약, 약초의 성분들이 한눈에 꿰뚫어진다.

세상에 의술을 펼친다는 사람들은 거의 모두 이렇다.

바닷가의 모래알처럼 많은 의원들이 늙어 죽는 마지막 날까지도 침을 손에서 놓지 않는다.

그들 중에는 소기의 성과를 이루어서 만초(萬草)의 성분을 한눈에 꿰뚫어 보는 사람도 있다.

의원으로서, 독인으로서 명성을 떨치고 있는 자들이다. 하지만 그들에게 '성(聖)'이라는 이름을 붙이지는 않는다. 그들은 아직도 성과를 이루지 못한 다른 사람들과 함께 독공의 고수이거나 아니면 의원이라고 불릴 뿐이다.

　독성이나 의성이 되기 위해서는 만초를 꿰뚫어 보는 것에서
한 걸음 더 나아가야 한다.

　자연(自然)!

　씨앗이 발아하여 풀이 된다.

　사람들로부터 독초라는 말을 듣든 약초라는 말을 듣든, 자
신의 가치에 대해서 어떤 판단을 내리든 상관하지 않는다. 오
직 뿌리를 통해서 양분을 흡수하여 자신이 가진 생명력을 북
돋운다.

　그것뿐이다.

　독거미도 살아가는 생물이다.

　먹이를 잡기 위해서 독을 지녔을 뿐이다. 인간은 강해지기
위해서 병기를 선택할 수 있지만 자연은 그런 선택조차 없다.
애초에 탄생한 모습을 유지하고 살아간다.

　모든 자연은 생명일 뿐이다.

　독이다, 약이다를 규정하기 전에 자연이 준 생명을 먼저 살
필 줄 알아야 한다.

　쉬운가? 누구라도 할 수 있는 말인가?

　아니다. 생명을 살필 줄 안다는 것은 자연이 지닌 생성과 괴
멸의 이치를 깨달았다는 뜻이다.

　생명을 가진 것은 무엇이든 자신의 죽음을 원하지 않는다.
반면에 먹이가 되는 것은 기필코 잡으려고 한다. 자신의 죽음
은 원치 않으면서 먹이의 죽음은 강력히 원한다.

　강자존(强者存)의 법칙은 인간에게만 있는 게 아니다.

이제 조금 복잡해졌다. 생명력만 살피면 될 줄 알았는데 살아가는 방식까지 살펴야 한다.

왜 이런 것까지 살펴야 하나?

독사의 독은 늘 한결같지 않다. 먹이를 앞에 뒀을 때와 동면을 취할 때의 독성이 다르다. 치열하게 살아야 할 때와 편히 쉴 때의 생존 모습이 다르다.

동물에게는 생존 모습이지만 인간에게는 약성(藥性)이다.

극단적인 상태는 누구나 판별할 수 있다. 새끼 독사와 어미 독사를 같이 놓고 독성을 비교하는 멍청이는 없다.

같은 종(種), 같은 크기의 독사라고 해도 눈썰미가 조금만 예리하다면 우열을 구분해 낼 수 있다.

'성(聖)'의 단계는 여기서 반보 더 나아간다. 많이 나아가는 것도 아니다. 딱 반보다.

내막을 알고 보면 별것도 아니다.

독물, 영약의 약성이 가장 강할 때가 언제인지 짚어내면 된다.

그리하면 가장 좋은 상태의 약초를 쓸 수 있다. 절대 영약이 아니더라도 생명력이 강한 상태에서 사용하면 그보다 훨씬 우월한 약초를 능가할 수 있다.

효능이 떨어지는 것을 강력한 상태로 되돌리는 것도 가능하다.

독초도 약으로 쓸 수 있다. 정반대로 약초도 치명적인 독으로 둔갑시킬 수 있다.

길가에 굴러다니는 풀 한 포기로도 사람을 죽일 줄 알아야 한다. 죽어가는 사람도 잡초 몇 뿌리로 살릴 수 있어야 한다.

이게 일반 의원들보다 반걸음 앞선 결과다.

그들에게는 눈에 보이는 모든 것, 귀로 듣는 모든 것, 냄새로 맡아지는 모든 것이 모두 약이요, 독이다.

세 명의 독인에게 비궁은 무적의 땅이다.

이곳에서 진다면 그 어디에서도 이길 수 없다.

손에 닿는 모든 것이 독이다. 그 독을 최상의 상태로 이끌어낼 수 있고, 가장 강력한 상태에서 터뜨릴 수 있다.

용암 속에 몸을 숨기고 싸우는 것과 진배없다.

그들이라고 해서 비궁에 있는 수천 가지의 독물을 모두 알지는 못한다. 어떤 것은 처음 보는 종류도 있다. 또 어떤 것은 변이를 일으켜서 기형적인 것도 있다.

하지만 아무리 낯선 독물일지라도 자연 속에서 살아가는 생물체인 것만은 틀림없다.

생전 처음 보는 독물일지라도 넉넉잡아 반 시진이면 독의 성질을 알아낼 수 있다. 어떤 상태에서 사용해야 가장 효과적인지도 파악할 수 있다.

그들에게는 이미 '낯설다'는 개념 자체가 사라졌다.

화화구중이나 빙정도 그와 같은 범주를 벗어날 수 없다.

평생 한두 번 볼까 말까 한 희귀 영물이라는 점은 인정한다. 영물들이 지닌 기운도 상식으로는 설명되지 않는다는 점도 안다.

그래도 세 명의 독인을 고민스럽게 할 정도는 아니다.

그들은 이미 사약란의 치료법을 생각해 냈다.

그녀를 치료하기 위해서는 빙정이 필요하다.

화화구중을 상쇄시킬 만한 극한의 음기는 오직 빙정만이 가지고 있다. 빙정을 대체할 만한 극음체가 없는 것은 아니다. 하지만 빙정과 마찬가지로 천에 하나, 만에 하나 볼까 말까 한 희귀물이다. 온 세상을 뒤진다고 해도 찾을 가망이 거의 없다.

이런 시점에 계야부가 나타났다.

생각할 것도, 선택의 여지도 없다.

그들은 이미 치료법을 정해놓고 각종 실험을 했다.

입으로는 실패했다, 실패했다 하면서도 속으로는 회심의 미소를 지었다.

각종 실험이 자신들의 예상을 넘어서지 않는다.

화화구중은 확실히 빙정으로 치료할 수 있다.

그들은 한자리에 모였다.

"독의께서 최고령이시니 먼저 말씀하시지요."

당문의 노문주가 자상한 미소를 띠며 말했다.

"아닙니다. 전 나이만 헛먹어서 실속이 없어요. 당연히 문주님께서 먼저 말씀하셔야 합니다."

"허허! 무슨 말씀을……. 하면 월야사신이 먼저 말하는 건 어떤가?"

그 말을 들은 월야사신이 피식 웃었다.

세 명의 독성 중에서 재질이 가장 뛰어난 사람을 꼽으라면 누구라도 선뜻 월야사신을 꼽을 게다.

독심독의나 노문주는 일흔을 넘긴 후에야 간신히 '성(聖)'의 길로 접어들었다.

일 갑자가 넘는 세월 동안 독만 만졌다. 세상에 존재하는 의서란 의서는 읽어보지 않은 것이 없다. 세상에 존재하는 모든 독과 약을 직접 다뤄봤다.

그런 노력이 있었기에 그들은 독성이 되었다.

한데 월야사신은 다르다. 그는 남만을 벗어난 적이 없다. 나이도 이제 겨우 마흔을 갓 넘긴 정도이니 성취가 어디까지 이를지는 예측조차 하지 못한다.

그는 타고난 독인이다.

십 년 고련(苦練)이 천능(天能) 일 홉만 못하다는 말이 있다. 십 년을 노력해도 하늘이 내린 재능을 지닌 사람하고는 견줄 수 없다는 말이다.

노력하는 사람이 천재보다 낫다는 속담도 있지만 독성의 경지를 노린다면 타고난 재능이 반드시 필요하다.

그런 면에서 월야사신은 가장 뛰어나다.

천재는 천재만이 알아본다.

노문주나 독심독의는 자신들이 천재이기에 월야사신의 천재성을 알아봤다.

월야사신이 담담하게 말했다.

"사양하지 않겠습니다. 언제까지 네가 먼저 내가 먼저 하고 뜸만 들일 수는 없으니까요. 사실 뭐 별로 대수로운 일도 아니고…… 모두 생각하고 계시겠지만 둘 중의 하나 아닙니까?”

월야사신이 노문주를 쳐다봤다.

노문주는 미간을 찌푸리면서 고개를 끄덕였다.

“하나씩 정리하죠. 군사를 살려야 합니까?”

“휴우!”

독심독의가 대답 대신 깊은 한숨을 내쉬었다.

사연이야 어찌 되었든 세 사람은 사약란을 살리기 위해 한자리에 모였다.

여기에는 음모가 있다.

무총의 지시로 계야부의 뒤를 밟다가 비궁까지 흘러든 독심독의, 안선의 부탁으로 비궁에 발길을 들인 월야사신, 그리고 비궁에 올 수밖에 없었던 당문의 노문주.

그들은 각기 다른 이유로 비궁에 왔다.

독심독의는 지키기 위해 싸워야 했고, 두 명은 깨부수기 위해 싸워야 했다.

그렇다. 그들은 싸우기 위해 왔다.

한데 싸움의 끝에는 화화구중에 짓눌린 사약란이 있었다.

독성이라고 불리는 세 사람이 합심하여야만 고칠 수 있는 세상에서 가장 지독한 환자다.

누가, 어떤 이유로 세 사람을 한자리에 모았을까?

세상을 살아오면서 산전수전 다 겪은 그들이니 자신들의 회합에 숨겨 있는 음모를 읽지 못할 리 없다.

그들은 선택해야 한다. 음모에 충실히 따라줄 것인가, 아니면 반발할 것인가. 따른다면 사약란을 치료해야 하고, 반발한다면 비궁을 떠나거나 애초의 목적대로 다른 독성들과 생사결판을 내야 한다.

세 사람은 따르기로 했다.

음모에 굴복했다고 생각하면 오산이다.

세 사람에게는 사약란을 치료하는 게 자신과 엇비슷한 경지를 이룬 다른 독인들과 겨루는 것만큼이나 흥미로웠다.

재미가 없으면 때려죽여도 하지 않는다.

사약란이 세 사람에게 팔목을 내밀어 진맥을 청하는 순간부터 그녀의 치료는 시작되었다.

지금에 와서 새삼스럽게 그 일이 변경될 리는 없다.

사약란…… 그녀는 반드시 치료한다.

월야사신이 버릇처럼 피식 웃으며 말했다.

"군사는 살려야 합니다. 여기엔 이견이 없죠? 하면, 그녀를 살리기 위해서는 빙정이 반드시 필요합니다. 여기에 이견이 있는 분은 말씀하시죠."

"……."

침묵이 흘렀다.

화화구중을 깨뜨리기 위해서는 빙정이 반드시 필요하다.

빙정이 없다면 지금 이리 한가롭게 대화나 나누고 있을 틈도 없었으리라. 아마도 지금쯤 되지도 않을 실험을 한답시고 온갖 영초와 씨름을 하고 있을 게다.

화화구중 같은 영물에 중독된 사람은 그런 식으로 치료할 수 없다.

비궁에 수천 종의 독물이 있지만, 그걸 모두 사용해도 일 푼의 가능성조차 찾지 못한다.

그것…… 일 푼의 가능성…… 하늘에서 별을 따오는 것보다 더 힘든 최악의 기적을 바라며 구슬땀을 흘리고 있을 게다.

다행스럽게도 빙정을 지닌 계야부가 찾아왔다.

더 생각할 것이 없다. 사약란을 치료하고자 한다면 당장 계야부의 몸에서 빙정을 빼내야 한다. 빼내는 방법도 확인했고, 빙정으로 화화구중을 무력화시키는 방법도 찾아냈다.

치료는 전혀 문제가 되지 않는다. 당장에라도 시작할 수 있다.

한데 문제가 있다.

빙정은 계야부의 몸을 지탱하는 중심 줄기다. 그가 지닌 내공이 빙정에서 나온다. 생명을 유지시켜 주는 근원, 원정지기 또한 빙정의 영향권으로 흡수되었다.

그의 몸에서 빙정을 빼낸다는 것은 단순히 영물의 기운을 빼내는 것이 아니라 생명력을 빼낸다는 뜻이다.

내공이 소멸되는 것은 기정사실이다. 지금처럼 팔팔 날뛰는 것은 기대할 수 없다. 기운을 잃고 병든 노인처럼 시름시름 앓아눕는 게 예상된다.

아니다. 목숨이 붙어 있는 것만도 기적일지 모른다. 세상에 원정지기를 빼앗기고도 살아남았다는 사람은 들어본 적이 없다. 아무리 상식이 통하지 않는 세상이라도 그런 일은 벌어지지 않는다.

쉽게 생각하고 빙정을 빼냈다가는 무슨 일이 벌어질지 모른다.

하면 빙정을 빼내면서 원정지기를 분리할 수는 없는 것인가. 약간이라도 남겨놓을 수는 없을까?

사실 세 독인은 지금까지 그 방법을 연구했다.

"치료는 시작합니다. 빙정도 빼냅니다. 그럼 이야기 끝이군요."

월야사신이 두 손을 번쩍 들었다.

"흠!"

노문주가 깊은 신음을 토해냈다.

사약란을 살리자니 계야부의 희생이 염려된다. 그렇다고 이대로 놔두면 사약란의 목숨이 위태로울 건 불 보듯 뻔하다. 결국 약간의 희망에 기대를 걸고 시술을 단행하는 수밖에 없다.

하면 계야부가 이 시술을 응해줄까?

'응한다'는 것이 독심독의의 생각이다.

'미친놈이 아니고서야 잘해야 폐인이 될 시술에 응할 리 있는가. 절대 응하지 않는다'는 것이 월야사신의 주장이고, 계야부의 됨됨이를 보니 응할 것 같다는 것이 노문주의 판단이다.

말하자면 세 사람은 모든 것이 전부 결정된 뒤에 마지막 확인을 하기 위해 이 자리에 모인 것이다.

"그 친구와는…… 우리 중에는 그래도 내가 가장 교분이 깊은 편이니…… 이 일은 내가 말하는 게 나을 겁니다.”

독심독의가 눈을 꾹 감으며 말했다.

새벽이 다가오는가? 어둠이 밀려난다. 동정호에서 피어난 물안개가 비궁을 안개처럼 휘감는다.

독심독의는 무심함을 유지하려고 애쓰면서 최대한 천천히 걸었다.

자신의 죽음 앞에서 냉정한 사람은 드물다. 득도한 고승이나 신선의 세계를 염탐한 도인 정도나 담담히 받아들인다. 그 외의 모든 사람이 무서움을 느낀다.

그는 지금 계야부에게 사형 언도를 하기 위해서 가는 중이다.

계야부 같은 사람은 폐인이 되느니 차라리 죽음을 택한다. 늙어서 힘없이 빌빌거리다가 죽느니 팔팔 날뛰다가 칼에 맞아 죽는 것을 더 선호한다.

그런 사람에게 폐인이 되라고 권한다.

그것도 ‘잘하면’ 이라는 단서가 붙는다. 오 할 정도는 죽을 것이요, 나머지 오 할 중 사 할은 식물인간이 되기 쉽다. 그 나머지 일 할을 취해야 폐인이 된다. 하물며 멀쩡한 사람이 되기를 기대한다는 건 너무 큰 욕심이다.

‘괜히 나섰나. 이걸 어떻게 말하나……’

머릿속에 수만 가지 생각이 스쳐 갔다.

계야부는 아직 취침 중일 게다. 자신에게 어떤 일이 닥칠지

까마득히 모른 채 다디단 잠에 취해 있을 게다. 그로서는 참으로 오랜만에 침상다운 침상에서 자는 것일 테니 푹 곯아떨어져 있는 것이…….

'응?

독심독의는 생각을 잇다 말고 눈을 동그랗게 떴다.

자욱이 깔린 물안개 사이로 초옥이 보인다. 아직 해가 뜬 것은 아니지만 초옥을 분간하지 못할 정도로 짙은 어둠은 아니다.

독심독의의 눈에 또 비친 것이 있다.

초옥 앞을 느린 걸음으로 천천히 걷고 있는 사내.

'자고 있지…… 않았나?

그는 이 밤을 뜬눈으로 지새운 사람이 자신들 세 명 말고 또 있다는 것을 깨달았다.

계야부, 그도 잠 못 이루고 있다.

'하기는…….'

독심독의는 고개를 끄덕이며 무거운 걸음을 떼어놓았다.

계야부가 사약란을, 사약란이 계야부를……. 두 연인이 서로를 사랑하는 마음은 지극하다.

닭살스럽게 겉으로 드러내는 사랑은 분명 아니다. 서로를 흠모하는 것 같지도 않다. 하다못해 서로의 안부조차 묻지 않으니 곁에 있는 사람이 민망할 정도다.

그들의 사랑은 평범하지 않다.

무인들의 사랑치고 어느 것이 평범하랴마는 이들의 사랑만큼 특이한 것도 없다.

사약란은 계야부를 무림 속으로 던져 넣었다.

계야부는 무림인들이 비궁을 벌떼처럼 에워싼 것을 보고도 자신과는 상관없다는 듯 태연히 무림 속으로 사라졌다.

서로를 죽음 앞에 세워놓고 능력이 있으면 헤쳐 나오라는 식이다.

이런 게 사랑이라면 별로 부럽지 않다.

그런데 왜일까? 두 사람을 보고 있자면 서로 떨어져서는 살 수 없는 사람처럼 보인다. 아니, 그렇게 느껴진다. 둘 중 한 사람이 먼저 죽으면 다른 사람도 곧 뒤따라갈 것 같다.

두 사람은 아무런 내색도 하지 않고, 사랑의 표현도 하지 않는데 마치 태어날 때부터 한 몸이었던 사람 같은 착각이 든다.

어쨌든 계야부와 사약란을 아는 사람이라면 이 말만은 분명히 할 수 있다.

두 사람이 사랑하나?

사랑한다. 그것도 아주 지독히 사랑한다.

저벅! 저벅!

발걸음 소리를 들었음인가? 계야부가 몸을 돌려 그를 쳐다봤다.

"어서 오세요. 그러잖아도 날이 밝는 대로 찾아뵈려고 했습니다."

계야부가 먼저 말했다.

“그렇군요.”

독심독의는 시술에 대한 모든 과정을 상세히 설명했다. 뿐만 아니라 계야부가 받게 될 타격도 거짓없이 말했다.

계야부는 예상했다는 듯 담담하게 받았다.

“하겠나?”

독심독의는 입 안이 바짝 말랐다. 왜 그런지 입 안에 모래알이 듬뿍 든 것 같이 텁텁하다. 자신이 죄를 지은 것도 아닌데 괜히 묻는 말이 미안해진다.

“좀 걷겠습니까?”

“그러지.”

계야부가 먼저 앞서 나갔다.

“이 일을 사매도 압니까?”

“군사는 모르네. 아직 말하지 않았네만…… 워낙 현명한 여인이니 짐작 정도는 하지 않겠나.”

“말하실 겁니까?”

“하지 말라는 뜻으로 들리는구먼.”

“하지 마십시오.”

“허허! 나중에 그 원망을 어찌 들으려고.”

“독의 말씀대로 어느 정도는 예측하고 있을 겁니다. 그렇다고 손을 쓰지 않을 수도 없는 노릇. 이 부분…… 저희에게는 무척 아픈 곳입니다.”

“아프니 말하지 않겠다는 것인가?”

“마음으로 주고받는 말, 그것으로 충분하다는 것이죠.”

“허허!”

독심독의는 실없이 웃었다.

계야부는 자칫 폐인이 될지도 모른다는 말을 들었지만 자신 걱정은 티끌만치도 하지 않는다.

두 사람의 애정을 알고 있으니 이럴 줄 예상은 했지만, 이건 예상보다도 한 술 더 뜬다.

아니, 그보다 더 놀라운 점이 있다.

계야부는 의술을 알지 못한다. 알기는 하되 깊이 알지는 못한다. 의술만 가지고 논한다면 일반 의원들보다도 못한 수준이다. 그런데 자신이 빙정을 내줘야 한다는 것은 물론이고, 자신이 어떤 곤란에 직면할지도 예측하고 있었던 듯하다.

그는 전혀 놀라지 않았다. 시종일관, 처음부터 끝까지 일점의 동요도 없이 말을 들었다.

“최대한 실수가 없도록 해보겠네.”

독심독의가 할 수 있는 최선의 말이었다.

“후후!”

계야부는 의미심장한 웃음을 흘렸다.

“왜 웃나?”

“이건 아마도 저와 사매만 알지 싶은데…… 저는 빙정에 중독되었고, 사매는 화화구중에 중독되었으니 말입니다. 중독된 사람들만 아는 게 있죠.”

“중독된 사람만 아는 것이라…… 그게 뭔가?”

“빙정, 그리고 화화구중. 이것들…… 살아 있는 것 같아요.

내 몸속에 전혀 다른 생명체가 들어 있다는 느낌입니다. 후후후! 빙정과 화화구중이 만나면…… 실수는 없을 겁니다. 길만 터주면 나머지는 이놈들이 알아서 섞일 테니까요.”

“허! 허허!”

독심독의는 다시 한 번 실없이 웃었다.

계야부가 말한 것은 자신도 알고 있었다.

발에 밟히는 흔하디흔한 잡초에도 생명이 있다. 그것이 으깨어지든 쥐어짜지든 형태가 바뀌어 복용된다고 해서 생명력이 소실되는 것은 아니다. 즙액이라는 다른 생명체로 바뀌어 여전히 생명력을 유지한다.

빙정과 화화구중도 그런 생명력이 있다.

의술을 모르는 계야부가 어찌 이런 것까지 알까?

그가 말한 대로 정말 영물에 중독되면 영물의 효능만 받아들이는 것이 아니라 느낌으로 생명력까지 감지할 수 있는 것인가?

“그렇지. 실수는 없겠지. 허허허!”

독심독의의 허탈한 웃음소리가 물안개를 헤치고 멀리 퍼져나갔다.

3

그는 사약란과 마주 앉았다.

단둘만…… 아무도 없는 방 안에서, 세 명의 독인조차도 얼씬거리지 않는 그들만의 공간에서 서로 손을 맞잡았다.

"몸은?"

"괜찮아요."

"특별히 아픈 곳은?"

"없어요."

"정말?"

"왜 이래요? 저 멀쩡했거든요? 괜히 병자 취급하지 마세요. 화화구중을 가졌다니까 괜히 병자처럼 생각되나 본데, 사실 저 아무렇지도 않아요."

그 말은 맞을 게다.

그녀가 아픈 것은 세 명의 독성이 화화구중을 꺼낸답시고 이것저것 시험했기 때문이다. 잠자고 있는 화화구중의 성질을 건드렸으니 아프지 않을 리 없다.

"약란."

"예."

"안고 싶다."

"안으세요."

"침상에서 안고 싶은데."

"어멋!"

사약란이 얼굴을 붉히며 곱게 눈을 치켜떴다.

한 여인이 사랑스런 눈길로 지아비를 쳐다본다.

미모, 지혜, 세상을 보는 안목…… 뛰어난 점을 꼽으라면 열 손가락으로도 모자라지만 그 어떤 것도 내세우지 않는다.

그녀는 한 명의 여인이 되어 지아비를 바라본다.

이런 점이 좋다.

세상에서 온갖 칭송을 아끼지 않는 여인이지만 지아비 앞에서는 결코 뛰어남을 내세우지 않는다.

그녀가 보기에는 지아비의 행동이 답답해 보일 수도 있다.

이랬으면 좋겠다, 저랬으면 좋겠다 싶은 생각이 왜 안 들겠는가.

그녀는 서지단 군사였다. 세상을 한눈에 내려다보며 적재적소에 사람을 투입시켜서 난제를 해결해 왔다.

그런 그녀의 눈에 계야부와 시각랑의 행동이 곱게 비칠 리 없다.

그래도 그녀는 말을 아낀다. 계야부의 행동에 대해서는 단 한 마디 언급도 하지 않는다. 한마디라도 하는 말이 있다면 잘했다는 말일 것이다.

그녀는 지아비를 무조건 믿는다.

지아비의 행동이 마음에 들지 않아도 믿고 따른다. 설혹 그 일로 인해 사단이 발생해도 당연한 듯 받아들이고 헤쳐 나간다.

이런 여자는 살아야 하지 않나. 화화구중 같은 요물에 꺾이기에는 너무 아깝지 않나.

계야부는 잡고 있는 손을 살며시 끌어당겼다.

"허언이 아냐. 정말 안고 싶어."

"흡! 지, 지금은…… 대낮이에요."

“그래서?”

“지금은…….”

“사매, 우린 어떻게 될까?”

“예?”

“이대로 계속 사랑할 수 있을까? 사랑을 나누고, 아이를 낳
고…… 후후! 이런 생각을 하는 걸 보면 내가 많이 약해졌지?”

“……?”

사약란이 눈을 부릅떴다. 눈가에 경련도 일었다.

그녀는 역시 현명한 여인이다. 아주 조금 마음을 드러냈을
뿐인데 벌써 어떤 내용인지 알아차렸다.

서로 얼굴을 마주 봤다.

두 사람 중 한 사람은 생명의 기반을 내놓아야 한다. 다른
사람 같으면 빼앗지 못해서 안달이 날 천고 영약이다.

다른 길은 없다. 한 명이 다른 한 명에게 주고 죽거나 폐인
이 되어야 한다.

이런 사실을 두 사람은 눈으로 이야기했다.

“괜찮지?”

“싫어요.”

그녀는 고개를 살래살래 흔들었다.

“저를 위해서 세 분이나 고생하고 계세요. 조만간 좋은 결과
가 나올 거예요.”

역시 무슨 말을 하는지 알아챘다.

계야부는 그녀를 살며시 껴안았다.

가녀린 동체가 비 맞은 참새처럼 오돌오돌 떨어댄다.

'약란……'

계야부는 팔에 힘을 주어 더욱 바싹 껴안았다.

그녀의 마음이 느껴진다. 자신을 향한 사랑이 파르르 떠는 몸짓 속에 녹아난다.

빙정과 화화구중, 그리고 두 영물의 상관관계.

그녀도 두 영물의 힘이 비등할 것이라고는 생각하지 않을 것이다. 어느 한쪽이 우위에 있을 것이고, 그렇다면 하위의 것을 가진 사람은 상당한 피해를 감수해야 한다는 정도는 짐작할 게다.

빙정과 화화구중이 섞이면 어느 것이 우위에 있을까?

그건 한마디로 말할 수 없다. 어떤 목적에서 어떤 방식으로 섞느냐에 따라서 빙정이 우위에 있을 수도 있고, 화화구중이 우위에 있을 수도 있다.

새벽녘, 독심독의에게 설명을 듣기 전까지만 해도 화화구중이 우위에 있을 것이라고 생각했다. 화화구중이 서인을 통해 빙정을 빨아들일 것이라고 말이다.

틀린 생각이었다.

빙정을 우위에 두고 시술을 하면 화화구중이 하위에 깔린다. 반대로 화화구중을 중심에 놓으면 빙정이 하위에 들어간다.

시술자가 어느 것을 중심에 놓느냐에 따라서 우열이 갈라진다.

계야부가 빙정을 내놓으면 사약란은 화화구중의 고통에서 벗어난다. 이는 더 이상 완벽할 수 없는 음양합일(陰陽合一)의 내공을 얻는 것이니 단숨에 초절정고수가 될 수 있다.

이는 계야부도 마찬가지다. 그가 화화구중을 얻으면 중원을 거침없이 활보할 수 있다.

그 누구도 그의 앞을 가로막지 못할 것이다.

계야부에게 야망이 있다면, 마음속 한구석에 조금이라도 들뜬 욕망이 있다면 절대로 빙정을 내놓지 않을 것이다. 아니, 무슨 수를 써서라도 사약란에게서 화화구중을 얻어낼 게다.

재지가 뛰어난 사약란이 이런 점을 모를까.

그녀는 사시나무 떨 듯이 몸을 떨었다.

계야부의 품에 꼭 안겨서 소리 죽여 오열하며 말했다.

"세상에 저처럼 행복한 여자는 없을 거예요."

"하하! 그 말…… 내가 바보라는 말로 들리는데?"

계야부는 애써 밝은 음성으로 말했다.

"바보라면 제가 바보죠. 지금까지 우린 꼭두각시에 불과했잖아요. 전 화화구중이란 게 어떤 건지도 몰랐고, 가가도 빙정에 대해서는 아는 게 전혀 없고. 우리 몸속에 이런 게 들어 있는데 우리는 아는 게 없었어요. 얼마나 바보예요?"

"그게 약 올라."

계야부는 피식 웃었다.

자신은 어제저녁에야 이 모든 걸 파악했다. 자신의 상황, 사약란의 상황, 그리고 그동안 벌어졌던 일들을 바탕으로 어떤 나쁜 놈의 존재를 떠올렸다.

한데 사약란은 이미 알고 있다.

아마도 그녀는 아는 것에서 그치지 않았을지도 모른다. 지금쯤 중원 어디에선가는 그녀의 밀명을 받은 자가 빙정과 화화구중의 흔적을 뒤쫓고 있지 않을까?

계야부는 쓴웃음을 흘리며 머릿속을 비웠다.

집중…… 집중…… 집중…….

지금은 온 신경을 오로지 사약란에게 집중해야 한다.

사약란의 가녀린 음성이 귓전을 간질였다.

"많이 약 올라요?"

"약 오른다기보다는…… 무섭다고 해야겠지. 내가 생각하는 게 맞는다면 그자는 무총뿐만이 아니라 안선 일교사까지도 주머니 속의 장난감처럼 가지고 놀았으니까."

"풋! 그러네요."

그녀의 떨림이 좀처럼 진정되지 않는다.

양손으로 꼭 껴안아주고 있는데도 한겨울에 알몸으로 바깥에 나간 사람처럼 덜덜 떤다.

그녀가 떨리는 음성으로 말했다.

"빙정은 일교사 물건이에요. 아마도 가가의 몸에 들어 있는 빙정은 일교사가 투여했을 거예요. 후우! 잘 생각해 보세요. 언젠가 일교사와 만난 적이 있을 거예요."

"그런 기억은 없어."

"만났을 거예요. 빙정 같은 음정(陰精)은 다른 사람을 시켜서 복용시킬 수 있는 성질의 것이 아녜요. 아마도 일교사가 직접 가가께 복용시켰을 거예요."

"나중에…… 나중에 생각해 보지."

"그래요. 아! 한마디 더요. 제 몸에 있는 화화구중. 이걸 제게 투여할 수 있는 사람이 두 사람 있어요. 한 명은 가가께서도 심중에 생각하고 계시죠?"

"형님."

"그래요. 오라버니예요. 연유는 모르겠지만 오라버니가 이 일에 개입했을 가능성이 커요. 비궁에 오라버니의 그림자들이 거의 모두 모여 있어요. 마침 이 시점에. 이건 우연이 아니에요."

"나중에, 그것도 나중에 생각하자."

"아뇨. 지금요, 지금 꼭 들으셔야 해요."

'……?'

계야부는 그제야 무엇인가 이상한 일이 벌어지고 있다는 것을 직감했다.

사약란의 가녀린 동체가 더욱 심하게 떨렸다.

진정되었어도 벌써 진정되었어야 하는데 여전히 덜덜 떤다.

격정이나 흥분 같은 마음의 움직임 때문에 떠는 것이 아니라 육체적인 이상 때문에 떨고 있는 것이다.

처음 떨림은 격정 때문이었다.

그녀를 품에 안을 때, 전신에 감도는 격정을 봤다.

사단은 그 후에 벌어졌다. 자신이 그녀를 안고 있을 때, 그녀의 몸에 변화가 생겼다.

"사매!"

계야부는 그녀를 밀어내려고 했다. 거리를 두고 얼굴을 봐야겠다는 생각이 들었다.

그녀는 떨어지지 않았다. 계야부의 의도를 알고 더욱 팔에 힘을 주어 바싹 안겨왔다.

"오라버니는 물러앉은 듯 보이지만 늘 우릴 지켜보고 있었어요. 저나 가가 모두…… 그래서 전 안심했어요. 오라버니께서 가가의 뒤를 보살펴 주시니까."

"사매, 그런 이야기는!"

"전 근래에야 제게 화화구중이 있다는 것을 알았어요. 그건 가가도 마찬가지죠?"

덜덜덜……!

육신의 떨림이 확실히 전해진다.

사시나무라 한들 이보다 더 떨 수 있을까?

순간, 계야부의 머릿속에 독심독의가 해준 말이 퍼뜩 스쳐 갔다.

"청령환(淸靈丸)! 청령환을 복용했구나."

그의 음성이 가늘게 떨려 나왔다.

"풋! 청령환도 아시고…… 우리 상공, 제법이시네."

사약란이 희미하게 웃었다.

의식이 점점 멀어지고 있다는 증거다.

청령환은 이지를 맑게 해주는 영약이다. 무인보다는 문인들

이 더 애용하는 영약으로, 머리를 총명하게 해준다고 해서 일
명 지혜의 영단이라고도 불린다.

하나 사약란의 경우에는 독약으로 작용한다.

청령환은 화화구중을 억누른다. 전신에 퍼져 있는 화화구중
을 단전으로 밀집시킨다. 그리고 바같으로 나오지 못하게 한
다.

이는 그녀의 생명을 감옥에 가두는 것과도 같다.

빙정을 받아들이지 않겠다. 들어오는 것은 막고, 오로지 내
보내기만 하겠다. 화화구중을 가져가고 싶으면 가져가라. 빙
정? 그건 절대 못 받는다.

이것이 사약란의 뜻이다.

그녀는 무공을 모른다. 수련하지도 않았다. 그런 그녀가 화
화구중까지 빼앗기면 목숨이 위태롭다. 계야부의 경우에는 잠
맥(潛脈)에 숨어 있는 여기(餘氣)에라도 기대를 걸어볼 수 있지
만 그녀는 그마저도 기대할 수 없다.

그녀의 목숨과 맞바꿔서 화화구중을 주겠다고 한다. 그리고
그 일은 이미 진행되고 있다.

청령환은 복용할 수 있을 뿐 거둘 수가 없다.

보통 상황이었다면 청령환의 약효는 하루 정도 지속되었을
게다. 하루가 지나고 나면 몸에서 약기운이 모두 빠져나간다.

화화구중을 지녔다면 전혀 다른 상황이 된다.

청령환은 빠져나가지 못한다. 단단한 밀랍처럼 굳어져서 화
화구중을 에워싼다. 그리고 몸속에서 영원히 잠든다.

청령환의 단단한 껍질은 외부에서 기운을 들여보내 깰 수 있다. 하나 화화구중과 버금갈 수 있는 기운이어야 하니 오직 빙정뿐이라고 할 수 있다.

빙정이 흘러들어 가서 청령환의 껍질을 깨고 화화구중과 만난다.

그때, 화화구중이 빙정을 빨아들일 수 있나?

아니다. 그럴 수 없다. 화화구중은 움직이지 못하는 상태이고, 빙정은 강력한 기운으로 막 청령환의 껍질을 깬 후다. 동적인 상태의 빙정과 정적인 상태의 화화구중이 만난 것이다.

승부는 한순간에 끝난다.

움직이고 있던 빙정이 얌전히 있는 화화구중을 단숨에 먹어치운다.

이는 세 독인이 계야부에게 쓰려고 했던 방법이다.

계야부가 먼저 청령환을 복용했어야 한다. 지금 사약란이 하고 있는 일을 계야부가 하고 있어야 한다.

어떻게 청령환이 사약란의 손에 들어간 것일까?

몰래 훔쳤을 게다.

지혜로운 여인이니 어떤 일이 벌어질지 예측했을 것이고, 그녀가 원하는 대로 일을 진행시킨 것이다.

“이 바보야! 왜!”

계야부는 사약란을 꼭 껴안았다.

“제 이야기를 마저 들으세요. 전 오라버니가 우리 뒤를 봐주시는 줄 알았는데, 비궁에 십일영자가 들어온 후로……”

“그만…… 나중에. 나중에 충분히 말할 기회가 있어.”

계야부의 음성이 차분해졌다.

그녀의 행동에 극심한 격정을 느꼈다.

목숨을 버려가면서까지 자신을 천하제일인으로 만들어주려는 그녀의 노력이 너무도 눈물겨웠다.

고맙다. 사랑한다.

그녀를 꼭 껴안은 것은 그 때문이다.

죽어가는 그녀의 모습은 눈에 들어오지 않는다. 그녀의 마음이 고마운 것이지 그녀의 죽음까지 받아들일 생각은 없다.

“……!”

사약란의 눈에 광채가 어렸다.

계야부의 행동이 너무 담담하다.

죽어가는 사람을 안고 있는 사람 같지 않다. 이것이 마지막인데, 이제 눈을 감으면 두 번 다시 뜰 수 없는데……. 사랑하는 여인을 보내는 모습이 아니다.

‘왜?’

그때 문득 아주 절박한 생각이 들었다.

그녀는 미간을 확 찌푸리면 다급히 말했다.

“그, 그분들…… 이미 제 뜻을 읽으신 건가요?”

계야부는 고개를 끄덕였다.

사약란의 표정이 급격히 어두워졌다.

세 명의 독성, 삼성이 자신의 뜻을 읽었다. 아니, 눈치챘다.

한마디로 말해서 그녀가 복용한 것은 청령환이 아니다. 삼성이 이미 가짜로 바꿔치기했다.

그럼 이제 어떻게 되는 건가?

시술이 진행될 것이다. 자신을 안고 있는 계야부가 빙정을 넘겨줄 것이고, 그녀는 치료되리라. 하면 계야부는…… 그는 어떻게 되는가? 폐인? 죽음?

"그, 그러면 안 돼요!"

사약란이 절박하게 외쳤다.

그런 그녀를 계야부가 포근히 껴안았다.

"걱정은…… 오늘 아침까지 이야기했어. 내겐 귀영십삼식이 있잖아. 빙정을 몰아낸 후에도 귀영십삼식의 내공은 존재해. 그러니 목숨에는 지장없어. 이미 세 분과 확인을 끝낸 사안이니 믿어."

"그래요?"

사약란이 처연히 웃으며 말했다.

물론 거짓말이다. 자신의 마음을 편하게 해주려는 배려다. 빙정이 단숨에 빨려 나오면 내공이고 뭐고 남지 않는다. 귀영십삼식이 아니라 그 어떤 초식도 펼치지 못한다.

'정말 거짓말은 못하는 사람…….'

"상공…… 제가 복용한 건 뭐죠?"

"암혼(暗昏)."

"암혼…… 전 제가 똑똑한 줄 알았더니 바보였군요. 그것만 복용하지 않았어도 좀 더 긴 시간…… 대화를 나눌 수 있었는데. 상공이 안고 싶다고 했을 때 그냥 안길걸…… 죄송해요,

정말 죄송해요."

"나중에…… 모든 건 나중에 하자. 말도 사랑도 나중에. 한 잠 푹 자고 나면 거뜬할 거야."

"가가!"

그녀가 손을 들어 계야부의 얼굴을 어루만졌다.

"이번 일…… 제 뜻을 따라주실 수 없나요?"

안 될 줄 알면서 마지막으로 말했다.

정말 그러고 싶다. 한 목숨 잃는 것은 두렵지 않다. 하나 계야부가 폐인이 되는 것만은 보지 못하겠다. 그보다는 지상 최고의 영약으로 음양합일을 이루어 천고에 다시없는 무인으로 거듭나기를 간절히 앙망한다.

계야부는 고개만 가로저었다.

역시 생각했던 대로다.

슬프다. 몹시 슬프다.

그녀는 자신에게 화화구중을 투여한 사람이 누구인지 말해주려고 했다.

이런 일은 누구라도 궁금해한다. 빙정을 투여한 일교사와 화화구중을 투여했다고 생각되는 두 사람을 엮으면 어떤 거대한 흐름이 읽힐지도 모른다.

계야부는 그 이야기조차 들으려고 하지 않았다.

나중에? 그런 것은 없다. 이번 시술에서 모든 것을 잃을 것이라고 생각했기에 관심이 없는 게다. 자신과는 상관없는 일, 그런 일은 사약란의 몫이라고 생각했기에 들을 생각이 없는 것이다.

졸음이 쏟아진다.

암혼이라고 했나? 아마도 세 독인 중 누군가가 이곳에서 급히 만든 약일 게다. 그러니 이름조차도 제대로 짓지 못하고 아무거나 갖다 붙인 거겠지.

그녀는 무겁게 내리깔리는 눈꺼풀을 억지로 밀어 올리며 말했다.

"한 가지만…… 한 가지만…… 약속해 줘요."

"그래."

"시술이 끝난 후에…… 제 곁에 있어주세요. 눈을 떴을 때, 제일 먼저 가가의 얼굴을 보고 싶어요."

"당연하잖아."

"약속…… 했어요."

"약속했어."

사약란은 눈을 감았다.

그녀는 잠들었다.

암혼에 취했으니 앞으로 사흘 동안은 꼬박 잠들어 있을 것이다.

그는 피식 웃으며 손바닥을 펼쳤다.

콩알만 한 검은색 단환이 아무 냄새도 없이 요사스럽게 놓여 있다.

독심독의가 암혼이라고 말하며 내준 단환이다.

월야사신의 작품으로 세 독인이 만든 실혼단 중 가장 효과
가 뛰어난 것이라고 했다.

그녀에게 암혼을 복용시키려고 찾아왔다.

음식에 섞을 수도 있고, 물에 탈 수도 있지만 암혼만은 자신
이 직접 복용시키고 싶었다. 어쩌면 이게 자신이 그녀를 위해
해줄 수 있는 마지막 배려일지도 모르기에.

한데 그럴 필요가 없다.

그녀는 이미 암혼을 복용했다. 그게 암혼이기에 망정이지
청령환이었으면 어쩔 뻔했나.

"바보 같은 여자."

그렇게 말할 수밖에 없었다.

그는 품에서 서신을 꺼냈다.

여한은 없다. 무림이라는 곳에 나와서 사랑하는 여인을 만
났다. 안선이 어떻고 무총이 어떻고 하는 건 애당초 자신과는
상관없는 딴 세상 이야기였다.

사약란을 만났고, 깊이 사랑했으니 됐다.

자신을 위해 목숨까지 내던지는 마음을 봤다. 여기서 더 무
엇을 바라랴.

한 가지 걱정되는 건 하정성에 남아 있는 시각랑들이다.

부사영, 고봉, 갈조기, 담위민…….

그들은 무림과는 상관없는 사람들이다. 자신과 사약란에게
이런 일을 벌인 자가 누구인지 모르지만, 그의 계획 속에 시각
랑은 들어 있지 않는 것만은 분명하다.

모략가의 눈에 시각랑은 쓸데없는 떨거지들로 비치리라.

하면 이후의 일은 어떻게 진행되는 것일까?

자신은 사약란에게 빙정을 넘겨준다. 그리고 십중팔구 죽거나 폐인이 되어 내쳐진다.

아니다. 죽는다.

요행히 목숨을 부지해도 뒷일을 깨끗이 처리하는 무림 습성상 그자의 암수를 피할 수 없다.

지금처럼 무공을 마음껏 펼칠 수 있는 상태라면 어떻게 견뎌보겠다. 하지만 내공을 모두 잃은 후에는 삼류무인만 보내도 죽음을 피하지 못한다.

하정성 시각랑들은 어떻게 될까?

청소될 것이다.

어쩌면 지금 이 시간, 청소되고 있을지도 모른다.

지금까지 시각랑을 내버려 뒀던 것은 그들 곁에 자신이 있었기 때문이다. 자신 곁에 시각랑이 있었던 것이 아니라 그들 곁에 자신이 있어서 무사할 수 있었다.

애초에 그들을 데려오는 게 아니었다.

무림을 종횡하겠다고 데려왔지만, 지금에 와서 생각하니 터무니없는 생각이었다.

계란으로 바위를 치겠다니.

그들과 함께 싸움을 하면서 귀영십삼식을 최대한으로 키웠다. 그리고 그 덕분에 빙정이 눈을 떴다.

그자는 목적한 바를 다 이뤘다.

이제 사약란에게 빙정을 넘겨주면 자신은 물론이고 시각랑들의 역할도 끝난다.

아니, 시각랑의 역할은 자신이 하정성을 몰래 빠져나올 때 이미 끝났는지도 모른다.

그럴 것이다. 시각랑은 청소를 당하고 있을 것이다.

'이놈들……'

그들이 걱정된다. 하나 손쓸 방도는 전혀 없다. 오로지 그들 힘으로 버텨주기를 바란다. 살아남아서 영원히 무림을 떠나 은거하기를 간절히 기원한다.

결국은 모두 죽겠지만, 그래도 기적이라는 것이 있어서 살아남는 자가 나온다면…….

그들을 위해 서신을 썼다.

사약란이라면 그들의 안위쯤은 보살펴 줄 수 있을 게다.

서신을 그녀의 옷섶 안에 밀어 넣었다.

뭉클한 감촉이 만져진다. 도톰하고 부드러운 가슴…….

이 감촉, 이 느낌……. 이것도 마지막으로 느끼는 감촉인가.

"사랑한다, 진정……."

그 말을 들었나? 아니면 단순한 착각인가? 사약란의 눈꺼풀이 파르르 떨렸다.

第七十二章
태극(太極) 전도(傳導)

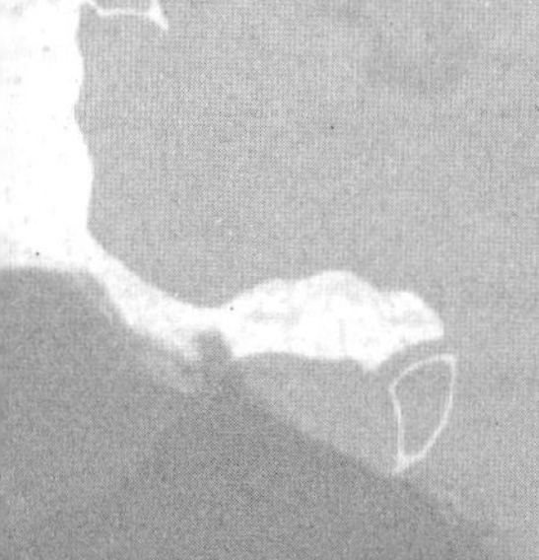

당문 노문주는 비궁에 있는 모든 사람을 한자리에 모았다.

사실 비궁은 절대 난관으로 둘러쳐져 있어서 특별히 경계를 설 필요가 없다.

그래도 경계를 섰다.

만일에 하나, 독진을 뚫고 들어서는 자가 없으리라는 보장을 못한다. 두 번째 난관도 뚫을 수 있고, 난석환류진도 까다롭기는 하지만 절대 무적은 아니다.

실제로 계야부는 이 세 관문을 단신으로 뚫었다.

그래서 번갈아가며 번을 선다.

십일영자도 예외가 아니다.

그들이 비궁에 온 목적은 사약란이나 사색신녀, 사사귀와는 다르지만 그래도 번을 서는 데는 동참한다.

번을 서는 사람이 많으면 많을수록 나머지 사람이 쉬는 시간도 늘어난다.

비궁에 있는 사람들은 다 똑같은 입장에서 공동생활을 한다.

이것이 사약란의 명령이다.

비궁에 있으려면 무림에서 얻은 지위와 명예를 모두 버리고, 가장 밑바닥에서부터 다시 출발해야 한다고 했다.

모두가 똑같다.

십일영자에게 사색신녀나 오목은 대화 상대도 되지 못했다.

무림에서라면 어디 감히 배수 따위가 십일영자와 어깨를 나란히 할까. 빼어난 절색이긴 하지만 기녀였던 사색신녀가 어찌 같은 반열에 설 수 있을까.

동정호의 고도(孤島)에서 이들은 모두 동료가 된다.

섬을 벗어나면 어떤 관계가 형성될지 모르지만 지금 이 순간만큼은 동등한 위치다.

당문 노문주가 그들을 쳐다보며 말했다.

"지금부터 몇 가지를 말하겠네. 마음에 들지 않는 말이 있더라도 끝까지 들어주게."

노문주의 음성은 잔잔했지만 추호의 반항도 허용치 않겠다는 단호함이 묻어 나왔다.

그는 중원무림의 명가인 사천당문을 근 일 갑자 동안이나 이끈 사람이다. 숱한 싸움에서 가문을 지켰을 뿐만 아니라 당문의 위치를 한 단계 상승시켰다는 평가를 받는다.

그런 사람이 단호한 심정으로 말을 하니 가슴이 납덩이라도 올려놓은 듯 답답하다.

무슨 말을 하려는 것인가?

"오늘부터 사흘간 난석환류진을 폐쇄하겠네. 모두들 진 밖으로 나가줘야겠네."

"뭐, 뭐요!"

우락부락한 일력광겸이 제일 먼저 펄쩍 뛰었다.

"아니, 난석환류진을 폐쇄하면 우리더러 저 독물들과 함께 살란 말이오! 이게 말이나 되는……."

"광겸, 조용히 하게. 노문주께서 말씀하고 계시잖나."

독심독의가 싸늘한 음성으로 말했다.

일력광겸은 눈을 부릅뜬 채 독심독의를 노려보았다.

독심독의는 연배 차가 크게 난다지만 엄연히 사명사귀의 일원이다. 지금은 죽고 없는 자자검의 명을 받드는 위치다. 그런 그가 사명사귀를 버리고 당문 노문주와 손을 잡았나? 초록은 동색이라고 독인들끼리 만나니 의기라도 투합된 건가?

노문주가 딱딱하게 경직된 표정으로 말을 이었다.

"그 점은 걱정 마시게. 여기 있는 십이천자가 잠자리를 마련해 줄 걸세. 불편하더라도 사흘밖에 안 되니 참아주시게."

노문주가 이렇게까지 말하니 아무리 일력광겸이라 한들 언성을 높일 수가 없었다.

독물들이 우글거리는 곳에서 지낸다는 게 썩 내키지 않는다. 자다가 이부자리 속으로 독사라도 기어들면 어쩌겠는가.

하지만 불평을 늘어놓지 못했다.

모두들 입을 꾹 다물고 있다. 십일영자는 물론이고 사색신녀나 사사표풍 같은 여인들까지 묵묵히 듣기만 한다.

그제야 일력광겸은 무슨 일이 있다는 것을 깨달았다.

"뭐야? 무슨 일이 있는 거야?"

그는 옆에 있는 오목의 귀에 대고 나직하게 물었다.

나직하다고는 하지만 음성이 워낙 우렁차서 모두의 귀에 환히 들리는 소리였다.

"쉿! 조용히 하세요. 군사님 치료법을 찾아낸 것 같아요."

"뭣! 그게 사실이야!"

"쉿! 조용히 좀 하라니까요!"

노문주는 두 사람의 대화가 끝나기를 기다렸다가 입을 열었다.

"이것은 부탁이 아니라 명령이라고 받아들여도 좋네. 만약 이의가 있는 사람은 노부를 필두로 여기 있는 우리 세 사람과 일전불사를 각오해야 할 걸세."

노문주가 독심독의와 월야사신을 가리켰다.

"더불어서 자네들도 수고 좀 해줘야겠네. 앞으로 사흘 동안 이곳에 들어오려는 자가 있으면 신분 고하를 막론하고 무조건 척살하게. 무조건, 그 누구를 막론하고. 알았나?"

"……"

잔잔한 침묵이 흘렀다.

확실히 사약란을 고칠 수 있는 방도를 찾아낸 듯하다. 지금부터 사흘 동안 치료를 할 것이다.

이런 말은 노문주가 할 필요가 없다. 비궁에 있는 사람들 중에서 가장 머리를 쓰지 않는 일력광겸이 알아버릴 정도이니 굳이 입을 열 필요가 없다.

"자, 그럼 모두들 진 밖으로 나가도록 하게. 자네들이 모두 나가면 난석환류진을 가동시키겠네. 참고로 말해두자면 우리 중 한 명은 항시 난석환류진을 지켜볼 걸세. 누구라도 난석환류진 안으로 들어서는 자는 죽음을 면치 못할 걸세."

난석환류진은 천하제일의 기관 진이다. 거기에 독성의 독술까지 가미하면 살아남을 자가 거의 없다.

"호호호! 잘 부탁드려요. 밖은 염려 마시고요."

사색신녀가 기쁜 마음으로 활짝 웃었다.

츠츠츠츠츳!

난석환류진에 안개가 피어났다.

제일 앞에서부터 제일 뒤까지 모두 오 단계로 이루어진 기관진이 모두 발동되었다는 표시다.

이제 아무도 안으로 들어설 수 없다.

해자를 건널 수는 있지만 수북이 깔린 돌무더기에 발을 딛는 순간 고슴도치가 되고 말리라.

십이천자가 부지런히 움직였다.

그들이 한 번씩 신형을 날릴 때마다 수북이 깔려 있던 독물들이 빗자루로 쓸린 듯 밀려 나갔다.

십이천자에다가 십일영자, 그리고 사약란과 같이 온 사람들. 비궁의 인원은 어느덧 서른 명에 육박하고 있었다. 하지만 십이천자의 움직임으로 미루어 볼 때 앞으로 반 시진 정도만 있으면 그들이 숙식하는 데는 전혀 이상 없을 것이다.

사색신녀가 멀뚱히 서 있는 사람들을 쳐다보며 말했다.

"날이 날이니만치 오늘부터는 매 시진 세 명씩 번을 서도록 해요. 안에서 큰일을 벌이고 있으니 우리도 고생해야죠. 우리만 편하면 되겠어요? 모두 괜찮죠?"

"아미타불!"

십일영자를 대신해서 홍법이 불호를 외웠다.

계야부가 비궁에 들어온 사실은 아무도 모른다.

십일영자, 십이천자는 물론이고 그와 의형제를 맺은 오목에게까지 비밀로 했다.

모두에게 자신을 숨기고 잠입했다.

무총과 안선.

이 거대한 두 세력의 이목을 속이기 위해서는 다음 세 가지를 꼭 명심해야 한다.

하늘에는 눈이 있다.

땅은 발걸음 소리를 듣는다.

공기는 움직일 때마다 따라붙는다.

하늘과 땅과 없으면 살지 못하는 공기까지 속여야 한다.

계야부는 그런 식으로 움직였고, 비궁에 잠입했다.

그가 사약란의 치료를 위해 빙정을 내놓기로 한 지금도 그 비밀은 유지되고 있다.

그가 비궁에 있다는 사실을 아는 사람은 난석환류진 안에 있는 다섯 명뿐이다. 사약란은 암혼에 취해 쓰러져 있고, 세 독인은 부지런히 약재를 손질하고 있으며, 계야부는 두 눈을 감고 묵상 중이다.

만약 이번 시술이 밖으로 새어나간다면 이들 다섯 명 중에 안선이나 무총의 첩자가 있다고 봐야 한다.

암중에 숨어 있는 모략가는 계야부와 사약란을 만나게 하는 데 성공했다. 화화구중과 빙정의 약효가 최고조를 향해 치달릴 때 두 사람이 만났다.

그가 바라는 것은 계야부가 빙정을 내놓는 것이다.

그것밖에는 달리 생각할 수 없다. 사약란이 화화구중을 내놓으려면 그만큼 계야부의 소용 가치가 높아야 한다. 음양 합일된 내공을 써먹을 데가 있어야 한다.

하나 계야부는 한마디로 천방지축, 어디로 튈지 모르는 인간이다.

현재로서는 적도 없고 친구도 없다. 아! 친구는 있다. 시각랑 몇 명과 비궁에 있는 몇 명이 그가 알고 있는 사람의 전부다.

이런 사람을 어디다 써먹을까?

반대로 사약란이라면 써먹을 데가 많다.

계야부의 빙정은 사약란에게 흘러들어 갈 것이고, 하면 그녀는 계야부가 가져야 할 것을 갖게 된다. 천하에서 두 번 다시 보기 힘든 영물의 힘을 고스란히 갖는다.

그녀가 무공을 수련하면 짧은 시일 내에 극상승 고수가 되리라.

더군다나 그녀에게는 하늘도 놀라게 할 지혜가 있다.

무림을 통틀어 몇 사람만 상대할 수 있는 초절정 무공을 지녔고, 지혜까지 타의 추종을 불허할 정도로 뛰어나다면……그런 여인이 못할 일이 무엇일까.

이런 식으로 생각하면 암중의 모략가는 아무래도 무총 쪽에 있는 것 같다.

일교사는 이용만 당한 것일까?

어쨌든 그자는 계야부와 사약란을 만나게는 했지만 비궁 안에서 무슨 일이 벌어지고 있는지는 모른다.

사약란이 계야부에게 화화구중을 줄 수도 있다. 그 반대의 경우도 있다.

두 가지 중에 하나의 사건이 일어나지만 그는 모른다.

이런 게 변수가 될지 안 될지 모르지만 최소한 지금 이 순간만이라도 그의 눈을 가리고 싶었다.

그래서 피붙이나 다름없는 사람들을 모두 내쫓았다.

독인이 아닌 사람으로 독림에서 산다는 게 얼마나 힘든지 알면서도 내쳐 버렸다.

아무도 모르게 시술이 진행된다.

아주 조그만 일이지만 사약란이 잘 이용해야 할 텐데…….

"정말 괜찮겠나?"
"괜찮습니다."
"죽을지도 모르네. 당부하고 싶은 말이라도 있는가?"
"후후후!"
"웃지만 말고 하고 싶은 말이 있으면 해보게."
"목숨은 말똥구리가 되는 순간부터 내놓았습니다. 무인만 도산검림(刀山劍林)에서 사는 게 아닙니다. 제 걱정은 마시고 실수가 없도록 시술에만 최선을 다해주십시오."
"흠!"
독심독의가 나직이 신음을 토해냈다.
그는 잠시 망설였다. 하나 이미 시작한 일, 어차피 진행되어야 할 일…….
"들게."
그가 찻잔을 내밀었다.
"청령환입니까?"
"맞네. 먹기 좋게 찻물에 탔네."
계야부는 찻잔을 받아 들고 잠시 향을 음미했다.
다향이 진하게 풍긴다. 다향 속에 은밀한 향도 숨어 있다.
'밤꽃 냄새 같군.'
그는 빙긋 웃으며 뜨거운 차를 단숨에 들이켰다.
원래 청령환은 무취(無臭)라고 한다. 냄새만 없는 게 아니라 맛도 밋밋하다. 아무 맛도 나지 않아서 씹는 입이 무색할 지경이다.

한데 계야부는 냄새를 찾아냈다.

몸속에서 빙정이 어떻게 변하고 있는지 알 수 없지만 감각을 최고조로 이끌어 올린 것만은 틀림없다.

전에는 맡지 못하던 냄새가 맡아진다. 귀가 밝아지고, 시력도 좋아졌다. 단순히 좋아진 정도가 아니다. 특이한 무공을 수련한 것처럼 굉장히 좋아졌다.

독심독의가 무취라고 했으면 정말 냄새가 나지 않는다.

한데 그 속에서 냄새를 찾아냈다는 것은 무엇을 말하는가. 계야부의 후각이 독심독의를 능가한다는 뜻이다. 당문의 노문주, 월야사신의 후각까지 따돌렸다.

빙정은 한낱 말똥구리에게 당대의 독성들과 비견할 수 있는 초감각을 주고 있다.

빙정이 더 발전한다면, 이대로 계속 지속된다면…….

그 끝이 죽음이라는 것은 알겠는데, 그래도 계속 가보고 싶다.

이래서 무인들이 마공의 유혹을 뿌리치지 못하는 것 같다. 결국 끝이 좋지 않을 것이라는 사실을 알면서도 조금만 더, 이만큼만 더 하면서 끝을 향해 치닫는다.

여기에 아주 큰 착각이 숨어 있다.

마공이 자신을 침범하기 전에 제어할 수 있다는 착각이다. 마공쯤은 언제든지 버리고 싶으면 버릴 수 있다는 자만심이 만들어낸 오산이다.

그래서 사람들은 나쁜 습관을 쉽게 버리지 못한다.

이 모든 것을 내려놓아야 한다.

계야부는 사약란과 정수리를 맞대고 누웠다.

백회혈(百會穴)과 백회혈이 맞닿았다.

이렇게 정수리를 맞대면 정(正)과 반(反)이 형성된다.

백회혈은 하늘이다. 하늘은 위로 올라가 내려오지 않는다.

지금과 같은 경우, 사약란의 정수리가 정이 된다. 하면 계야부의 정수리는 반 역할을 해야 한다.

계야부의 백회혈은 밑으로 가라앉은 하늘이 되었다.

천(天)의 위치에 있어야 할 것이 지(地)의 위치로 내려섰다.

천지가 뒤바뀌었다.

땅은 점점 가라앉아서 자신의 위치로 내려올 것이다. 반대로 하늘은 점점 위로 솟구쳐 본래의 위치를 차지하리라.

두 기운은 중간에서 뒤섞인다.

혼원(混元)이다.

천과 지가 자신의 위치를 찾기 위해서는 그전에 하나로 뭉치는 단계가 필요하다. 물과 기름이 뒤죽박죽 뒤섞인 다음에 물은 물끼리, 기름은 기름끼리 분류되어 위로 솟구칠 것과 아래로 가라앉을 것이 정해진다.

계야부가 이런 변화를 겪는 동안 사약란은 평온을 유지한다.

그녀는 변한 게 없다. 역천(逆天)이 아니라 순천(順天)이기에 티끌만 한 동요도 없다.

고요하다. 평온하다.

"준비됐나?"

독심독의가 물어왔다.

계야부는 대답하지 못했다.

목구멍 깊은 곳에서 '됐다'는 말이 울렸지만 입 밖으로 새어나가지 못했다.

몸 안에서 썰물이 생겼다.

밖으로 빠져나가는 것은 하나도 없고, 오로지 안으로 끌어당기기만 한다.

이 순간, 서인은 봉쇄되었다.

서인을 통해서 외기를 끌어당기면 한결 나을 것 같은데, 그런 길마저도 막혀 버렸다.

손에 있는 기운이 쓸려 나간다. 손끝이 무력해지고, 발끝에도 힘이 들어가지 않는다.

머리도, 가슴도…… 전신이 무력해진다.

스스스스슷!

기혈이 흐른다. 전신에 유포되었던 기운들이 모조리 단전으로 모인다. 그리고 응축된다.

기분이 이상하다. 꼭 깊은 잠에 빠지기 직전처럼 정신은 멀쩡한데 육신은 움직일 수 없다.

스스스슷……!

기혈의 움직임이 점점 느려졌다. 본인 스스로 깨닫지 못할 정도로 미약해졌다.

이제는 육신이 느껴지지 않는다.

이것이 죽음인가?

정신은 모든 것을 뚜렷이 자각하고 있는데, 육신은 사라져 버렸는지 어떤 감각도 느껴지지 않는다.

청령환과 빙정이 제대로 어울렸다.

"시작하겠네."

독심독의의 말이 강 건너에서 말하는 것처럼 어렴풋이 들려왔다.

푹! 주르륵……!

이마에 무엇인가가 틀어박혔다.

뭔지는 모르지만 날카로운 금속인 것만은 틀림없다.

이마 한가운데가 찢어졌다. 그리고 피로 생각되는 물줄기가 주르륵 흘러내렸다.

얼굴에 까칠까칠한 천이 닿았다.

눈가에 고인 핏물을 닦아내는 듯 손길이 몹시 분주하다.

"미간을 쨌네."

노문주의 음성이 가늘게 들렸다.

"십지(十指) 통혈(通血)!"

월야사신의 음성이다. 그의 음성은 노문주의 음성보다 더 멀리 들렸다.

미간과 십지라……. 그럼 두 사람은 몸이 닿을 정도로 가까이 있다. 한데도 음성이 오십여 장쯤 떨어진 것처럼 멀리 들린다.

"용천혈(湧泉穴) 삭(搠)."

독심독의의 음성은 아예 까마득하다.

청력이 거의 망실 수준에 이르렀다. 하기는 육신이 갈라지는 느낌도 알아채지 못했으니 감각이란 감각은 모두 죽은 모양이다.

미간을 갈랐는데도 아픔이 느껴지지 않았다. 십지 통혈이라면 열 손가락에서 피를 뽑고 있다는 뜻이다. 한데도 아무런 느낌이 없다. '용천혈 삭'은 더 기막히다. '삭'이라면 용천혈이 상할 정도로 상당히 깊게 베어냈다는 뜻이리라.

어떤 아픔도 없다.

감각이란 감각은 모두 죽었다.

한데 참으로 이상하다.. 육신은 시신이나 마찬가지인데 정신은 또렷하다.

"빙정을 얻으려면 죽음 직전까지 몰고 가야 하네. 피를 모두 쏟아내면 움직이지 않을 수 없겠지."

"후후후! 움직이자니 청령환이 둘둘 감겨 있고, 움직이지 않자니 육신이 죽으면 끝나는 거고. 후후후! 이게 정말 생명이 있는 놈이라면 답답해서 미치겠군. 후후후!"

"월야사신, 한 사람이 목숨을 내놓고 있네. 진지해 주게."

"충분히 진지하고 있소이다. 사실 말이 나왔으니 말이지, 이건 방법을 알아내기가 어렵지 시술하는 건 어린아이 장난 아니오. 이런 걸 꼭 우리 셋이 모두 함께하는 이유가 뭡니까?"

"기적을 믿고 싶어서네."

"기적…… 이라고 했습니까?"

"자네 말대로 시술은 간단하네. 하지만 이 시술대로라면 이 자의 목숨은 없는 것 아닌가."

"그거야 모두 예상한 것 아닙니까?"

"예상했지, 예상했어. 예상한 것 외에 다른 변수도 없고. 그 래, 월야사신 말대로 이건 한 사람이 해도 충분한 시술이야. 하 지만 말일세. 이 세상에서 사람의 몸처럼 변화가 많고 재주를 잘 부리는 요물도 없다네."

"만에 하나 있을 기적을 기대합니까?"

"우리 셋이 같이하다 보면 누군가의 눈에는 띌 수도 있지 않 겠나? 안 되면 할 수 없는 것이고."

계야부는 또렷한 정신으로 월야사신과 당문 노문주의 대화 를 들었다. 간혹 벌떼처럼 윙윙거리기도 하고 멀어졌다 가까 워졌다 하여 소리 구분이 힘들었지만 대화 내용은 놓치지 않 았다.

이 사람들, 믿을 만하지 않은가.

이 정도의 마음으로 시술에 임하고 있다면 이제 마음 탁 놓 고 깊은 나락에 젖어들어도 되지 않겠나.

'후후!'

계야부는 의식의 끈을 놓아버렸다.

눈을 뜨고 활동하는 동안, 인간의 행동은 의식의 영향을 받는다. 감각 등으로 받아들인 외부의 영향을 마음으로 정리한 후, 의지 등을 가미시켜서 행동을 일으킨다.

일하기 싫다는 생각이 일해야 한다는 생각보다 강한 사람은 침상에서 일어나지 않는다. 놀고 싶은 욕망이 공부하고 싶은 욕망보다 강하다면 어떻게 하든 결국 놀게 된다.

의식이 무엇을 요구하는지 잘 관찰하면 행동에 변화를 일으킬 수 있다.

반면에 잠자고 있는 동안에는 무의식의 영향을 받는다.

무의식이 무엇인지 알 필요는 없다. 눈으로 볼 수도 없고, 만질 수도 없으며, 본인이 자각할 수 있는 것도 아니다. 단지 의식 이면에 숨겨져 있는 본인의 또 다른 모습이라고만 생각하면 된다.

몸에서 피가 빠져나간다.

죽음을 향해 달려가고 있다.

무의식은 당연히 저항한다. 어떻게든 이 사태를 막아보고자 육신이 취할 수 있는 조치를 모두 내린다.

무의식이 실제로 행동을 불러오지는 않는다.

팔을 움직일 수 있는 것도 아니고, 다리를 움직이게 하지도 못한다. 피가 상당히 빠져나가 정신마저 가물거리는 상태에서는 무의식이라고 해도 할 수 있는 게 거의 없다.

하나 기혈만은 조종할 수 있다.

뇌에 지시를 내리고, 심장을 움직이고, 육신에 깃든 내기(內氣)를 조절한다.

이때에 무의식이 취하는 행동은 인간이라면 누구나 가진 최후의 저항 능력이다. 무공을 익힌 사람이나 평범한 사람이나 모두 똑같은 반응을 이끌어낸다.

하나 이런 현상들은 그리 중요하지 않다.

기혈을 움직인다고 해도 내공을 운기할 때처럼 활발한 것이 아니기 때문이다. 수면 위를 있는 듯 없는 듯 바람이 슬쩍 스쳐 가는 정도의 울림에 불과하다.

즉, 죽기 싫어하는 본성이 마지막으로 토해내는 절규 정도로 보면 된다.

한데 세 독인이 계야부에게 바라는 것은 바로 이것이다.

다른 사람들에게는 아무 필요도 없는 꿈틀거림이겠지만 계야부는 전혀 다른 상황을 만들어낸다.

몸속에 강력한 기운을 쏟아낸다.

차디찬 냉기가 상처 부위를 얼려서 출혈을 막을 뿐만 아니라 이미 쇠잔해진 기운까지 보해준다.

빙정의 효능은 말로 다할 수 없다.

아주 간단하게 말하자면 여벌로 목숨 하나를 더 가졌다고 생각하면 된다.

이렇게 계야부는 되살아난다.

청령환이 없다면…… 청령환이 빙정을 둘러싸고 있지 않다면…….

"지금!"

노문주가 급히 말했다.

그때, 월야사신은 이미 움직이고 있었다. 그도 흡취(吸取) 순간을 찾아냈다.

장심을 사약란의 단전에 댔다. 그리고 내공을 불어넣었다.

파파파팟!

화화구중이 꿈틀댔다.

정수리를 통해 빙정의 기운을 감지한 화화구중은 목줄만 풀어주면 금방이라도 뛰쳐나갈 기세였다.

퍼억! 퍼어억!

내공 주입으로 신호를 주자, 화화구중이 파죽지세로 밀려나갔다.

츠츠츠츠츠……!

화화구중은 백회혈에서 백회혈로 건너갔다.

원래는 서인이라는 통로로 움직였어야 한다. 그랬다면 화화구중의 전력이 고스란히 계야부의 몸속으로 흘러들었으리라.

거기서 빙정을 만나고, 둘이 어울려 다시 서인을 통해 사약란의 몸으로 돌아온다.

완벽한 시술이다.

하나 그렇게 하면 계야부가 죽는다. 기적이고 뭐고 바랄 것도 없이 십 할 죽는다.

그래서 세 독인은 서인을 파괴했다.

생명력을 우습게보면 안 된다. 강한 생명력은 통로가 파괴 된다고 해서 움직임을 멈추지 않는다. 완벽하지는 않지만, 아 니, 움직임이 가능한 곳이라면 어디든지 뚫고 나간다.

서인이 사라지자 화화구중은 백회혈을 쏟아져 나갔다.

이리되면 화화구중의 전력이 옮겨가지 못한다. 거의 대부분 쏟아져 들어가겠지만 일 할에서 이 할가량은 건너가는 도중에 허공에서 분산된다.

그것으로도 충분하다.

천하제일의 내공을 얻지는 못하겠지만 상처를 치료하는 데 는 이상이 없다.

계야부는 어찌 될까?

조금은 나을 것이다. 빙정을 빼앗기는 것은 불변이지만 그 래도 무지막지하게 훑고 나가는 것과 알맹이만 살짝 집어 들 고 나가는 것은 차이가 있다.

빙정만 뽑아내면…… 혹시 살 수 있지 않을까?

계야부에게는 잘해야 폐인이 될 것이라고 말했다.

그 말은 맞다. 잘해야 폐인이다. 하나 엄밀히 말하면 폐인은 목숨을 부지하는 것이다. 산다는 뜻이다.

삶.

지금은 그것을 걱정해야 한다. 오로지 목숨을 구하기만 하 면 다행으로 여겨야 한다. 폐인이 되더라도 살기만 하면 감지 덕지하여 넙죽 절해야 한다.

세 독인이 기적까지 기대하며 시술에 전념하는 목적은 계야부의 목숨 부지였다.

계야부를 특별히 살릴 이유는 없다.

월야사신이나 노문주 같은 경우에는 계야부와 일면식도 없는 사이다. 아무리 계야부가 살신성인의 모습을 보였다고는 하지만 꼭 살려야 한다는 절박함은 없다.

그들은 많은 사람을 시술해 봤다.

죽는 사람도 있고, 사는 사람도 있다.

의원 노릇을 해본 사람이라면 인명재천(人命在天)이 의미하는 바를 뼈저리게 절감할 것이다.

세 독인이라고 예외는 아니다.

그들도 살리지 못하는 사람이 있다. 두 눈 멀거니 뜨고 죽어가는 모습을 지켜보아야 할 때가 있다.

이때 의원은 냉정함을 유지해야 한다.

냉정하다 못해 비정하게까지 비쳐야 한다. 그래야 살릴 수 있는 부분과 버려야 할 부분을 판단한다. 더 비정하게 말하자면 더 이상 치료가 필요없는 마지막 환자에게는 약 한 첩도 아깝다고 생각할 줄 알아야 한다.

그들에게는 사람 목숨을 포기하는 일이 익숙한 일 중의 하나다.

그럼에도 살리려고 한다.

사약란을 생각해서다.

그녀는 빙정을 포기하고 대신 자신의 화화구중을 내주려고 했다. 그녀가 화화구중을 내준다는 건 목숨을 주겠다는 뜻인데, 그녀는 거침없이 그 일을 단행했다.

청령환 대신에 암혼으로 바꿔치기했기에 망정이지 하마터면 큰일 날 뻔하지 않았나.

그녀의 애틋한 마음을 읽었기에 계야부를 살리고자 한다.

이유는 또 있다.

사약란 뒤에 버티고 있는 무총주를 의식하지 않을 수 없다.

계야부는 당대 최고 무인의 손서(孫壻)이다. 일 푼이라도 살릴 가망이 있다면 살리는 게 좋다.

"흠! 이쯤에서 끊는 건 어떻겠소?"

독심독의가 물었다.

화화구중의 기운이 너무 거세다.

서인을 통하지 않고 백회혈을 통해 침입하고 있지만 그 기세가 질풍노도(疾風怒濤)와 같다. 거칠게 뚫고 들어갈 것이라고 예상은 했지만 이토록 강할 줄은 몰랐다.

노문주가 고개를 절레절레 흔들었다.

지금 화화구중의 침입을 중단시킬 수는 있다. 하지만 그러면 회로(回路) 또한 막혀 버린다.

화화구중이 스스로 멈출 때까지 기다리는 수밖에 없다.

독심독의가 이런 점을 몰라서 말했을까.

안다. 다 알면서 말했다.

화화구중의 진체를 보는 순간 너무 놀라 심장이 덜컥 내려앉았다.

사약란의 머리는 마구 휘날려 산발했다. 백회혈 부근의 머리카락은 창처럼 날카롭게 곤두섰다.

기운을 눈으로 본다는 것은 있을 수 없을 터인데, 화화구중은 눈으로 볼 수 있다.

붉게 달아오른 쇳덩이가 사약란의 몸에서 빠져나와 계야부의 몸속으로 흘러든다.

너무 거세고 강하다.

이런 기운이 밀려들고, 또한 이와 비견되는 또 다른 힘이 튀어나오고…… 계야부의 오장육부는 갈가리 찢길 것이다.

살 수 없다. 살 가망이 없다.

독심독의는 절망을 느꼈기에 무의식적으로 말을 쏟아냈다.

그것이 이쯤에서 끊자는 말이었다.

놀라기는 노문주도 마찬가지다.

팔십 평생 숱한 일들을 보아왔지만 화화구중 같은 영물은 처음 견식한다.

솔직히 말하면 놀랍다는 감정은 이내 가라앉았고, 가슴 떨리는 흥분이 넘쳐흐른다.

화화구중이 이럴진대 빙정과 섞인 음양합일체는 어떤 형태를 띨까? 그 힘은 어느 정도일까? 과연 무림에 살면서 이런 진기를 본 사람이 몇 명이나 될까?

노문주는 사심을 버렸다.

화화구중의 기세가 이 정도라면 계야부의 목숨을 살릴 방도는 없다. 기적에 또 기적을 바라도 이뤄질 수 없다.

계야부의 목숨은 포기하고 오로지 사약란의 시술에 집중

한다.

이것이 현재 노문주의 마음이었다.

다른 문제도 있었다.

"으음!"

사약란의 단전에 장심을 대고 있던 월야사신이 미미한 신음을 토해냈다.

화화구중은 자신에게 시비를 건 자는 누가 되었든 용서하지 않을 생각인 듯하다.

월야사신의 내공이 빨려들어 간다.

단순히 화화구중을 격발시킨 후에 손을 떼려던 계획은 물 건너가 버렸다. 화화구중이 단맛을 알고 그의 내공을 빨아들일 줄이야 누가 알았으랴.

월야사신은 손을 떼지 못했다.

내공을 빨아들이는 힘이 전력을 다해 물러서려는 힘을 능가한다. 마치 수렁에 빠졌을 때처럼 물러서려고 하면 할수록 더 깊이 빠져들어 간다.

노문주와 독심독의도 돌아가는 사정을 읽었지만 손을 쓰지 못했다.

그들이 월야사신의 몸에 손을 대는 순간, 그들의 내공마저 흡취당할 것이다. 그뿐만이 아니다. 성공한다고 해도 치료가 물거품이 되어버린다.

당연히 사약란과 계야부는 목숨을 부지하지 못한다. 두 사람 모두 목숨을 잃게 된다.

할 수 없다. 화화구중이 포만감을 느끼고 스스로 흡취를 멈출 때까지 기다려야 한다. 만약 끝도 없이 빨린다면 월야사신은 피골이 상접하여 죽고 말리라.

"으으으음……!"

월야사신이 참기 힘든지 거친 신음을 쏟아냈다.

이런 경우에는 신음도 크게 내지 못한다. 자칫 음성 때문에 운기가 흐트러지기라도 하는 날에는 주화입마에 걸리기 십상이다.

그는 달리는 호랑이 등에 올라탄 것과 마찬가지가 되어버렸다.

좀 더 솔직히 말하면 그는 이제 큰일 났다.

화화구중의 기세로 미루어볼 때, 그의 내공을 모두 흡취하기 전에는 결코 놓아주지 않을 것이다.

손을 떼지도 못하고, 도와줄 수도 없고, 오로지 화화구중의 배려만 바라는 입장이니 잘못될 경우를 생각해야 한다.

단도직입적으로 말하면 그는 계야부와 같은 처지가 되었다.

세 독인은 모두 이런 사실을 알지만 애써 말하지 않는다.

일부러 벌인 일도 아니지 않나. 이게 모두 화화구중의 기세를 잘못 읽었기 때문에 생긴 일이다.

영물의 기세는 세 독인이 모두 잘못 파악할 정도로 거셌다.

쿠웅! 쿠웅! 쿠웅……!

그때, 이상한 기음이 들려왔다.

무엇인가 부딪치는 소리 같은데 워낙 멀리서 들려오기 때문에 집중하고 있지 않았다면 들을 수 없는 소리였다.

"부딪치고 있군."

노문주가 중얼거렸다.

"청령환은 쉽게 깨질 겁니다."

독심독의가 긴장해서 말했다.

애당초 청령환 같은 평범한 환단으로 빙정을 가둔다는 게 불가능한 일이었다. 너무 얼토당토않은 이야기라서 의술 좀 안다 하는 의원도 생각해 내지 못하는 방법이었다.

한데 세 독인은 누가 먼저라고 할 것도 없이 청령환을 떠올렸다.

평범하다고 해서 약효가 없는 것은 아니다.

단순한 복통에 소림사의 대환단(大還丹)을 복용하는 미친 자가 없는 것처럼 모든 증세에는 적당한 약이 있는 법이다.

청령환은 녹았다가 사라져 버리는 존재다.

모두들 거기까지밖에 생각하지 않는다. 청령환에 또 다른 효능이 있을 것이라고는 생각하지 않는다. 그래서 시험할 생각조차 하지 않는다.

세 독인은 평범한 것에 숨겨져 있는 작은 기능들을 찾아낸다.

어떤 환자에게는 그런 무시해도 좋을 기능들이 아주 유효한 경우가 있다.

그래서 이런 기능들은 많이 찾아낼수록 좋다.

몇 번을 말해도 부족함이 없지만 훌륭한 약의(藥醫)는 약초의 성분을 세세하게 파악하고 있는 의원이다.

세 독인은 청령환이 차디찬 기운이나 뜨거운 기운을 만났을 때 분해되지 않고 오히려 주위에 있는 기운들을 응집시킨다는 사실을 발견해 냈다.

그것이 빙정에 청령환을 쓰게 된 이유다.

물론 시험도 해봤다.

사약란에게서 뽑아낸 피에 청령환을 섞어서 기운이 어떻게 응집하는지 살폈다.

이런 실험은 눈으로 확인할 수 없다. 고도의 기감(氣感)으로 느낀 후에 결단을 내려야 한다.

세 독인은 각기 실험을 했고, 공통된 결과를 내놓았다.

청령환이 통한다!

그 실험대로 되었다. 청령환은 빙정을 감쌌다. 그리고 이제 외부에서 흘러들어 간 화화구중이 청령환의 두꺼운 빙벽을 두들겨 대기 시작했다.

여기서부터는 이론만 정립해 놨을 뿐, 실제적으로 실험을 해보지는 않았다.

실험을 하고 싶었지만 할 수가 없었다.

화화구중도 그렇고 빙정도 그렇고…… 눈으로 보거나 만질 수 있는 것이 아니다. 청령환 또한 마찬가지다. 청령환이 녹아서 빙정을 감싼다지만 그런 현상은 무형 중에 생기는 것이라서 숙련된 기감으로 탐지해 내는 수밖에 없다.

화화구중이 청령환의 껍질을 부술 수 있을까?

쿠웅! 쿠웅! 쿠웅……!

부딪치는 횟수가 늘어간다.

독심독의와 노문주의 안색이 잿빛으로 물들었다.

이건 심상치 않다. 예상대로라면 한두 번 부딪치면 산산조각 났어야 한다. 아주 쉽게 껍질을 깨뜨리고 안에 숨어 있는 빙정을 끌어냈어야 한다.

쿠웅! 쿠웅……!

화화구중은 끊임없이 바윗덩이에 부딪쳤다.

"이거 혹시……?"

"불길한 소리는 하지 않는 게 좋겠소. 청령환은 깨질 것이오."

말은 그렇게 했지만 두 사람의 마음은 불길함으로 가득 찼다.

그때, 사약란의 몸에서 또 다른 변화가 생겼다.

촤아아아아앗!

그녀의 백회혈을 통해 한 무더기의 화화구중이 쏟아져 나왔다.

"엇! 이건 뭐야!"

어지간해서는 놀라는 일이 없는 노문주까지 깜짝 놀라 소리쳤다.

사약란의 몸에 더 이상 화화구중이 없어야 한다. 아니, 있기는 하되 월야사신의 진기를 빨아들이는 데 사용되는 아주 적은 양만 남아 있어야 한다.

백회혈을 통해 쏟아져 나올 정도는 안 된다.

이미 화화구중이 청령환과 부딪치고 있는 상황이니 또 다른 변수가 생기는 것은 좋은 현상이 아니다.

한데 한 무더기, 그것도 아주 강한 진기가 쏟아져 나와 계야부의 몸속으로 흘러들었다.

"뭔가…… 뭔가가 잘못……!"

독심독의의 안색도 하얗게 탈색되었다.

"아니, 아니네. 아니야."

노문주가 월야사신을 쳐다보며 중얼거렸다.

독심독의도 노문주의 눈길을 좇다가 월야사신을 쳐다봤다.

"아!"

독심독의의 음성이 격정으로 떨렸다.

월야사신이 혼신의 힘으로 진기를 밀어 넣고 있다.

솔직히 그는 더 이상 진기를 움직일 여력이 남아 있지 않다. 그만큼 화화구중에게 빼앗긴 손실이 크다.

내공의 손실은 내상으로 이어졌다.

입가에, 코에, 그리고 귀에서 가는 핏줄기가 흘러내리는 것을 보면 지금 당장 손을 뗀다고 해도 일 년 이상은 조리를 해야 할 정도로 심각한 내상을 입었다.

그는 그런 상태에서 마지막 남은 진기까지 밀어 넣었다.

그의 진기는 사약란의 단전에서 화화구중과 합일되었다. 그리고 일로 상승하여 백회혈을 뚫고 나갔다.

그 순간, 월야사신의 단전은 텅 빈 진공이 되었다.

백회혈을 벗어나면 허공이 나온다.

머리끝을 벗어나면 어떤 기운이라도 대우주 속으로 흘러든다. 비록 계야부의 백회혈과 맞닿아 있지만 어느 정도 추진력이 있을 경우에나 뚫고 들어갈 수 있다.

월야사신의 경우에는 추진력이 있을 리 없다.

사약란의 내부에서 형성된 내공이 아니라 밖에서 주입한 진기가 다시 밖으로 나온 상황이기 때문이다. 그런 진기에는 추진력이 실려 있지 않고, 밖으로 나오는 즉시 흩어지고 만다.

보통 상황이라면 의식을 잃고 쓰러졌어야 한다. 아니면 입에서 핏줄기를 쏟아내며 절명했어야 한다.

내공을 잃는 것과 단전을 텅 빈 상태로 만드는 것에는 하늘과 땅만큼이나 큰 차이가 있다.

월야사신은 쓰러지지 않았다.

“으음!”

악다문 이빨 사이로 고통에 찌든 신음이 새어 나왔다.

그는 이를 악물고 진기를 조율했다. 억지로, 억지로 계야부의 몸속으로 진기를 들이밀었다. 그 순간,

푸아악!

월야사신의 입에서 기어이 핏줄기가 뿜어져 나왔다.

“크억!”

참담한 비명과 함께 그의 몸이 뒤로 벌렁 나가떨어졌다.

독심독의가 급히 다가가 그의 상체를 받아 안았다.

노문주의 눈길을 따라 그를 쳐다봤을 때부터 이런 상황을

예측했다. 월야사신이 무슨 일을 하려는지 알았기 때문에 그가 어떤 상처를 입을지도 알았다.

"시간…… 이 필요…… 청령…… 뚫린……."

그는 무슨 말인가 알아듣지 못할 소리를 중얼거린 후, 고개를 푹 떨어뜨렸다.

절명이다.

내공을 열에 아홉은 빼앗긴 상태에서 나머지 하나마저 억지로 밀어 넣었다. 그것으로 부족해서 원정지기까지 끌어내어 써버렸다. 몸에 깃든 잠력이란 잠력은 모두 토해냈다.

그러고도 살아남는다면 신이라 불러야 할 것이다.

"청령환은 뚫린답니다. 진득하게 기다리면 될 것 같군요."

노문주는 고개를 끄덕였다.

진기를 불어넣어 상대의 내상을 살피는 진맥법은 세 독인에게는 문제가 안 된다. 그리고 그런 진맥법이야말로 가장 확실하게 믿을 수 있다.

월야사신이 목숨을 던져 가며 진맥했다.

두 독인이 알지 못할 상황을 깨끗하게 정리해 주었다.

그는 살아남아도 옛날의 명성을 되찾지는 못했을 게다.

독인은 내공에 좌우되지 않는다. 내공을 크게 쓰는 독인도 있고, 아예 무공을 배우지 않는 독인도 있다.

월야사신도 내공을 크게 쓰지 않는 편이다. 그보다는 활독법(活毒法) 쪽으로 파고드는 편이다. 하니 내공을 모두 잃어도 그가 독술을 전개하는 데는 하등 지장이 없다.

약간은 지장을 받을지도 모른다. 빠른 손놀림을 필요로 하는 독술은 펼치지 못할 게다.

그래도 사는 것이 나았을 텐데.

그는 그마저도 용납지 않았다. 본인 스스로 아주 미미한 손실조차도 용납할 수 없었다.

독심독의와 노문주를 봤기 때문이다.

그들과 어깨를 나란히 하던 자신이 조금이라도 뒤처지는 상황이 생기는 것을 견뎌내지 못했다.

한데 상황이 그를 그런 상태로 몰고 갔다. 화화구중이 그의 내공을 모두 갈취해 버렸다. 그 일은 이미 벌어졌기 때문에 되돌릴 수도 없고, 복구도 불가능하다.

그때 마침 죽을 자리가 생겼다. 그리고 기꺼이 응했다.

독심독의는 그의 시신을 조용히 내려놓았다.

그래도 월야사신은 괴노독보다는 편하게 죽지 않았나. 독인다운 최후를 맞지 않았나. 그럼 된 것이겠지.

3

육신이 정지되었다. 죽음이다.

계야부는 또렷한 의식으로 죽음을 봤다.

몸은 미동조차 하지 않는다. 눈꺼풀조차 움직일 수 없다. 정신으로, 의지로 할 수 있는 것이 아무것도 없다.

죽음의 상태다.

완벽한 죽음과 자신이 느끼는 죽음의 차이는 의식의 존재 여부만 다르다.

의식까지 잃어버리면 죽음이 된다.

이것이 죽음이라면 죽음도 별로 무서운 것은 아니지 않나. 잠을 청하듯 편안하게 맞이할 수 있을 것 같은데.

뜨거운 진기가 백회혈로 밀려들었다.

물으나마나 사약란의 진기다. 화화구중의 힘이다.

그 뜨거움이 무척 지독하다. 용암이 흘러드는 느낌이다. 몸에 불이 붙은 듯 전신에서 극심한 고통이 치민다.

정말 견디기 힘든 고통이다.

'하나, 둘, 셋…….'

계야부는 또렷한 의식 속에서 수를 헤아려 나갔다.

고통을 잊으려는 몸부림이다.

물론 육신의 고통이 아니다. 실제로 불이 붙은 것도 아니다. 화화구중이 만들어낸 가상의 뜨거움, 가상의 불이다.

한데 진짜로 몸에 불이 붙은 것보다도 의식으로 느끼는 가상의 불이 훨씬 뜨겁다.

얼음 침상에 누웠어도 마음이 춥지 않다고 느끼면 편안하게 잠들 수 있다. 몸은 사막에 있어도 마음이 북해 한설을 생각하고 추위를 느끼면 정말로 동상에 걸린다.

이것이 의식의 힘이다.

화화구중이 계야부의 의식을 온통 고통 속으로 몰아넣었다.

차라리 빨리나 죽었으면 좋겠다는 마음이 든다. 불꽃이 활

활 타오른다. 지독하게 타들어간다.

'넉넉잡아…… 백까지만 세면…….'

화화구중이 빙정을 빼앗아가는 데 걸리는 시간은 촌각도 걸리지 않으리라.

우선 임맥(任脈)을 관통한다.

빙정을 향해 달려오기 위해서는 경락의 흐름에 순응해야 한다. 귀영십삼식처럼 경락을 무시하고 직충할 수 없다. 백회혈부터 단전까지 내리꽂히는 경락은 임맥이다. 하니 당연히 임맥의 흐름에 따라서 단전까지 흘러든다.

하지만 생각할 점이 있다. 임맥은 혼자서 존재하는 경락이 아니라는 점이다. 모든 경락이 임맥에서 파생되어 나간다. 독맥과도 연결되어 있다.

경락은 얽히고설켜 있다.

화화구중이 계야부의 몸속에 흘러든 것은 계야부를 죽이기 위함이 아니라 빙정을 흡수하기 위해서다.

이것이 제일(一) 목적이다.

백회혈에서부터 단전에 이르기까지는 오직 임맥에만 집중한다는 뜻이다.

화화구중에는 두 번째 목적도 있다.

빙정을 흡수한 후, 사약란의 몸으로 물러날 수 있어야 한다.

화화구중은 계야부의 단전에 머물 생각이 없다. 안에 틀어박힌 빙정만 쏙 뽑아낸 후 재빨리 물러나려고 한다.

한데 퇴각로는 침입로와 전혀 다른 경락을 이용한다. 독맥을 따라서 위로 솟구쳐야 한다. 그리고 이때는 임독 양맥에 얽힌 다른 경락들도 무시하지 못한다.

계야부의 전신 경락을 흐르지 않고, 단 일 푼의 손실도 없이, 빙정과 화화구중의 합일체가 오로지 독맥만 거슬러 올라야 한다는 아주 어려운 문제가 남는다.

화화구중은 이 문제를 아주 간단하게 해결한다.

계야부의 경락을 죽이면서 나아간다. 일시적으로 마비시키는 것이 아니라 두 번 다시 되살릴 수 없을 정도로 치명적인 타격을 가한다. 잠맥(潛脈), 세맥(細脈)…… 어떠한 맥도 움직이지 못하도록 가닥가닥 끊어버린다.

죽음은 단전에서 빙정을 취하는 즉시 시작된다.

제일 먼저 단전을 죽이고, 회음혈(會陰穴)로 나아간다. 나아가면서 화기(火氣)가 될지 빙기(氷氣)가 될지 모르지만 죽을 수밖에 없는 기운을 뿜어낸다.

그렇게 곁가지를 모두 쳐내며 독맥을 따라 치솟는다.

육체의 죽음은 이미 한참 진행되었고, 의식은 언제쯤 나락으로 떨어질까?

언제쯤 모든 걸 잊게 될지 모르지만 그 시간이 한시라도 빨리 닥쳤으면 좋겠다. 어떤 대가를 치러도 좋으니까 몸이 타들어가는 이 고통만 빨리 사라졌으면 좋겠다.

'아홉, 열……'

계야부는 수를 헤아리고 또 헤아렸다.

쿠웅! 쿠웅! 쿠웅……!

단전에 다다른 화화구중이 청령환의 두꺼운 밀랍 벽을 두들
기기 시작했다.

'이제 다 끝났어.'

청령환은 순식간에 깨지리라.

안에 웅크리고 있던 빙정은 팔팔 끓는 기름 솥에 던져진 얼
음덩이처럼 순식간에 녹아서 사라지리라.

하면 끝이다.

'열둘, 열셋……'

쿠웅! 쿠웅……!

화화구중은 천천히, 줄기차게 밀랍 벽을 두드렸다.

두터운 장벽은 좀처럼 깨지지 않았다. 한참을 두들겨 댔지
만 깨질 기미조차 보이지 않았다.

세 독인이 잘못 판단한 것이 있다. 아니, 빙정의 성질을 모
르니 처음부터 알지 못했다고 봐야 한다.

빙정의 한기는 지상 최고다.

빙정은 청령환의 밀랍에 갇히는 신세가 되었지만 지독한 한
기만은 수그러들지 않았다.

빙정의 한기가 밀랍 벽을 얼음덩이로 만들었다.

시간이 지나면서 얼음덩이는 바윗돌이 되었다. 시간이 더
지나가 철벽으로 변했다.

빙정은 극심한 한기를 이용하여 밀랍 벽을 얼려 버리고 밖
으로 삐져나오는 중이었다.

꼼짝 못하고 갇혀 있을 줄 알았던 빙정이 미세하게나마 움

직이고 있었던 것이다.

이래서는 화화구중도 승부를 장담하지 못한다.

서로가 같이 움직이는 동적인 상태이니 빙정과 부딪쳤을 때 화화구중이 빙정을 흡수한다는 보장이 없다.

어느 것이 어느 것을 흡수할지 모른다.

물론 화화구중의 움직임은 굉장히 활발하다. 빙정의 움직임은 느린 바람처럼 미미하다. 움직임의 정도만 가지고 논한다면 상대가 되지 않는다.

여기서 말하는 것은 두 영물의 상태다.

동(動)과 정(靜)이 만날 것을 예상했는데, 동(動)과 동(動)이 만난다.

미묘한 변수가 생기고 말았다.

계야부는 세상에 태어난 것을 처음으로 후회했다. 아니, 빨리 죽여 달라고 소원했다.

'괴…… 롭…… 다…….'

혹한의 눈보라와 태양의 강렬함이 단전에서 격투를 벌인다.

싸움 방식도 무식하다. 온몸으로 전력을 다해 부딪친다.

'빨리…… 제발…… 좀…… 빨…… 리…….'

지금 이 순간, 그의 머릿속에는 오직 죽음밖에 그려지지 않았다.

사람이라면 누구나 두려워하는 게 죽음인데, 그는 한시라도 빨리 다가오기를 간절히 바랐다. 그러던 어느 한순간,

콰앙!

단전이 통째로 날아갔다.

뱃가죽이 북 찢기며 오장육부가 산산조각 나서 튕겨 나갔다.

실상은 화화구중이 청령환의 빙벽을 무너뜨린 것이지만 계야부는 복장이 터지는 것으로 느꼈다.

'꺼어억!'

있는 힘껏 비명을 토해냈다.

너무 괴로워서 비명을 지르지 않을 수 없었다. 화살 열댓 자루가 몸에 틀어박혀도 이만한 고통은 주지 않으리라.

두 번 다시 생각하고 싶지 않은 고통이 전신을 저려 울렸다.

하나 그의 비명은 목 밖으로 새어 나오지 못했다. 육신이 이미 죽어버린지라 의식 속에서만 빙빙 맴돌았다.

한편으로는 다행이라는 생각도 들었다.

지독하던 고통이 드디어 끝났다. 이번 고통을 마지막으로 의식은 사라진다. 두 번 다시 고통 같은 것을 느끼지 않아도 된다. 이제는 편한 곳으로 간다.

진정 죽음이 이토록 편한 것이라면 두 번, 세 번이라도 당하고 싶다.

그때다! 불현듯 뇌리 속으로 한 여인의 영상이 스쳐 갔다.

'약…… 란…….'

그녀는 편안해 보였다. 언제나처럼 밝고 맑은 웃음을 살포시 지으면서 눈을 흘겼다.

'사…… 랑…… 한다…….'

무심결에 흘러나온 소리였다.

그 순간만큼은 온몸을 쥐어짜는 듯한 고통이 느껴지지 않았다. 오직 그녀의 얼굴만 부각되었다.

사랑은 무엇일까?

참으로 알쏭달쏭한 물음이다.

오직 임무만을 먹고살던 말똥구리가 한 여인의 치마폭에 휘감겨 사랑을 운운할 줄이야 어찌 알았겠는가.

사내들이 흘리는 땀 냄새에 취해 살았다. 검이 허공을 가르는 소리에 전율을 느끼며 살았다. 발자국 소리마저 죽이고 산길을 더듬어 갈 때도 머릿속에 사랑은 담겨 있지 않았다.

동료들이, 수하들이 죽어간다.

죽는 이유는 많다. 동료를 구하기 위해 스스로 사지(死地)에 빠진 놈도 있고, 실수로 죽은 놈도 있으며, 정말 억세게 운이 나빠서 죽은 자도 있다.

그들이 죽을 때마다 안타깝다는 마음이 든다.

하나 그것뿐이다.

죽은 자는 되살릴 수 없고, 산 자는 열심히 살아야 한다.

죽은 자는 깨끗이 잊고, 산 자는 산 자들끼리 어울리며 다음 임무를 생각해야 한다.

그리 살아왔다.

한데 한 여인을 만나 정신없이 빠져들었다.

그녀와 같이 지낸 시간은 참으로 짧다.

함께 지내는 동안에도 이것저것 신경 쓸 일이 너무 많아서 육체적인 사랑을 불태울 기회가 거의 없었다.

그녀를 안은 게 몇 번이나 될까?

머릿속을 텅 비우고 오직 그녀만을 사랑한 경험이 극히 적다. 같이 있었던 시간에 비하면 사랑을 나눈 시간이 너무 적다. 적어도 너무 적어서 차분히 기억을 되살려 보면 일일이 손으로 꼽을 수도 있을 것 같다.

참으로 특이하지 않은가.

부사영을 비롯해서 말똥구리들이 이해하지 못하는 부분이 바로 이것이다.

말똥구리들은 이런 식으로 사랑하지 않는다.

아주 뜨겁게 사랑한다. 불꽃처럼 확 피어났다가 확 스러지는 사랑을 즐긴다.

여인을 만날 때는 오직 그 여자만 바라본다. 그러다가 임무를 띠고 돌아서면 새까맣게 잊어버린다.

언제 죽을지 모르는 말똥구리들이기에 그런 식으로 사랑을 한다.

자신은 천년만년 살 것처럼 사랑했다.

두고두고 진득하게 바라보면서…… 차분히 기다리면서…… 헤어져도 다시 만날 것을 확신하면서…… 이 사람은 영원히 내 곁에 있을 것이라는 믿음을 가지고…….

말똥구리들의 사랑과는 거리가 멀다.

자신의 처지는 말똥구리들보다 더 위험했다. 자신 역시 언제든 죽을 수 있다는 마음가짐으로 도산검림을 헤쳐 왔다.

그 어느 때고 사약란은 옆에 있었다.

'약…… 란……'

손을 들어 그녀의 얼굴을 쓰다듬었다.

지금까지 그래왔던 것처럼 그녀의 모습을 보지 않아도 상관 없다. 마음으로 그녀를 보면 된다. 살과 뼈로 이루어진 그녀의 육체를 사랑하는 것이 아니라 그녀의 마음을 사랑한다.

흔히 몸이 멀어지면 마음도 멀어진다고 한다.

육체를 사랑한 결과다.

사랑이란 육체보다 마음을 더 사랑해야 한다.

여인을 대했을 때, 욕정을 느끼기보다는 사랑과 따뜻함을 먼저 느껴야 한다.

계야부는 사랑의 실체를 보았다.

자신만 그래왔던 것이 아니다. 사약란도 그런 사랑을 했다. 자신이 옆에 있으나 없으나 한결같은 마음으로 기다렸다.

그렇기에 힘든 싸움을 하러 떠나는 순간에도 웃어줄 수 있었던 게다. 사지가 틀림없는 곳으로 보내면서도 반드시 다시 만날 수 있다는 믿음을 보낼 수 있었던 것이다.

마음의 사랑에서 살고 죽는 것은 문제가 되지 않는다.

이 순간, 자신이 죽는다고 해서 사랑이 끝나는 것은 아니다.

그녀와 자신의 사랑은 영욕을 뛰어넘어 살아남는다. 항상 서로를 그리면서 살아가리라.

'사랑…… 한…… 다……'

계야부는 점점 희미해지는 사약란을 향해 활짝 웃어주었다.

퍼엉!

청령환의 강벽이 산산조각 났다.

용암처럼 뜨거운 화화구중과 만물을 얼려 버리는 빙정이 정면으로 충돌했다.

치이익……!

기음이 터져 나왔다.

귀로는 들을 수 없는, 마음으로 느낄 수밖에 없는 소리이다. 하지만 느낌이 너무도 뚜렷하다. 너무도 강렬하다. 의술을 배워본 적이 없는 범인이라고 해도 계야부의 내부에서 터져 나오는 강렬한 소리를 들을 수 있다.

노문주와 독심독의는 계야부의 숨결을 살폈다.

숨이 끊어졌다.

혹시나 하는 심정에서 코 밑에 새털까지 올려놓아 봤지만 미동조차 없다.

"역시 힘든 일이었나……."

독심독의가 탄식을 토해내며 말했다.

숨이 끊어지고, 안색이 백지장처럼 하얗게 탈색된다. 눈동자는 흰자위만 남았다.

완벽한 사망이다.

지금 당장 땅에 묻으라고 해도 하등 이상할 것이 없다.

이런 현상은 화화구중이 계야부의 경락을 가닥가닥 끊어버리기 때문에 발생한다.

다시 말해서 화화구중이 빙정을 흡수했고, 사약란의 몸으로 회귀하고 있다는 징조다.

죽은 사람, 계야부의 몸속에는 거대한 기운이 살아서 꿈틀거린다.

"흘흘! 두 다리가 끊어졌군요."

독심독의의 눈길이 축 늘어져 있는 두 다리로 향했다.

화화구중이 단전에서 떠났다. 회음혈(會陰穴)을 돌아서 독맥(督脈)으로 들어섰다. 장강혈(長强穴)을 죽이고, 요유혈(腰兪穴)마저 죽였다.

두 다리에서 생기가 빠져나간 건 회음혈에 이어 요유혈까지 죽어버렸기 때문이다.

"중추혈(中樞穴)…… 지양혈(至陽穴)! 허! 상당히 빠르군."

노문주가 탄성을 토해냈다.

화화구중이 회귀하는 속도는 무척 빨랐다. 눈 깜짝할 사이에 독맥을 지나 백회혈에 운집했다. 그리고 사약란의 백회혈을 향해서 허공을 훌쩍 건너뛰었다.

쏴아아아……!

화화구중이 격류처럼 급히 빠져나간다.

"없는가?"

노문주가 눈을 부릅뜨고 계야부의 시신을 노려보며 말했다.

"음!"

독심독의도 눈을 부릅떴다.

지금은 상대의 말에 일일이 대꾸할 시간이 없다. 아니, 그런 일에 집중을 흐트러뜨릴 여유가 없다.

집중! 집중! 집중!

회광반조(回光返照) 현상이 일어나야 한다.

'앗!' 하는 각성(覺醒)!

죽음이 임박하면 온전한 정신이 생기고, 이 깨끗한 정신으로 일생을 되돌아보며 지나온 삶을 반성한다는 회광반조!

계야부의 정신이 찰나 만이라도 각성 상태에 이른다면, 그래서 현재 진행되고 있는 죽음의 고리를 잠시만 멈춰준다면 목숨만은 건질 수 있다.

호로병을 들고 있는 두 손이 부르르 떨렸다.

찰나의 순간에 독액을 들이부어야 한다. 입 안에 닿기만 해도 살이 타들어가는 독액을 쏟아부어야 한다. 그리고 뱃속으로 넘어가도록 식도를 눌러주어야 한다.

이 모든 일이 찰나 만에 이뤄져야 한다.

한 사람으로서는 할 수 없는 일이다. 그러기에는 시간이 너무 촉박하다.

독심독의가 독액을 들이붓는다. 그 순간, 노문주는 식도를 누른다.

두 사람 모두 회광반조가 일어나는 찰나의 순간을 잡아내야 한다. 그만한 눈썰미가 없다면 애초에 시도조차 생각할 수 없는 고도의 의술이다.

서로 의논할 사이가 없다. 거의 동시에 손을 써야 한다.

'회광반조! 일어나라!'

독심독의는 마른침을 꿀꺽 삼켰다.

쏴아아아아······!

화화구중이 맹렬히 넘어간다.

처음 넘어간 기운은 이미 사약란의 단전에 닿았다. 내공을 수련해 본 적이 없는 미답지(未踏地), 황폐한 단전에 양질의 기운이 차곡차곡 쌓인다.

화화구중은 그녀의 단전을 단단하게 굳혔다. 돌처럼 딱딱하게 다졌다. 동시에 세상을 가득 담을 수 있을 정도로 크게 넓히는 작업도 벌였다.

모든 게 순조롭게 진행된다.

화화구중이 하는 일은 그것만이 아니다.

단전을 다진 기운이 전신 사지백해로 흘러든다. 막힌 경맥은 뚫고, 약한 경맥은 강하게 이어놓는다.

빙정과 합일된 기운이니 이제는 화화구중이라고 부를 수도 없는 미지의 기운은 사약란을 탈태환골(奪胎換骨)시키고 있다.

반면에 계야부는 급속도로 쇠잔해졌다.

육신은 이미 죽었다.

노문주와 독심독의도 긴장을 풀어버렸다.

회광반조는 일어나지 않는다. 그토록 기대했던 기적은 역시 일어나지 않는다.

두 사람은 무표정한 얼굴로 시신을 쳐다봤다.

그렇다. 지금 이 순간, 계야부는 시신일 뿐이다. 예전의 그는 사라졌고, 지금은 곧 썩어버릴 살덩이만 놓여 있다.

이것이 두 독인이 시신을 대하는 시선이다.

그들은 냉정해야 한다. 죽음 앞에서도 담담해야 한다. 어떠한 경우에도 냉철한 이성을 잃어서는 안 된다. 그렇기에 산 사람을 대하는 것과 죽은 사람을 대하는 것에 명확한 차이를 둘 수밖에 없다.

그들은 계야부를 포기했다.

스읏……! 스읏……!

남은 기운이 거웃거웃 넘어갔다.

처음처럼 맹렬한 기세는 아니지만 그렇다고 슬슬 기어가지도 않는다. 앞의 기운을 따라서 꾸준히 넘어간다.

휘루루루룽!

사약란의 몸에 제일 먼저 들어간 기운은 벌써 일주천(一週天)을 끝냈다.

사약란의 살결에 윤기가 흐른다.

머리카락은 더 검어졌고, 반지르르 기름기가 흐른다. 입술도 붉어졌다. 선홍빛이 선명하다.

기연으로 이루어졌든 인위적으로 탄생시켰든 그동안 세상에 선보였던 어떠한 탈태환골도 지금 사약란이 보여준 탈태환골보다 완벽하지는 않다.

츠으읏!

합기(合氣) 전도(傳導)가 끝났다.

계야부의 몸에는 아무런 기운도 남아 있지 않다. 실처럼 가느다란 기운이 넘어가는 것을 끝으로 백회혈이 완전히 닫

했다.

마지막 화화구중이 계야부의 몸을 떠나면서 백회혈까지 죽여 버린 것이다.

계야부의 몸에 깃들었던 모든 기운이 넘어갔다.

두 사람은 계야부를 들어서 한쪽 구석으로 옮겼다.

산 자와 죽은 자를 구별하기 위해서다. 죽은 자가 산 자에게 영향을 미치지 않게 하기 위해서다.

지금 사약란은 매우 중대한 기로에 서 있다.

화화구중과 빙정의 합일된 기운이라면 탈태환골을 넘어서 생사현관(生死玄關) 타통(打通)이라는 무인의 열망까지 이뤄줄 수 있다.

꿈이 아니다.

흔히 알고 있는 상식 중에 아주 크게 잘못 알려진 사실이 있다.

탈태환골이 이뤄지려면 생사현관 타통부터 이뤄져야 한다는 단계 정립이다.

이는 무인의 시각에서 본 탈태환골이다.

범인에게도 탈태환골은 일어난다.

사약란처럼 영약을 복용한 경우가 대부분인데, 신체의 골격부터 살의 탄력까지 완전히 바뀌어 버린다.

이런 경우, 생사현관 타통과는 전혀 상관이 없다.

심공으로 생사현관을 타통시키고, 그 영향으로 탈태환골이 일어나는 것과 혼동해서는 안 된다.

무인에게 탈태환골은 아무런 의미가 없다. 그보다는 그전에 성취한 생사현관 타통이 진실한 성취다.

범인들에게는 탈태환골이 큰 의미를 지닌다.

만수무강(萬壽無疆)한다면 족하지 않은가. 살아가면서 잔병 치레만 하지 않아도 축복받은 인생이지 않은가. 온몸에 활력이 넘치고, 내딛는 발걸음에 힘이 넘친다면 더 무엇을 바랄까.

범인들에게는 건강이 최고다.

탈태환골은 그런 역할을 해준다.

병석에 누워 있던 병자를 단숨에 일으켜 세우는 신통력을 발휘한다.

하나 그것뿐이다.

영약으로 이뤄낸 탈태환골은 생사현관 타통까지는 이어지지 않는다. 노력없이 얻는 것으로는 심공의 성취로만 이뤄낼 수 있는 단계를 넘어설 수 없다.

단, 한 가지 경우만은 예외다.

사약란처럼 더 이상 깨끗할 수 없는 순정(純正) 기운, 그것도 음양(陰陽)이 완벽하게 갖춰진 태극(太極)의 기운이 일시에 백팔주천(百八週天)을 이뤄낼 경우다.

기운이 돌고 돌아 백팔 번을 휘돈다.

경락을 만진 기운이 뼈에 새겨진다. 뇌리에 틀어박힌다. 무의식중에 경락의 흐름을 체득하게 된다.

무인이 심공을 대성할 때와 비슷한 상태가 된다.

자신이 자신을 냉정하게 쳐다본다. 태극의 기운이 흐르는 것을 웃으면서 지켜본다. 기운이 주는 것을 모두 받아들인다.
의지를 가미시키면 다른 경락으로 흐르게 할 수도 있지만, 그
러지 않는다. 그저 지켜보기만 한다.

본인은 의식하지 못하지만 자연과 하나가 되는 과정이다.
그리고 이런 과정 속에서 생사현관이 타통된다.

"우리가 이토록 할 일이 없을 줄은…… 미처 몰랐소이다."

노문주가 독심독의에게 말했다.

지금 사약란의 몸을 건드리면 안 된다.

그녀의 몸은 순정지체(純正之體)다. 가장 맑고 깨끗한 기운
만 흐른다. 탁기는 계야부의 몸에 버려 버렸다. 그리고 정순한
기운만 회귀시켰다.

두 사람이 사약란의 몸을 건드린다면 그 즉시 두 사람의 탁
기가 옮겨질 게다.

어떠한 경우에도, 설혹 일이 잘못되어서 주화입마(走火入魔)
가 일어나는 경우라도 태극의 기운이 가라앉을 때까지는 손가
락 하나 건드려서는 안 된다.

"휴우! 군사가 깨어나기 전에 시신을 치우는 게 좋겠소."

노문주가 말했다.

이번 일에 두 사람이 죽었다.

월야사신이 먼저 죽었고, 계야부가 바로 뒤를 이었다.

두 사람이 함께 저승길을 더듬고 있으니 외롭지는 않을 게
다.

"계야부…… 의 시신은 남겨두는 것이……."

독심독의가 사약란을 쳐다보며 말했다.

노문주가 고개를 살래살래 흔들었다.

"어차피 잘해야 폐인이 될 거라는 건 군사도 알고 있었으니…… 죽은 것보다는 폐인 된 모습을 보이기 싫어서 먼저 떠난 것으로 하는 것이 좋지 않겠소이까?"

"흐음!"

"생사현관 타통을 이룬다 한들 정인의 죽음을 대해서야…… 아무래도 먼저 처리하는 게 나을 것 같소만."

"흘흘! 그것이 좋겠소이다."

두 사람은 시신을 먼저 처리하기로 결정했다.

第七十三章
부활(復活)

어둠이 세상을 지배한다.

달도 별도 짙은 흑운(黑雲)에 가려져 빛을 뿜어내지 못한다.

쉬이익!

그는 단숨에 비지(秘地) 중의 비지로 들어섰다.

난석환류진은 천하무쌍이다. 계야부와 사약란이 취약한 곳을 보완한 후에는 더욱 가공할 절진이 되었다.

단언컨대 무단으로 난석환류진을 들어서는 자, 죽음을 면치 못한다. 단, 난석환류진 기관도를 달달 외우다 못해서 직접 설치까지 할 수 있는 사람만 제외하고.

그는 죽음의 덫을 아주 손쉽게 빠져나와 비지를 걸었다.

이곳에서 사약란이 재탄생하고 있다.

한동안 무림을 떠들썩하게 만들었던 계야부는 소리 소문 없이 죽어간다. 아니, 벌써 죽었을 게다.

천하를 뒤집는 대역천계(大逆天計)의 첫 번째 단락이 오늘 이 시간, 이곳에서 벌어지고 있다.

좋다. 바람도 좋고, 날씨도 좋다. 한낮이 아니라 한밤중이어서 좋다. 달빛 한 점 스며들지 않는 칠흑 어둠도 좋다.

그는 호수를 향해 걸었다.

비궁 사람들이 식수로 활용하는 작은 호수는 오늘따라 을씨년스럽기만 하다.

평소 같으면 무슨 일이 있어도 한두 명쯤은 이곳을 지킨다.

독성이 세 명이나 있는 곳에서 독 가지고 장난칠 사람은 없겠지만, 그래도 혹여 미친놈이 있어서 이곳에 독이라도 푸는 날에는 상당히 귀찮아진다.

오늘은 한 명도 없다.

그만큼 난석환류진을 믿는다는 말이겠지만 세상 모든 일에는 반드시 허점이 존재한다. 그 허점을 찾아내는 자가 있는 한 안심할 수 있는 일은 하나도 없다.

그는 호숫가 근처에서 갓 만든 무덤을 봤다.

무덤이라고 할 것도 없다. 다른 곳보다 약간 도톰한 흙더미에 불과하다.

"무덤?"

그는 고개를 갸웃거렸다.

무덤을…… 만들었단 말인가? 사약란이 애통해할 것은 생각도 하지 않고 그저 인간의 도리만 다하면 끝난다는 생각인가?

'한심한 늙은이들…….'

그는 검집을 곡괭이 삼아 흙더미를 파헤쳤다.

무덤을 만든 사람은 다른 사람도 아닌 독인들이다. 그들이 무덤에 무슨 짓을 했는지 알 수 없다. 혹여 독이라도 뿌려놨다면 꼼짝없이 중독된다. 그리고 독인이 직접 펼쳐 놓은 독은 가장 확실하게 죽음을 안겨줄 게다.

시간이 조금 걸리더라도 안전한 게 좋다.

일다경쯤 지났을까? 별로 깊게 파지도 않았는데, 시신의 옷자락이 드러났다.

"한심한! 정말 이곳에 묻었단 말이야?"

그는 발길로 흙을 털어냈다.

시신의 윤곽이 드러났다.

가슴, 얼굴 부근…….

'그놈이 아니다! 그럼 누가……?

시신의 체형이 계야부와는 많이 다르다. 계야부처럼 건장하지 않다. 무엇보다도 입고 있는 비단옷은 계야부의 취향이 아니다.

누군가 다른 자가 묻혀 있다.

그는 얼굴 부근에 있는 흙을 털어냈다.

곧 시신의 정체가 드러났다.

"월야사신? 월야사신이 죽어? 안에서 무슨 일이 있었던 거야?"

그는 다시 고개를 갸웃거렸다.

이번 일에서 죽는 사람은 한 사람뿐이다. 계야부 이외에는 죽을 사람이 없다. 아니, 죽어서도 안 된다.

빙정을 흡수한 사약란은 곧 깨어난다.

상당히 많은 효능을 얻었을 게다. 기연(奇緣)도 그런 기연이 없을 것이다. 일초반식조차 펼칠 수 없는 처자가 일약 대고수로 탈바꿈했으니 이보다 더한 기연이 어디 있는가.

하지만 그것으로는 부족하다.

그녀가 취한 영기(靈氣)는 지상 최고의 것이다.

버리는 것이 하나라도 있어서는 안 된다. 손톱만 한 영기까지 모두 흡수하여야 한다.

체내에 흡수되고 남은 영기는 모공을 통해 밖으로 빠져나간다. 코로, 입으로, 귓구멍으로, 모공으로…… 틈이 있는 곳이면 어느 곳에서든 영기의 흔적을 찾아볼 수 있을 것이다.

그것마저 차단해야 한다.

그러려면 세 독인이 필요하다.

영기를 볼 줄 아는 독인들이 삼방(三方)에 위치하고 앉아서 삼인합벽(三人合壁)을 펼쳐야 한다.

영기가 빠져나오지 못하도록 진기로 틈을 막아버리는 것이다.

네 명이 펼치면 더욱 좋고, 다섯 명이 펼치면 더더욱 좋다.

하지만 영기를 볼 줄 아는 독인이 그토록 많지가 않다.

그런 눈을 가진 독인이라면 독성의 경지에 올랐어야 하는

데, 그런 사람들은 당금 무림을 구석구석 뒤져도 이곳에 모인 세 명밖에 찾을 수 없다.

두 명이 펼치면 어떤가?

그때는 전방과 후방을 맡아야 한다. 전면에서 흘러나오는 영기와 후면에서 삐져나오는 영기를 완벽히 차단할 수 있다. 하나 측면에서 새어 나오는 영기를 차단하는 데는 한도가 있다.

두 명으로는 완벽하게 차단할 수 없다.

'이러면 안 되는데…… 월야사신이 죽으면…… 안 되는데…… 제길! 일이 꼬이는 건가?'

일은 벌써 꼬였다.

죽어서는 안 될 사람이 죽었다. 거기에 월야사신을 대체할 사람조차 없다.

사약란이 영기를 온전히 흡수할 방도는 사라졌다. 남은 건 손실을 얼마나 줄이냐이다.

그는 고개를 내둘렀다.

그는 손실을 최소화시킬 방도를 모른다. 또 알 필요도 없다. 그런 일은 따뜻한 곳에 누워서 팔자 좋게 책이나 읽는 사람들이 생각할 문제다.

그에게 주어진 임무는 일의 진행 상황을 암암리에 확인하고 확실하게 매듭짓는 것이다.

그것만 하면 된다.

그는 무덤에서 나와 흙을 덮었다.

잠시 후, 도톰한 봉분이 다시 만들어졌다.

날이 밝았다.

새벽 물안개가 비궁을 이불솜처럼 포근하게 감싼다.

그는 걸음을 멈췄다.

더 이상 비지를 돌아다니는 것은 위험하다. 이 시점에서 물러나거나 은신해야 한다.

'나갔다 들어오는 것도 귀찮으니까.'

그는 수림에 몸을 숨겼다.

몇날 며칠이 걸리더라도 계야부의 시신을 반드시 확인해야 한다.

늙은이들이 어슬렁거리며 월야사신의 무덤으로 다가왔다.

'이런 제길!'

그는 잠시 당황했다.

월야사신의 무덤은 누가 봐도 정상이 아니다. 무덤을 파헤쳤던 흔적이 역력히 남아 있다.

두 늙은이가 무덤을 보면 무슨 일이 있었는지 단번에 알아차릴 것이다.

침입자가 있다는 사실을 알아차릴 것이고, 그다음은 참으로 피곤한 싸움이 된다.

비지는 숨을 곳이 별로 없다. 이리저리 날뛰어봐야 손바닥만 한 땅덩어리에서 얼마나 숨겠는가. 또한 은신술에 탁월한 재주를 가졌다고 해도 두 독인의 이목에서 벗어나기란 하늘의 별 따기다.

늙은이들이 사약란 곁에 붙어 있을 줄 알았는데 그녀는 어찌하고 기어나왔단 말인가.

저벅! 저벅……!

노문주와 독심독의가 두런두런 이야기를 주고받으며 다가왔다.

그들이 한 걸음씩 내디딜 때마다 그의 심장은 더욱 급하게 뛰었다.

두 사람 중 한 사람도 자신없다.

정면 승부든 암습이든 이들을 이겨낼 방도가 없다.

발각되면 잡힌다.

'제길! 제길!'

이마에 식은땀이 송골송골 맺혔다.

다행히도 두 사람은 월야사신의 무덤을 찾지 않았다. 거의 가까이 왔는데, 갑자기 방향을 틀어 왼쪽 숲을 향해 걸었다.

'휴우!'

그들이 왜 그쪽으로 걷는지 알지 못하지만 저절로 안도의 한숨이 새어 나왔다. 그때,

"이곳이오."

"휴우! 솜씨가 좋구려. 이끼까지 덮어져 있으니… 땅을 파낸 흔적은 찾을 수 없고…… 당문도가 암습을 걸면 헤어나기 어렵다더니 이제야 그 말뜻을 알 것 같소이다."

“허허허! 다른 건 몰라도 숨는 것 하나는 잘하지요.”

“잘하는 정도가 아니라 이 정도면 절학으로 불러도 손색이 없겠소이다. 허!”

독심독의가 연신 감탄했다.

그러면서 그는 호로병을 꺼내 땅에 뿌렸다.

“이 술 한 잔 받고 잘 가시게. 군사는 괜찮네. 허허! 자네 덕분에 세상에서 가장 강한 내공을 지닌 여인이 되고 말았네그려. 허허! 위험한 고비를 넘기려면 이삼 일 정도 더 경과를 지켜봐야겠지만 우리가 반드시 일어나게 할 걸세. 자넨 이제 그만 모든 걸 잊고 저승길이나 편히 가시게나.”

주르륵!

호로병에서 맑은 액체가 흘러내렸다.

‘저곳…… 저곳이!’

그는 맑은 주향을 맡으며 미소를 지었다.

사약란이 음양합기를 받아들이는 데 사나흘 정도 걸릴 거라는 것은 예상했던 바다.

그녀가 지극히 뛰어난 무재(武才)인 것만은 틀림없지만, 그래서 음양합기의 주인공으로 선택되었지만, 아무리 그녀라고 해도 빙정과 화화구중의 합기를 순식간에 뚝딱 받아들일 수는 없다.

노문주와 독심독의는 오늘과 내일에는 할 일이 없다.

그저 주위를 빙빙 돌면서 침입자가 있나 없나 살피기만 하면 된다.

그런 그들의 한가함이 영원히 비밀이 될 뻔했던 계야부의 무덤을 알려주었다.

노문주의 음성이 들렸다.

"조금 남겨놓으시게. 월야사신에게도 한 잔 줘야지."

"흘흘! 아니오. 월야사신은 군사에게 술을 받아야지요. 내 어찌 군사의 술자리를 가로채겠소."

"허허! 듣고 보니 그렇군."

"쯧! 원래 이놈도 군사의 술을 받을 놈이건만…… 정인에게 술 한 잔 받지 못하는 박복한 놈이니…… 이 늙은이가 따라주는 술, 싫다 말고 거나하게 취하시게."

독심독의는 호로병을 완전히 기울여 술을 탈탈 털어냈다.

그들이 초옥 안으로 사라졌다.

그는 근 한 시진을 은신한 채 움직이지 않았다.

두 독인은 한가한 사람들이니 언제 나올지 모른다.

너무 조용해서 움직여도 괜찮을 것 같은데, 재수없으면 움직이자마자 발각되는 경우도 있다.

그는 밤이 깊을 때까지 기다렸다.

계야부의 무덤은 지극히 은밀했다. 밝은 대낮에 눈을 부릅뜨고 뒤져도 찾지 못할 정도다.

땅을 파냈는데, 파낸 흔적이 없다.

젖은 흙을 덮었는데, 덮은 흔적이 없다.

땅을 파면 어떻게든 주변 초목에 영향을 미친다. 가장 미미한 영향은 흙이 튀는 것이고, 심한 것이라면 말라 죽는 것까지 생각할 수 있다. 풀이 생성하는 봄여름이라면 그 영향은 한결 크다.

한데 계야부의 무덤에는 아무런 흔적이 없다.

태초부터 땅이었다.

말 그대로 땅이요, 흙이다. 누가 밟거나 손대지 않았다. 한 평 정도의 땅은 인간의 손이 닿지 않은 미답지(未踏地)다.

낮에 봐두지 않았다면 한참 헤맬 뻔했다.

어떻게 이런 수단을 부릴 수 있을까?

사천당문의 은신술을 너무 과소평가했다.

은신술 속에는 지형지물을 이용하는 방법이 있고, 자연 속에 일부가 되어 육신을 완전히 소멸시키는 단계야말로 암자(暗者)의 최고봉으로 여긴다는 사실을 잠시 망각했다.

사천당문의 노문주가 직접 무덤을 만들었다. 일반 문도도 아니고 문주가 직접 최고의 솜씨를 발휘했다.

눈으로 보지 않았다면 정녕 찾지 못했을 게다.

'천운(天運)!'

그는 검집으로 흙을 팠다.

땅을 깊게 팠다. 거의 삼사 척 정도는 파 내려갔다.

시신을 이토록 깊게 묻어놓다니!

독심독의가 술을 뿌리지 않았다면 시신이 없다고 생각했을 게다.

처음에는 검집만 썼지만 나중에는 중독이고 뭐고 아랑곳하지 않고 쓸 수 있는 것은 모두 썼다. 흙이 조금 무르다 싶으면 직접 손으로 파내기까지 했다.

휘이이잉!

땅 위를 차가운 바람이 휩쓸고 지나갔다.

그는 조금도 춥지 않았다. 아니, 조급한 마음에 한시도 쉬지 않고 땅을 파서인지 더운 김까지 났다.

얼마나 파 내려갔을까?

턱!

검집에 무엇인가 물컹한 것이 걸렸다.

'찾았다!'

검집에 걸린 건 사람이다. 직감적으로 느낀다.

땅속에서 나온 건 느낌대로 시신이었다.

빙정이 빠져나가서인지 비쩍 마른 시신이 귀기(鬼氣)를 뿜어낸다.

"흠!"

그는 나직이 신음을 토해냈다.

계야부도 살아 있을 적에는 당찬 사내였다. 단단한 몸집에 탄력있는 근육이 돋보였다.

한데 빙정이 모두 빠져나간 시신은 목내이(木乃伊)처럼 그저 말라비틀어져 있다.

참으로 볼품없다.

그는 품에서 작은 청옥병을 꺼냈다.

"이해해라. 원귀(冤鬼)조차 죽이는 게 내 일이니."

그는 청옥병에 든 검은 액체를 계야부의 얼굴에 부었다.

치이익!

계야부의 얼굴은 삽시간에 녹아들어 갔다.

병에 든 액체는 살과 뼈를 단숨에 녹여 버리는 강력한 산(酸)이다. 병이 작은 만큼 시신 전체를 녹이지는 못하지만 머리 하나 정도는 가볍게 녹여낸다.

계야부는 찰나 만에 머리 없는 시신이 되었다.

이로써 큰 그림 하나가 완성되었다.

"후후후!"

그는 기분 좋게 웃었다.

2

"꼼꼼한 친구군."

"……."

"냄새가 여기까지 풍기는데…… 아주 독한 물건이군. 냄새만 맡아도 머리가 지끈거려."

초로의 노인이 능숙한 손길로 밀반죽을 하면서 말했다.

당문 노문주와 독심독의는 시골 농부 같은 노인 앞에서 한 마디 언급도 하지 못했다.

노인은 나이가 많지 않다.

아무리 잘 봐줘도 이제 갓 환갑을 넘겼지 않을까 싶다.

그만한 나이라면 다른 곳에서는 노인 대접을 받겠지만 당문 노문주나 독심독의에게는 어린애에 불과하다.

현 당문 문주인 노문주의 자식도 환갑을 넘은 지 오래다.

굳이 나이까지 들먹일 필요도 없다. 사천당문의 노문주라는 위치, 그리고 무총 총주의 직제자라는 위치만으로도 그들이 누구에게 하대를 받을 입장은 아니다.

초로의 노인은 혼잣말처럼 말했지만 그 말은 두 독성에게 하는 말이나 다름없었다.

"청농(菁膿)이라는 산(酸)입니다. 시신을 흔적없이 지울 때 쓰는데, 흔히 쓰는 물건은 아니고……."

독심독의가 말을 하다 말고 노문주를 쳐다봤다.

청농은 사천당문의 물건이다. 제조법이 비전(秘傳)이기 때문에 당문도 이외에는 만들 수조차 없다.

노문주가 살짝 고개를 가로저었다.

그자를 알지도 못할뿐더러, 청농이 어떻게 해서 그자 손에 들어갔는지도 모른다는 뜻이다.

다른 때 같았으면 모른다고 해서 지나갈 일이 아니다. 청농이 사천당문의 물건임이 틀림없는 이상 유출된 이유를 반드시 찾아내어 설명할 의무가 있다.

하지만 지금은 그런 자잘한 일에 연연하지 않았다.

현 무림에서 안선에 통하지 않는 문파는 없다. 문도들 중에 한두 명은 반드시 안선과 내통한다. 개중에는 평범한 선을 넘어서 적극적으로 안선 일에 가담하는 문도도 많다.

"쯧! 당문이 만든 것치고 어디 좋은 것이 있어야지. 어떻게 하면 잘 죽일까, 어떻게 하면 많이 죽일까…… 쯧! 생각하는 것들 하고는……."

초로의 노인이 헛바람을 찼다.

노문주는 가타부타 말을 하지 않고 빙그레 웃기만 했다.

노인은 밀반죽을 끝낸 후, 둥근 봉으로 민 다음 만두피를 만들었다. 그리고 미리 만들어놓은 속을 넣어 어린아이 주먹만 한 만두를 빚기 시작했다.

할위막사.

중원에서 그를 아는 사람들은 별로 없다. 무인들 대부분이 그를 알지 못한다.

그를 아는 사람도 단지 별호만 알 뿐이다.

동정호의 오대고수는 무총의 총주와 연배가 비슷하다. 대충 잡아도 일흔에서 여든 사이다.

하지만 그들의 나이를 제대로 보는 사람은 없다.

동정목부 같은 경우에는 중년으로 보고, 할위막사는 초로의 노인으로 본다.

이것이 그들에 대한 정보의 모든 것이다.

문파가 어디인지, 어떤 무공을 수련했는지, 하늘을 떨쳐 울릴 만한 무공을 지니고도 왜 동정호에서 어부로 지내왔는지…… 그들에 대한 속사정을 아는 사람은 없다.

그들…… 동정호의 오대고수 중에 한 명인 할위막사가 두 독인 앞에 불쑥 나타났다.

당문 노문주는 할위막사를 아는 몇 안 되는 사람들 중 한 명이다. 할위막사의 배분이 자신에 못지않다는 사실을 알고 있으며, 무공으로 감당하기 벅찬 상대라는 것도 안다.

동정호의 오대고수는 굉장히 저평가되었다.

그들이 지닌 무공만으로 미루어본다면 무총의 총주와 버금가는 대우를 받아야 한다.

그런 사람들이 겨우 동정호에서 비궁이나 지키고 있다.

그들에게 말 못할 사연이 있겠지만 어쨌든 할위막사는 비궁으로 다시 돌아왔고, 그들 앞에서 만두를 빚고 있다.

"불쌍한 놈, 무덤이나마 바로 써줘야 될 텐데……."

독심독의가 지나가는 말로 중얼거렸다.

침입자가 청농으로 녹여 버린 시신은 계야부가 아니다. 할위막사가 가져온 시신이다.

그렇다. 처음부터 할위막사가 가져온 시신을 묻었다.

누가 봐도 계야부와는 전혀 닮지 않은 시신이었지만 침입자는 속아 넘어갔다.

계야부는 땅속에 묻힌 지 하루가 지났다.

그사이, 딱딱하게 얼어버린 동토에 묻힌 시신이 썩으면 얼마나 썩으랴. 그래도 땅에 묻힌 이상 썩는다는 생각을 하게 되어 있다. 또한 빙정을 빼앗긴 후에 죽었으니 피골이 상접했을 것이라는 고정관념도 생긴다.

이러한 착각들이 낯선 시신을 계야부로 보이게끔 만들었다.

　사실 두 사람은 비지에 침입자가 있다는 사실을 알지 못했다.

　사약란에게 온 신경을 쏟고 있었기 때문에 다른 데 신경을 쏟을 틈이 없었다. 월야사신까지 죽어버렸기 때문에 긴장감은 더욱 컸다. 아니다. 사약란 때문만은 아니다. 설마 난석환류진이 뚫릴까 하는 기문진에 대한 확고한 믿음이 경계심을 누그러뜨렸다.

　그런데 정말로 난석환류진이 뚫릴 줄이야.

　마치 제집 마당을 거닐 듯 유유히 빠져나오던 모습이라니.

　계야부의 무덤을 일부러 찾아간 게 아니다. 침입자에게 계야부의 무덤을 알려주기 위해서 찾아가 술을 따랐다.

　무덤을 일부러 허술하게 만들어서 침입자가 스스로 찾게 만들까 하는 생각도 해봤다. 자신들이 나서서 가르쳐 주는 것보다 본인이 스스로 찾게 만드는 것이 훨씬 자연스러워 보였다.

　한데 어찌 된 이유에서인지 할위막사가 반대했다.

　무덤은 완벽하게, 그리고 나중에 술 한 잔.

　그들은 할위막사의 주문대로 이행했다.

　그 결과, 누군지 모를 시신의 얼굴에 청농이 부어졌다. 머리가 완전히 녹아서 없어졌다. 세상으로부터 완벽하게 감춰진 자를 일부러 찾아내어 머리를 녹여 버렸다.

　비밀을 유지하기 위해서는 아니다. 죽음을 가장 확실한 방법으로 확인하기 위해서다.

　참으로 잔인한 심성 아닌가.

계야부의 시신은 아직도 누울 자리를 찾지 못하고 초옥 한 구석에 눕혀져 있다.

그를 묻어줘야 하는데…….

솥에서 김이 모락모락 솟아올랐다.

맛있는 냄새가 솔솔 피어난다.

그러나 김이 무럭무럭 피어날수록 두 독성의 얼굴은 점점 더 어두워져 갔다.

할위막사가 만두를 내밀며 무슨 말을 할까?

그의 만두는 공짜가 아니다.

그의 만두를 먹는 자, 그의 말을 들어야 한다.

할위막사가 하는 말이라는 건 거의 대부분이 강압적인 행동을 요구한다. 부탁이 아니라 명령이며, 복종하지 않는 자에게는 애병인 쌍수도가 빛을 뿜는다.

예외는 없다.

두 독인은 할위막사가 할 말을 짐작한다.

비지에서 떠나라!

사약란에게서 손을 떼라!

이 둘 중 하나일 게다.

비지에는 중요한 것이 없다. 보물도 없고, 영약도 없다. 오직 사약란만 있다.

할위막사가 나타나서 만두를 빚는 게 그 일 아니면 무엇이랴.

두 사람은 그런 말을 받아들이지 못한다.

사약란의 위급한 순간이 남아 있다. 지금 그녀는 죽음의 순간을 향해 달려간다고 봐도 무방하다.

한 고비, 그 고비를 넘으면 절대무쌍의 내공을 얻을 것이요, 넘지 못하면 영약의 영기를 감당하지 못하고 전신 경락이 갈가리 찢길 것이다.

그녀의 몸 밖으로 빠져나가는 영기가 문제가 아니다. 절대고수가 그녀의 몸 안에서 용해되는 영약의 기운을 다스려 줘야 한다. 내공을 수련한 적이 없는 그녀이기에 외인의 도움이 절대로 필요하다.

지금 사약란을 등진다면 무엇 하러 이 고생을 하였는가.

계야부는 왜 죽었으며 월야사신의 죽음은 어디 가서 그 보상을 받으랴.

결국 일장격돌로 이어질 가능성이 높다.

당문 노문주와 독심독의의 합공 대 할위막사의 쌍수도 싸움이다.

한데도 두 사람은 승리를 장담하지 못했다.

당문 노문주는 할위막사를 안다. 그의 무공을 안다. 동정호 오대고수의 무공이 총주와 버금간다는 사실을 안다.

총주는 특정한 사람들을 위해 오 년에 한 번씩 잔치를 연다.

총주가 초대한 사람들만 잔치에 참석하며, 잔치 일정과 내용을 일절 함구하게 되어 있다.

잔치 형식을 빌린 일종의 비밀 회합인 셈이다.

실제로는 특정한 내용이 없다. 당금 무림을 이끌어 나가는 사람들끼리 서로 얼굴이나 보며 술이나 한잔 마시자는 의미밖에는 없다. 그 자리에서 강호 대소사를 의논하기도 하고, 문파간의 알력도 해소하기는 하지만 그게 주된 목적은 아니다.

잔치에 참석하는 자는 스물다섯 명이다.

구파일방의 장문인 열 명과 오대세가의 가주 다섯 명, 그리고 당금 무림에서 가장 명성이 높은 열 명의 고수가 초빙된다.

그렇게 오 년마다 한 번씩 스물다섯 명이 모여 술잔을 기울였다.

한데 애초에 그 자리에 참석할 사람은 스물다섯 명이 아니었다. 서른 명이었다.

이는 총주가 직접 자신의 입으로 밝힌 사실이다.

당금 무림에서 가장 무공이 깊은 열다섯 명을 초빙하려고 했단다. 한데 부르고 싶었던 다섯 명이 동정호를 지키고 있어서 불가불 초빙하지 못했다고 했다.

구파일방 장문인들, 그리고 오대세가의 가주들과 함께 자리를 같이한 사람들의 면면을 살피면 놀랍기 그지없다.

가장 유명한 사람은 뭐니 뭐니 해도 하늘의 별이라는 삼성(三聖)이다.

불가의 성오존자, 도가의 벽운 도인, 유가의 일휴문사가 세 자리를 차지한다.

다른 일곱 명의 면면도 그들 못지않다.

그 자리에 참석한 사람들 중 어느 누구도 하자를 말하는 사람이 없을 정도로 고강한 사람들이다.

총주는 그들과 어깨를 나란히 하는 사람으로 동정호의 오대 고수를 꼽았다.

한두 번이 아니다. 모두 모일 때마다 그들을 자랑스러워했다. 그들이 현 무림에 있다는 사실에 긍지를 느낀다고 했다. 총주 자신과 겨루었지만 겨우 반 초 차이뿐이라는 말도 덧붙였다.

총주와 반 초 차이.

이 얼마나 엄청난 말인가.

그 말을 한 사람이 총주가 아니었으면 대뜸 '미친놈' 이라는 소리가 튀어나갔으리라.

당문 노문주는 두 사람이 합공을 펼쳐도 승산이 없을 것이라고 판단했다.

독심독의의 경우는 불안감이 더했으면 더했지 못하지는 않다.

그는 할위막사의 무공을 본 적이 있다.

사약란이 비궁으로 들어서고자 했을 때, 앞을 가로막은 사람이 할위막사였다.

그때 그는 만두를 빚어주며 돌아가라고 했다.

사색신녀가 덤벼들었고, 계야부가 싸웠다.

사약란의 암계로 쌍수도의 칼날을 통과하기는 했지만 이겨서 통과한 것은 아니었다.

그때도 할위막사가 진정으로 손을 썼다면 그 자리에 있는 사람들은 모두 죽었다.

계야부, 오목, 사명사귀…… 모두가 합공을 펼쳐도 쌍수도에서 번쩍이는 빛 한 줌을 감당하지 못했다.

더군다나 그는 독림인 비궁을 지킨 사람이다.

독에는 상당히 깊은 조예가 있다. 독인의 경지에까지는 이르지 못했다고 해도 어떻게 해야 중독을 피하는지는 안다. 동귀어진까지 생각하면 중독시키지 못할 바도 아니지만…….

싸움이 벌어지면 전망은 상당히 불투명하다.

할위막사가 만두를 꺼내왔다.

"드시오."

두 사람은 먹지 못했다.

만두라면 환장하는 사람도 아니고, 바로 이어질 말이 궁금해서 먹을 수가 없었다.

"말씀부터 먼저 듣고 먹겠습니다."

"저 아이가 약효를 흡수하려면 고수 세 명이 필요할 텐데?"

"그렇습니다."

"내가 하지."

"그래…… 주시겠습니까?"

독심독의는 자신보다 최소한 십 년은 어린 사람에게 꼬박꼬박 존대를 했다.

"저 아이가 약효를 다 흡수한 후에는 어찌할 생각들이오?"

"……?"

"계속 저 아이 곁에 있을 것인지, 아니면 각기 제 갈 길로 갈 것인지 묻는 것이오."

"거기까지는 생각해 보지 않았는데…… 아무래도 각자 갈
길이 있지 않겠소이까."

노문주가 말했다.

"그렇다면 제안 하나 하지요. 두 분은 이번 일이 끝난 후, 경
치 좋은 곳에 가서 쉬었으면 하는데."

"그 경치 좋다는 곳이 어디오?"

독심독의가 퉁명스럽게 물었다.

틀림없는 압박, 강압이다. 이것이 만두를 먹는 조건으로 내
줘야 할 것이다. 여기서 불응하려면 쌍수도를 염두에 둬야 하
며, 승산은 희박하다.

"가보면 알지 않겠소. 경치 좋다는 말, 허언은 아니오."

할위막사가 담담하게 말했다.

그의 음성에는 승리자로서의 오만 같은 것은 담겨 있지 않
다. 처음부터 끝까지 시종일관 담담하다.

한마디 해서 들어주면 좋고, 들어주지 않아도 어쩔 수 없고.
굳이 설득할 필요도 없고, 그럴 생각도 없고. 싸우면 싸우는 것
이고, 말면 마는 것이고.

그는 절대 지지 않는다는 자신감으로 똘똘 뭉친 사람이다.

"은거하란 말씀이시오?"

노문주가 물었다.

"일 년? 이 년? 일이 년 정도만 쉬다 오면 되지 않겠소?"

노문주와 독심독의는 침묵했다.

그들은 강호 경험이 풍부하다. 그래서 할위막사가 무슨 뜻

에서 이런 말을 하는지도 알아들었다.

　동정호의 한 섬에 우연히 당대의 독인 세 명이 모였다. 우연? 절대 우연이 아니다. 이런 일을 우연으로 받아들일 만큼 무지하지도 순진하지도 않다.

　사약란이 화화구중에 중독되었다.

　해약이 없다. 독성 세 명이 머리를 맞대고 궁리를 거듭해도 방법이 없다.

　마침 그때, 계야부가 나타난다. 화화구중을 유일하게 풀어낼 수 있는 빙정을 몸에 지니고 남몰래 잠입한다.

　이것도 우연인가?

　계야부가 빙정을 넘겨주고 죽었다.

　그러자 이번에는 침입자가 나타난다. 난석환류진을 거침없이 뚫고 들어와서 오직 한 가지 일만 처리한 후에 물러난다.

　계야부의 머리에 청농을 들이붓는 일이다.

　여기까지가 하나의 흐름이다.

　배후에 이번 일을 계획한 사람이 있다고 가정했을 때, 하나의 흐름은 아주 잘 만든 각본이 된다.

　할위막사는 배후 인물의 적대적 입장으로 나타났다.

　그는 비지에 들어설 때 이미 다른 시신을 준비해 왔다.

　이런 일이 있을 것을 알고 있었던 것이다.

　계야부가 죽을 것, 그리고 침입자가 나타나서 계야부의 죽음을 확인할 것.

　하면 할위막사는 왜 계야부의 시신을 보존해야 했을까?

계야부는 이미 죽었다. 죽은 사람을 굳이 보호할 필요는 없다. 팔다리를 부러뜨리든, 목을 베어내든 침입자가 하고 싶은 대로 하도록 시신을 내어주어도 상관없다.

한데 시신을 보존했다.

다시 말해서 할위막사는 계야부를 살릴 방도가 있다는 뜻이다.

할위막사가 만두를 빚은 게 이 시점이다. 만두를 먹는 조건으로 일이 년 정도 은밀한 곳에 숨어 있다 나오란다.

계야부가 살아 있다는 사실을 배후 인물이 몰라야 한다는 뜻이다.

사약란을 치료하는 데 적극적으로 거들겠다고 했으니 그녀를 위해할 마음은 없는 듯하다.

하기는 무총 총주의 가신이나 다름없는 동정호 오대고수가 그의 손녀를 어찌한다는 건 상상이 되지 않는다. 지금처럼 그녀를 낫게 하기 위해서라면 무슨 일이든 하겠다는 태도가 쉽게 납득된다.

사약란을 치료하고, 계야부까지 되살리고…….

비지에서 일어난 일을 아는 사람은 계야부, 사약란 두 당사자와 지금 대화를 나누고 있는 세 사람뿐이다.

할위막사의 입장에서는 두 독인을 죽이는 것이 더 가뿐하다.

어디로 멀리 보낼 필요가 없다. 이 자리에서 죽여 버린다면 그가 원하는 비밀 보장이 이루어진다.

할위막사는 빨리, 쉽게 일을 처리할 수 있다.

그는 불끈불끈 솟구쳤을 살의(殺意)를 꾹 억누르고 만두를 집은 것이다.

말을 거역하면, 끝까지 거역하면 어찌 될까?

할위막사의 협박은 그들에게만 국한되지 않는다.

노문주를 죽이면 십이천자도 죽여야 한다.

비궁에 들어온 당문도를 모두 죽여야 하며, 할위막사에게는 그럴 만한 무공이 있다.

협박이 여기에서 그친다면 어떻게든 한번 모험을 해볼 용기가 있다. 평생 갈고닦은 독공으로 총주와 버금간다는 자와 한바탕 드잡이질을 해보고 싶다.

한데 이 사건은 여기서 끝나지 않는다.

노문주와 십이천자의 죽음은 당문과 할위막사의 싸움으로 번진다. 아니다, 아니다. 당문과 무총의 싸움이 된다.

당문의 노문주가 비궁에서 죽는다면 그 책임은 무총이 져야 한다. 명목상 비궁은 무총의 소유지이니 잘잘못을 따지는 것도 무총에게 해야 한다.

당문은 무총에게 흉수를 내놓으라고 요구한다.

물론 할위막사가 무총의 요구를 순순히 들어줄 사람은 아니다. 무총도 당문이 요구한다고 할위막사 같은 초절정고수를 내놓을 리도 없다. 내놓고 싶어도 할 수 없겠지만 말이다.

다시 말해서 당문은 무총에게 할 수 없는 일을 강력하게 요구하는 셈이다.

그래도 이런 일을 벌여야 한다.

아비가 비궁에서 비명횡사를 했다. 흉수도 찾지 못했다. 자식 된 자가 어찌 따지지 않겠는가. 그런 일을 따지지 않고 어떻게 무림 동도를 이끌겠는가. 어찌 사천의 패주로 어깨를 들고 다닐 수 있겠는가.

강력하게 항의하여 흉수를 인도받지 못한다면 사천당문이 설 자리는 사라지게 된다.

그러니 당문은 요구하고, 무총은 거절한다.

칼은 칼로, 피는 피로…….

당문은 무총을 향해 검을 든다. 아니, 독을 뿌린다.

그 후의 결과는 어떻게 될까?

당문이 무총을 이길 수 있다고 생각하는 사람은 없다.

무총은 중원에 산재한 모든 문파를 움직일 수 있다. 잔치에 참석한 스물다섯 명 전원을 끌어낼 수 있다.

무림이 무총에 그만한 권한을 주었다.

그들을 끌어들일 필요도 없다. 무총 본단이 지닌 힘만 가지고도 당문 정도는 상대할 수 있다.

싸움이 되지 않는다.

당문은 움직여도 멸문하고, 움직이지 않아도 멸문한다.

한꺼번에 왕창 무너지느냐, 아니면 온갖 모욕과 멸시를 감내하며 시일을 끌다가 모래성 무너지듯 조금씩 무너지느냐의 차이만 있을 뿐이다.

자신이 이곳에서 죽지 말아야 한다.

노문주는 침묵할 수밖에 없었다.

독심독의는 다른 이유에서 입을 다물었다.

무총 총주는 독심독의의 사부다. 정식으로 무공을 전수받았든, 명색만 사제 간이든 사부는 사부인 게다.

한데 할위막사는 총주와 동배분이다.

동정호의 오대고수가 비궁의 수문장 역할을 했지만 그것은 총주와 그들 사이의 약조 때문이다.

그들은 무총의 수하가 아니다. 오히려 총주의 지인(知人)에 가깝다. 무총 무인들에게는 받들어 모셔야 할 분이지 따지고 대들 사람이 아니다.

이런 입장은 독심독의에게도 통한다.

그는 할위막사의 배분을 무시할 수 없다.

나이를 떠나서 한 배분 차이가 나며, 이런 사실을 인정해야 한다.

배분상 독심독의는 할위막사의 말을 거스를 수 없다. 그의 말을 거스른다는 건 사부의 말을 거스르는 것이나 진배없다. 그러니 솟구치는 울화를 꾹 눌러 참는다.

노문주가 입을 열었다.

"할위막사, 그대가 적으로 삼은 인물…… 누군지 알려주지 않겠소?"

할위막사는 생각할 것도 없다는 듯 즉시 말했다.

"말해줄 수 있소. 서너 마디면 되는데 그게 뭐 어려운 일이라고. 헌데 그걸 말해주면 이 만두는 거둬야 하는데, 괜찮겠소?"

살의다.

아주 단호한 경고다.

두 독인이 해야 할 일은 여기까지다! 여기서 한 걸음만 더 깊이 들어가면 죽는다.

배후의 인물이 누구인가? 그가 누구이든 할위막사 같은 인물이 대뜸 쳐들어가지 못하고 암암리에 일 처리를 할 정도로 대단한 자인 것만은 틀림없다.

일이 년…….

앞으로 일이 년 안에 대파란이 일어나리라.

중원은 피로 물들 것이고, 중원 판세는 지진을 맞은 것처럼 마구 뒤엉키리라.

노문주는 만두를 집었다.

"평소 할위막사의 만두 맛이 천하 으뜸이라는 말은 들었소이다. 어디 맛이나 봅시다."

3

퍽! 퍼억! 퍼억!

세 사람의 내력이 한 여인의 육신을 정교하게 가격했다.

장(掌)을 쓸 때도 있고, 지(指)를 쓸 때도 있으며, 어떤 때는 권(拳)을 쓰기도 했다.

퍼억!

독심독의가 힘껏 내지른 권력(拳力)이 사약란의 등줄기를 두들겼다.

손에 사정이 담겨 있지 않다.

빙정과 화화구중의 합일체가 독맥을 뭉개 버리기 일보 직전이다. 천 근의 힘으로 뭉친 곳을 풀어야 한다.

슈웃! 파앗!

할위막사가 독심독의와 거의 동시에 사약란의 어깨를 손가락으로 짚었다.

거센 폭류(瀑流)처럼 무지막지하게 수태음폐경(手太陰肺經)으로 밀려들던 기운이 일시에 싹 가셨다.

정말 흔적도 없이 사라졌다.

수태음폐경을 흐르는 기운은 바람 한 점 없이 잔잔하다. 폭풍우가 언제 있었냐는 듯 순한 양의 얼굴로 천부(天府), 협백(俠白), 척택(尺澤)을 흐른다.

반면에 독맥은 아직도 거센 파도가 춤을 춘다.

천 근의 힘이 실린 권력을 얻어맞고 잠시 주춤하는가 싶더니 이내 성난 몸짓을 하고 있다.

퍼억! 퍼억! 퍼억!

독심독의는 연달아 삼 권을 뻗어냈다.

그제야 기승을 부리던 기운이 잔잔하게 가라앉았다.

이것이 할위막사와 독심독의의 무공 차이다. 할위막사는 손가락 하나로 풀어냈는데, 독심독의는 같은 기운을 풀어내면서 온갖 심혈을 다 기울였다.

내공 차이가 현격하게 벌어진다.

뿐만이 아니다. 이번 한 수로 알아낼 수 있는 건 또 있다.

할위막사와 정면승부를 결행했을 때, 노문주와 독심독의는 일 초도 견디지 못하고 패배했을 거라는 사실이다.

원래 무인과 독인은 내력으로 승부를 논할 수 없다.

무공을 수련하지 않고는 무인이 될 수 없지만 독인은 글만 읽는 선비도 될 수 있다.

독인이 독을 들었을 때, 그 앞에서 거만을 떨 사람은 없다.

단, 독에 영향을 받는 사람이어야 한다.

할위막사는 독에 영향을 받지 않는다. 무형기(無形氣)로 전신을 에워쌌다.

어떻게 아느냐고?

현재 사약란은 불덩이와 얼음덩이 사이를 오락가락한다.

어떤 때는 열이 팔팔 끓다가도 어느 한순간에 꽁꽁 얼어붙은 동태처럼 차디차진다.

빙정과 화화구중의 혼합체가 폭주하고 있기 때문이다.

두 기운은 아직도 완전히 합일되지 않았다. 음과 양이 자석처럼 끌어당겨서 바짝 밀착되는 데까지는 성공했는데, 그 이상은 좀처럼 진전되지 않고 있다.

아직은 서로가 서로를 누르려고 한다.

지금 상황에서 우위를 점하고 있는 것은 화화구중이다. 화화구중이 빙정을 흡수하는 형태를 취했으니 당연한 결과다. 또 앞으로도 화화구중이 빙정을 녹이게 될 것이다.

하나 빙정도 만만치 않다.

지극한 음의 기운으로 꿋꿋이 버티고 있을 뿐만 아니라 화화구중의 불길을 꺼뜨리려고 안간힘을 쓴다.

체온이 변화무쌍하게 변하는 원인이다.

노문주와 독심독의, 그리고 할위막사는 폭주하는 부분을 두들긴다.

빙정이 독아(毒牙)를 드러내면 망치로 두들겨 짓누른다. 화화구중이 불길을 쏟아낼 때도 공기를 밀폐시켜 불길을 누그러뜨린다.

사약란이 음양합일영기를 온전히 받아들이는 첫 번째 단계는 이렇게 시작된다.

한데 빙정과 화화구중의 혼합체, 음양합일영기가 순순히 당하고 있지 않다는 데 문제가 있다.

영기는 자신이 지닌 힘을 총동원하여 외부로부터 전해지는 가격에 저항한다.

힘으로 맞서는 것은 물론 무리다.

영기가 아무리 강력하다고 해도 각기 일 갑자가 넘도록 수련한 세 사람의 내공을 감당하지는 못한다.

영기는 자신이 지닌 특이한 기운을 쏟아낸다.

빙기가 극성할 때는 한기를 쏟아내고, 화화구중이 주도권을 잡을 때는 열기를 토해낸다.

이것이 세 사람에게는 독기로 작용한다.

영성(靈性)을 띤 영기가 반발하고자 하는 내공의 취약점을 찾아서 집중적으로 파고들기 때문이다.

노문주나 독심독의는 영기의 사나운 성깔을 안다. 그래서 사전에 대비책을 세워놓았다.

그들은 수십 년 동안 독공(毒功)을 수련했다. 그렇기 때문에 웬만한 독에는 중독 증상을 일으키지 않는다.

그들은 그 점을 십분 활용했다.

코끼리도 단번에 쓰러뜨린다는 절독을 복용했다.

이것은 두 가지 효과가 있다.

첫 번째는 목적한 것, 영기의 침투를 방지한다.

영성을 띤 영기는 외부의 압력에서 취약점을 찾을 수 있다. 뿐만 아니라 반격까지 가능하다. 하지만 모든 생명체를 죽이는 절독 안으로는 파고들 생각을 하지 않는다.

영기의 본성은 삶이다.

죽음에게서 멀어지고자 하는 성향이 있다. 반대로 밝음, 생동감, 활력 등등 생(生)에 연관된 부분에는 찰싹 달라붙는다.

그들은 자신들의 신체를 죽음의 밭으로 만들었다. 당연히 영기는 들어올 생각을 하지 않았다.

두 번째 효과도 본다.

그들은 자신들이 수련한 독공과 조화를 이루는 절독을 복용했다.

독공을 수련하면서 적어도 십여 번 이상 복용해 본 적이 있는 익숙한 독을 사용했다.

절독은 체내로 들어가서 잠복해 있는 독기를 모두 일깨워

놓는다. 그리고 이는 내력을 최대한으로 이끌어 독공의 위험
도를 한층 강화시킨다.

영기가 어떤 반발을 하든 마음 놓고 타격할 수 있다. 타격의
위력도 한층 강해졌다.

시술이 끝난 후에는 독기를 배출, 혹은 흡수하기 위해서 한
동안 고생해야 한다. 하지만 그런 고생쯤은 그들이 얻는 효과
에 비하면 감수하고도 남는다.

한데 할위막사는 절독을 복용할 수 없다. 영기의 공격에서
자유롭지 못하다는 것은 말할 것도 없다.

사약란을 타격하는 즉시 그도 타격을 받는다. 타격을 가한
강도에 비례하여 즉각적으로 영기에게 보복을 당한다.

그는 시술이 끝날 즈음에는 심각한 내상을 입을 것이다. 그
래서 손도 쓰지 못할 지경에 이를 게다. 자신을 죽음의 밭으로
만들지 않는 한은 영기의 보복을 피할 수 없으니 틀림없이 그
리되리라.

결과는 예상 밖이다.

그는 멀쩡하다. 두 독인을 압도하는 내공을 선보일 뿐 아니
라 영기의 반발력도 아주 간단하게 저지시켜 버린다.

힘! 힘으로 짓누른다.

영기가 치솟는 힘을 내공으로 맞받아 눌러 버린다.

전력을 다한 것도 아니다. 혹여 빈틈이라도 있을까 봐 전신
을 무형기로 에워쌌다.

그가 사약란에게 쓰는 내공은 칠 할 내지 팔 할밖에 안 된다

고 봐야 한다.

그는 그런 내공으로 두 사람보다 훨씬 고명한 솜씨를 보이고 있다.

인간의 내공이 아니다. 말로는 표현할 수 없는 어마어마한 내공이다. 이 정도의 내공이라면…… 사약란이 음양합일영기를 완전히 소화시켰을 때나 선보일 수 있다.

무총 총주의 말은 옳았다.

동정호의 오대고수는 총주와 견줄 수 있는 절대고수다.

지난날, 지금처럼 강하지 못했던 계야부가 할위막사로 하여금 길을 비키게 했다. 또 오대고수 중의 한 명인 동정목부의 삼 초를 견뎌냈다.

기적이거나, 아니면 기적을 가장한 계획이거나.

퍽! 퍼어억! 퍼억!

경혈을 때리는 소리가 쉴 새 없이 터져 나왔다.

사약란은 정련된 강철이 되었다.

그녀의 오장육부는 차디찬 얼음과 용암처럼 뜨거운 불길로 제련되었다. 그녀의 육신은 세 고수의 망치질에 단련되고 또 단련되어 강철 막이 입혀졌다.

그녀는 인간의 힘으로는 깨뜨릴 수 없는 금강불괴(金剛不壞)가 되었다.

사약란의 호흡이 평온하다. 혈색도 좋다. 얼굴빛이 발그스레하니 도화(桃花)를 연상시킨다.

"휴우! 혼났어. 미쳐 날뛸 줄은 예상했는데 이건 완전히 성
난 망아지이니."

독심독의가 소매로 이마에 흐르는 땀을 닦으며 말했다.

세 사람, 엄밀히 말하면 할위막사는 처음부터 긴장도 하지
않은 것 같으니 열외로 치고 두 사람은 한숨 돌렸다.

들끓는 영기와 씨름을 한 지 무려 여섯 시진 만이다.

반나절 동안 한시도 쉬지 않고 내공을 쳐냈으니 진기 소모
도 만만치 않다. 더군다나 그들은 절독까지 복용했기 때문에
시간을 잠시만 더 지체했다면 오히려 그들 자신이 위험할 뻔
했다.

빙정과 화화구중이 완전히 하나가 되었다.

이제 이 세상에 빙정은 없다. 화화구중도 사라졌다. 두 가지
영물이 섞여서 하나가 된 음양합일영기만 존재한다. 그것도
사약란의 경맥 속에 녹아들었으니 형체를 찾아볼 수는 없으리
라.

"음양합일영기가 완전히 안정된 거요?"

할위막사가 물어왔다.

"그런 것 같소이다."

노문주가 대답했다.

"하면 이제 끝난 거요?"

"아직은 좀 더 지켜봐야 할 듯싶소이다. 이상은 없는 듯하지
만 그래도 혹시 모르니."

"후후! 그런 말은 곤란하지 않소. 문도가 그런 식으로 대답

을 해도 나무라야 할 사람이…… 없으면 없다, 있으면 있다. 어떻소? 끝난 거요, 아니오?"

할위막사는 얼굴색 하나 변하지 않고 당대의 거성인 노문주를 다그쳤다.

"끝났소이다."

노문주가 옅은 웃음을 머금고 말했다.

사람이 사람에게 철저하게 굴복당한다는 건 온갖 모멸을 감수해야 한다는 뜻이다.

노문주가 당문의 앞날을 염려하여 잠시 은거하기로 결정한 순간부터 할위막사는 상전이 되고 말았다.

"방금 전에 지켜봐야 한다고 했는데, 얼마나 지켜볼 생각이오?"

"하루 정도면 될 겝니다."

할위막사가 알았다는 듯 고개를 주억거렸다.

할위막사는 조금도 쉬지 않고 계야부에게 달려들었다.

시신이나 다름없는 그를 일으켜 앉혔다. 운공조식을 취하는 사람처럼 가부좌를 틀게 하고, 두 손은 가지런히 모아 단전에 붙였다.

노문주와 독심독의는 할위막사의 행동을 주의 깊게 지켜보았다.

짐작건대, 지금부터 할위막사는 계야부를 살릴 생각인 듯하다.

그럴 목적으로 비지에 몰래 들어왔으며, 자신들에게 일시 은거를 요구했다.

한데 이 부분, 계야부를 살린다는 부분은 솔직히 노문주나 독심독의에게도 최대의 관심거리다.

두 독성은 계야부의 죽음을 선언했다.

독(毒)과 의(醫)는 상통한다.

천하제일의 독성이 천하제일의 의원이다.

자타가 공인하는 천하제일의 의원 두 사람이 한 사내의 죽음을 확인했다.

신선이 와도 살릴 수 없다고 확신했다. 오죽하면 땅에 묻으려고까지 했을까.

할위막사는 그런 사람을 살리려는 것이다.

하면 할위막사의 의술이 두 독성을 능가한다는 말인가?

그런 것은 아니다. 의술이나 독술은 분명히 두 독성이 한 수 위에 있다. 계야부는 신체적으로 죽은 것이 확실하며, 되살릴 방도가 전혀 없다는 점도 맞다.

분명히 의술적인 진단은 그렇게 나온다.

할위막사는 두 독성이 손댈 수 없는 부분을 건드리려고 한다.

바로 진기의 세계다.

인간에게 무한한 능력을 부여하는 진기의 세계는 한마디로 딱 잘라 말할 수 없을 만큼 복잡 미묘하다. 또한 이 진기의 세계는 인간이 유일하게 아는 것보다 모르는 것이 더 많은 분야다.

현 무림에서 진기의 세계에 가장 깊이 들어가 본 사람은 단연 무총 총주다. 그가 어느 깊이까지 수련했고, 그곳에서 무엇을 보았는지는 오직 총주만이 안다.

당문 노문주나 독심독의도 그 경지는 알지 못한다.

그만한 경지에 이른 사람이 어떤 능력을 행할 수 있는지 짐작조차 하지 못한다.

무총 총주가 진기의 세계를 모두 아는 것도 아니다.

이 점만은 단언할 수 있는데, 그가 아는 진기의 세계라는 것도 극히 일부분에 불과하다.

진기의 세계를 모두 안다는 것은 우주의 모든 것을 안다는 말과도 같다. 한마디로 신(神)이 되는 것이며, 무소불위(無所不爲)의 권능을 행사할 수 있다.

그렇다. 진기의 세계를 모두 본 사람은 자신의 입으로 굳이 무엇을 봤다고 설명할 필요가 없다. 진기의 끝에서 얻은 힘을 선보일 필요도 없다.

그런 사람은 단지 걷는 것만으로도 모든 말을 한다.

누구나 그를 알아볼 수 있다. 그의 힘이 얼마나 크고 강한지 본능적으로 느끼게 된다. 감히 어깨를 나란히 하고 서지도 못할 정도로 마음 깊은 곳에서 존경심이 우러나온다.

노문주와 독심독의는 그런 경지에 오른 사람을 본 적이 없다. 무림 역사상 수련의 끝을 봤다는 사람은 나타난 적이 없다.

할위막사가 그 정도로 내공이 깊다고는 생각지 않는다. 다만 자신들이 성취하지 못한 부분에 올랐고, 그곳에서 새로운 세계를 봤다고 추측만 할 뿐이다.

의술이나 독술과는 전혀 다른 세계인 것이다. 그리고 그 세계의 몸짓으로 계야부를 되살리고자 한다.

죽은 자를 되살리는 것이 정말 가능하냐는 물음은 우문(愚問)이다.

그런 물음은 신선이 되면 정말로 호풍환우(呼風喚雨)를 일으킬 수 있냐는 물음과도 같다.

자신들이 견식해 보지 못한 세계이기에 입 다물고, 숨죽이고 할위막사의 일거수일투족을 지켜본다.

타탁! 타타탁! 타타타탁!

할위막사의 첫 번째 몸짓은 사약란에게 행했던 것과 똑같은 타혈(打穴)이었다.

"순서도 없고, 타혈 점도 없고……."

"역천수격생혈술(逆天手擊生穴術)!"

"어, 역천…… 수격!"

"대추혈(大椎穴)을 끌어당겨서 도도혈(陶道穴)까지 늘어뜨리고 있지 않나."

"훗!"

노문주와 독심독의는 깜짝 놀라 눈을 부릅떴다.

도가(道家)에 죽은 자도 되살릴 수 있다는 역천술이 전해 내려오니 그것이 바로 역천수격생혈술이다.

이를 시술하기 위해서는 시술자의 능력 또한 대단해야 한다.

우선 전신 진기를 모두 모아 손끝에 집중시킬 수 있어야 한다.

이 정도는 모든 무인이 할 수 있지 않느냐고 반문할 수도 있지만 역천수격생혈술에서 말하는 진기 집중은 일반적인 집중하고는 의미가 다르다.

전신 진기 집중!

이 순간, 시전자는 굉장히 위험한 상태가 된다.

전신 진기가 손끝에 모아져 있으니 호신기공(護身氣功)이 풀어지는 것은 당연지사, 완전한 무방비 상태가 된다. 어린아이가 다가와 손끝으로 살짝 누르기만 해도 즉사한다.

이 정도의 진기 집중도 상승 고수라면 해낼 수 있다.

역천수격생혈술은 조금 더 깊은 집중을 요구한다. 전신에 흐르는 모든 진기가 손끝에 모여야 한다.

손끝만 살아 있고, 다른 부분은 죽은 상태가 된다.

무리(武理)만 그런 게 아니다. 실제로 몸 상태가 그렇게 된다. 그래서 이런 상태로 반 시진만 앉아 있으면 바닥에 맞닿아 있는 부분의 살이 괴사(壞死)한다.

세포가 죽어서 살이 썩어들어 가는 것이다.

내공 수련이 상당히 깊다는 고수들도 이 정도까지 진기 집중을 해내지는 못한다.

인체의 모든 생기가 한 점에 모인다.

육신을 지탱하는 생기들이 한 점에 모였으니 생명력이 아주 강한 생명체가 된다.

실제로 이 정도까지 진기 집중을 이루면 영기가 영성을 띠
듯 진기도 영성을 띤다. 그래서 죽음, 어둠, 두려움, 슬픔 같은
어두운 면을 몰아내고 기쁨, 자비, 친근함 같은 밝은 면을 북돋
아준다.

그런 기운이 죽음과 부딪친다. 죽어 있는 혈과 맞닿는다.

진기는 당연히 죽음을 밀어낸다. 그리고 혈에 남아 있는 아
주 작은, 너무 작아서 없는 것과 같은 미기(微氣)를 끌어낸다.

살아 있는가? 움직이고 있는가? 그렇다면 내 너에게 새 생명
을 줄 것이다.

응축된 진기는 미기를 강력한 힘으로 끌어내어 격탕시킨다.

미기가 점점 커져서 제 몫을 해낼 때까지 끊임없이 두들겨
댄다.

그렇게 혈이 살아나면, 그 혈을 이끌어 다음 혈까지 끌어당
긴다. 그리고 똑같은 작업을 반복한 다음, 다음 혈이 되살아난
후에야 놓아준다.

그때쯤 먼저 격탕시킨 혈은 제 몫을 한다.

스스로 생혈을 조절한다. 죽은 기운을 밀어내고, 살과 뼈에
활력을 불어넣는다.

할위막사가 하고 있는 것은 바로 이것이다.

손가락에 모인 진기가 미기를 이끌어낸다. 끌어낸 미기를
강하게 키워서 점(點)으로 만든다. 미기가 성숙하여 요혈(要穴)
이 되면, 진기로 끌어당겨서 다음 요혈로 이끈다.

점이 선(線)으로 변형되는 과정이다.

이 과정을 통해서 손가락에 모인 진기는 큰 손실 없이 요혈의 범위를 넓힐 수 있다.

되살아난 요혈은 선에 머물지 않는다. 끊임없이 생명력을 창조하여 선에서 면(面)으로 영역을 넓혀 나간다.

그렇게 조금씩 조금씩 계야부는 되살아난다.

반면에 할위막사는 시간이 지날수록 위급해진다.

역천수격생혈술이 진기 소모가 극심한 시술법이라서 하는 말이 아니다.

현재 할위막사라는 사람은 존재하지 않는다. 그의 정신, 육신…… 모두 사라지고 없다. 남은 것은 오직 하나, 손가락 끝에 모인 진기뿐이다.

누군가 그를 죽이고 싶은가? 지금이라면 콧바람만 날려도 죽일 수 있다.

역천수격생혈술은 비밀 암동에서 아무도 모르게 시술해야 한다.

강제로 은거를 선택하게 만든 노문주와 독심독의를 앞에 놓고 전신을 활짝 열어젖힌 것은 대담하다기보다는 무모하기 짝이 없다.

아니다. 그래서 하는 말도 아니다.

먼저 말했듯이 시간이 지날수록 그의 육신은 허물어진다.

체중을 이기지 못해서 엉덩이, 허벅지, 발목 등등 바닥에 닿은 살들이 괴사한다.

반 시진이라는 시간은 길다면 길지만 역천수격생혈술을 사용하기에는 터무니없이 짧다.

할위막사의 손가락이 혈에서 혈로 이동하는 속도를 고려하면 계야부의 전신을 더듬는 데는 적어도 다섯 시진 이상이 필요하다.

"아무리 역천수격생혈술이라고 해도 시간상 불가능할 것 같은데…… 휴우! 도와줄 방도도 없고……."

독심독의가 긴 한숨을 내쉬며 말했다.

그때다. 신도혈(神道穴)을 더듬던 할위막사가 느닷없이 손을 거두고 물러섰다.

그는 합장(合掌)했다. 그리고 손가락에 모인 진기를 전신에 유포시켰다.

스스스스슷!

잠시 시신이나 다름없던 경맥에 활기가 스며들었다.

노문주와 독심독의는 할위막사의 이번 행동에서 전혀 모르던 사실 하나를 알았다.

역천수격생혈술은 분할해서 할 수 있다는 것, 역천수격생혈술로 되살아난 요혈은 꾸준히 생기를 유지한다는 것, 무엇보다도 계야부가 죽음에서 되살아났다는 사실을 깨달았다.

부활이었다.

第七十四章
주시자(注視者)

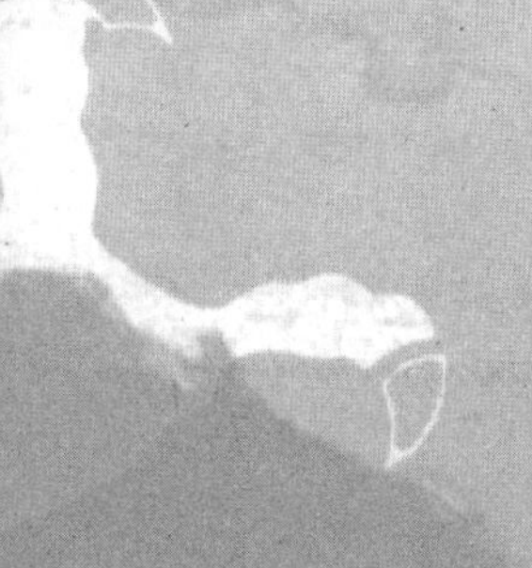

그는 누구일까?

이름은? 진짜 별호는? 무공은 어디에서 수련했으며, 무림에 나온 목적은 무엇일까?

"선암거사(禪庵居士)……."

그는 이교사의 별호를 나직이 읊조렸다.

선암거사라는 별호는 이교사가 가장 애용하는 별호다.

그는 이 밖에도 일곱 개의 별호가 더 있다. 언제 어떤 별호를 쓴다는 기준은 없는 것 같고, 기분 내키는 대로 쓰고 싶은 별호를 쓰는 것 같다.

"선암거사…… 당신은 충직한 인물이야."

"그렇소?"

마주 앉은 선암거사가 조롱조로 피식 웃으며 말했다.

"충직한 인물은 회유할 방도가 없지. 죽여서 입을 봉하던가 아니면 감쪽같이 모르게 해야 돼."

"후후후! 어쩌나? 이미 알아버렸으니 모르게 하기는 틀렸고, 입을 봉하는 일만 남았군."

"죽음을 재촉하는군."

"예로부터 패군지장(敗軍之將)은 할 말이 없는 법이라고 했다. 조롱은 그만하고 빨리 죽이게."

이교사는 말도 섞기 귀찮다는 듯 미간을 찌푸리며 말했다.

그는 일교사를 꺾기 위해 많은 것을 준비하지는 않았다. 간단하면서도 효과적인 방법을 선택했다.

정면 대결이다.

흔히들 '선암거사' 하면 충직한 인물 정도로 생각한다. 지략이 뛰어나고 강호 경험이 풍부하며, 지도력이 뛰어나다는 점도 그를 부각시키는 장점 중의 하나다.

그는 자신을 따르는 안선주 열두 명을 일교사 척살에 동원시켰다.

그들은 무림에서 잔뼈가 굵은 거목들이다. 안선을 위해서라면 물불 가리지 않는다. 자신의 목숨쯤은 언제든지 버릴 수 있는 강골 중의 강골이다.

안선주들은 그의 부름에 응했다.

안선주 열두 명, 그리고 그들이 데리고 온 이백여 명의 무인들.

그들이라면 승부를 결행할 만하다.

하지만 아직도 저울은 일교사 쪽이 더 무겁다. 훨씬 무겁다.

일교사는 북해빙궁의 빙극검형을 수련했다. 빙공(氷功) 중 최강이라는 빙극검형을 자유자재로 펼쳐 낸다.

그의 무학은 그것이 끝이 아니다. 이제 시작이다.

그는 소림 무학에 정통하다. 소림사 비인부전(非人不傳) 절기인 달마십팔수, 대력금강장을 비롯하여 칠십이종절예(七十二種絶藝)에 능통하다.

그의 무학은 어디가 끝인지 알 수 없다.

그래서 준비한 사람이 수하 중의 수하인 팔비점창(八臂簸槍)과 유일한 제자인 고우진(古宇辰)이다.

팔비점창은 창술의 대가다. 하나 정작 무서운 것은 그가 암기술의 대가라는 점이다.

암기술의 명가인 당문에서도 그의 암기술을 맞받을 자는 다섯 손가락 정도밖에 되지 않는다.

팔비점창을 전면에 내세운다.

물론 팔비점창까지 포함시켜도 여전히 일교사의 상대로는 부족하다는 점을 안다.

고우진이 마지막 균형을 맞춰준다.

그는 빙궁주의 희생 덕분에 북해빙궁의 양대절학을 한 몸에 지닌 초고수가 되었다.

일교사가 수련한 빙극검형은 물론이고, 여인만 수련할 수 있다는 빙화참까지 손쉽게 얻어냈다.

손쉽게…… 그 말이 맞다.

빙궁주가 극형의 고통을 참았다. 생명의 소진까지 감수했다. 그러면서 빙화참을 넘겨주었다. 하지만 고우진은 깊은 잠에 취했다가 깨어나 보니 자신도 모르는 사이에 초고수가 되어 있더라는 전설 같은 이야기의 주인공이 되었다.

참으로 운이 좋은 놈이다.

이교사는 그를 팔비점창을 보조하는 이인자로 내세웠다.

무공은 고우진이 압도적으로 강하지만 강호 경험이 일천한지라 팔비점창의 인도를 받으라는 뜻이었다.

다행히도 하늘이 선암거사의 편을 들어주어서 일교사의 나들이 장면을 포착해 냈다.

고우진이 호법 한 명 없이 혼자서 밀행(密行)하는 일교사를 발견하고 재빨리 통보해 온 것이다.

그것이 함정일 줄이야!

안선주 열두 명이 일교사를 포위했다. 그가 데려온 무인들도 일교사의 주위를 물샐틈없이 에워쌌다.

예정했던 대로 팔비점창이 전면에 나섰고, 고우진이 그를 보좌했다.

자신은 세 번째 무인이 되어 틈을 노렸다.

고우진과 팔비점창만으로도 부족하다고 봤던 것이다.

팔비점창은 무공이 부족하고, 고우진은 경험이 부족하다.

결국 일교사의 숨을 끊을 사람은 자신이 될 것이다.

그는 그렇게 검을 꺼냈다.

그 순간, 모든 싸움이 일시에 정지되었다.

고우진이 팔비점창의 등에 검을 꽂았다. 빙화참의 진력을 실어서 단숨에 심장을 꿰뚫었다.

팔비점창은 가슴으로 삐죽 삐져나온 검날을 쳐다봐야만 했다.

피는 흐르지 않았다. 빙화참의 진력이 심장을 얼려 버렸다. 흘러나올 피까지 얼음덩이로 만들었다.

즉사다.

고우진의 검이 이교사를 향했다.

십이 안선주는 일교사를 호위했고, 그들이 데려온 무인들은 한달음에 달려나와 그를 향해 검을 겨눴다.

처음부터 끝까지 철저하게 당한 것이다.

그는 검을 버렸다. 그리고 오늘 이 자리에서 일교사와 마주 앉아 담소를 나누고 있다.

일교사가 말했다.

"죽음이야 재촉하지 않아도 달려들지 못해서 안달하는 놈 아닌가. 죽고 싶은 마음은 알겠지만 잠시 참게나."

"후후후!"

이교사는 웃었다.

"왜 웃나? 자네 웃음에 의미가 있을 것 같은데?"

"네게 나 같은 자는 언제든 없앨 수 있는 피라미에 불과하겠지. 나 같은 존재는 아무런 위협도 되지 않는 거야. 만약 조금이라도 위협이 된다 싶었으면 벌써 죽였겠지."

“자네 머리 좋다는 건 알고 있는 바이네.”

“아직까지 날 죽이지 않은 건 대공 때문 아닌가?”

“맞네.”

일교사는 부인하지 않았다.

“대공의 심중에 대해서 해줄 말 없나?”

“씨는 뿌린 대로 거두는 법. 자네가 뭘 뿌렸는지 살펴보면 되지 않을까 싶네만.”

“후후후!”

이번에는 일교사가 웃었다.

“이상한 일이야. 내 아무리 자네를 살펴봐도 특이한 점을 발견할 수 없거든. 심하게 말하면 어디서나 볼 수 있는 그저 그런 무인일 뿐이라는 거지. 아! 고깝게 듣지는 말게. 우리끼리니까 하는 이야기네만 솔직히 자네 정도의 무공은 무공도 아니잖나? 가깝게는 날 상대할 수 없고, 멀게는 무총 총주를 상대할 수 없으니 참으로 안타까운 노릇 아닌가.”

“…….”

“그런데 대공은 자네를 아낀단 말이야. 이게 도무지 이해가 안 돼. 자네 같은 사람은 가장 위험한데…… 어설픈 무공으로 마구 덤비니 죽기 십상이고, 되지 않은 지략으로 하늘을 속이고자 하니 옆에 있는 사람까지 벼락을 맞게 할 위인이고…… 정말 위험한 자인데…… 왜 대공이 자네를 아낄까?”

“그렇게 봤는가?”

“그런 식으로 말하면 섭섭하지. 자네도 알고 나도 아는 사실을. 대공이 자네 말이라면 깜빡 죽지 않나. 팥으로 메주를 쑨 다고 해도 믿으니 말 다한 게지. 혹시 날 친다는 말도 했나?”

“……”

이교사는 입을 꾹 다물었다.

패자치고는 말을 많이 했다. 그만 말해도 된다. 하물며 지금 부터 나누는 대화는 대공에게 집중된다.

대공의 등에 칼을 꽂을 자!

이교사는 입 안에서 혀를 반쯤 내밀어 이빨 사이로 밀어 넣 었다. 그리고 있는 힘껏 깨물었다.

우둑!

헛바닥 잘라지는 소리가 뇌리를 울렸다.

‘후읍!’

그는 머리가 쪼개지는 아픔을 속으로 삼켰다. 그러나 입 밖 으로 흘러내리는 핏물까지 감출 수는 없었다.

“후후! 역시 자네다운 선택이야. 대공 이야기가 나오자마자 혀를 깨물어 버리다니. 후후후! 이보게, 내가 자네의 의중을 몰라서 점혈을 하지 않은 줄 아나? 알지만 내버려 뒀네. 어차 피 자네 입에서 건질 것은 하나도 없을 테니까 말이야. 하하 하! 그러니 고통이나 당하는 게 나을 걸세. 하하하!”

일교사는 통쾌하게 웃었다.

이제야 비로소 안선을 하나로 통일시켰다.

사실 안선을 자신의 입맛대로 요리하는 건 쉬운 일이었다. 교사라고 불리는 자들 중에서 몇 명만 처리하면 되는데, 그런 일쯤은 심심파적으로 유홍 삼아 할 수 있었다.

문제는 대공이다. 대공이 허락하지 않는다는 거다.

그래서 교사를 칠 만한 명분이 필요했다. 이래저래 일을 꾸미고, 그 일을 빌미 삼아 처단하는…… 눈 가리고 아웅 하는 식의 일 처리를 해야만 했다.

그것도 이제 끝이다.

안선은 자신의 수중에 들어왔다.

남은 것은 대공이다. 대공만 처리하면 되는데…….

일교사는 대공을 생각하자 부르르 치가 떨렸다.

암흑 속에 숨어서 기침만 콜록거리는 병자(病者)!

그는 상상할 수 없는 고수다. 암흑 속에서 뻗어 나오는 눈길만 접해도 모골이 송연해질 정도로 강력한 초고수다.

그가 함부로 경거망동하지 않고 복잡하게 정적을 제거해 온 이유도 대공을 무시할 수 없기 때문이다.

그는 입에서 피를 철철 쏟아내고 있는 이교사를 쳐다봤다.

대공이 왜 이교사를 아낄까?

사람이 사람을 아끼는 데는 반드시 그만한 이유가 있다.

"아직은…… 안 돼. 지금은 죽을 때가 아니라는 말이네. 아무래도 자네와 대공의 관계가 찜찜해. 자넬 살려두면 크게 쓸모가 있을 것 같다는 예감이 드는군. 후후후!"

이교사가 눈을 내리감았다.

눈동자가 흔들리는 모습을 보여주지 않으려고 안간힘을 쓴다. 하지만 이미 보아버린 것을.

‘확실히 대공과 뭔가 있어.’

그는 방문 옆에 서 있는 무인들에게 말했다.

“데려가라. 잘 치료해 주고, 자진하지 않도록 단단히 살피도록.”

안선이 수중에 떨어졌으니 이제 거침없이 일을 진행시키면 된다.

그동안 벌여놓은 일 중에 가장 급히 마무리 지을 것은 계야부를 회수하는 일이다.

놈에게 빙정을 투여했다.

놈이 아무것도 모르고 날뛸 때, 놈의 단전에 빙정을 집어넣었다.

놈은 잠들어 있었다.

어린 나이에 무관이 되었으니 무재(武才)는 있는 놈이고, 죽을 줄 살 줄 모르고 토노번인들을 뒤쫓고 있으니 싸움을 상당히 즐기는 놈이다.

일가붙이 없이 자수성가했다는 점도 마음에 든다.

대체로 그런 놈들은 어딘가 삐딱하게 마련인데, 놈은 보국충정(報國忠正)으로 똘똘 뭉쳤다.

대가 센 놈이다.

머리는 어떤가?

놈은 밤을 새워가며 책을 읽는다.

무관이 읽는 책이라면 거의 대부분 병서(兵書)다. 한데 놈은 병서만 읽는 게 아니다. 시서예악(詩書禮樂) 가리지 않고 손에 잡히는 대로 탐독한다.

이 년에 걸쳐서 무인이 아닌 놈 중에 가장 쓸 만한 놈을 찾았는데, 그중 가장 적합한 놈으로 부각된 자가 계야부다.

그래서 놈에게 빙정을 투여했다.

놈의 천막으로 스며들어 가 잠든 놈의 마혈(麻穴)을 짚었다. 빙극검형으로 놈의 단전을 꿰뚫었고, 밤을 꼬박 밝히며 조심스럽게 빙정을 흘려 넣었다.

빙정이 조금이라도 부서지면 계야부의 전신은 얼음덩이가 된다.

놈이 죽는 것은 아깝지 않으나 빙정이 영원히 소실되는 것은 땅을 치고 통곡할 일이다.

그래서 조심에 조심을 거듭하며 시술했다.

그 후부터 놈은 승승장구했다.

시각랑이 된 후에도 초월적인 감각을 발휘해서 길이길이 회자될 전설을 만들어낸다.

그게 다 빙정 때문이다.

빙정이 아니었으면 첨각 침투를 그리 많이 하지는 못했으리라.

빙정이 그의 감각을 최고조로 끌어올렸다. 육체적인 능력과 살고자 하는 갈망을 서로 연결시켰다.

그는 위기를 본능적으로 감지한다.

불길한 장소, 불길한 만남을 감각적으로 집어낸다.

모두 빙정이 부린 조화다.

빙정은 경락을 따라서 흐른다. 단단한 얼음덩이는 단전 깊숙이 파묻혀 있지만, 얼음덩이에서 뿜어내는 한기가 그의 본원진기 속에 섞여서 흐른다.

피가 차갑다.

그래서 무정할 때는 몸서리쳐지게 무정하다. 수하들이 죽어가는 모습을 보면서도 눈썹 한 올 까딱하지 않는다. 열 명이 죽고 한 명만 살아야 한다면 망설임없이 그 길을 택한다.

머리가 차갑다.

그는 감정에 휩쓸리지 않는다. 항상 모든 상황을 차갑게 주시한다. 그렇기에 불길한 장소를 잡아낼 수 있는 것이지, 막연히 어떤 느낌이 드는 것은 아니다.

그가 이룬 첨각 침투는 빙정이 아니었으면 결코 이룰 수 없는 것이었다.

자신이 계야부 몸에 빙정을 투입시켰을 때, 저쪽에서는 사약란의 몸에 화화구중을 집어넣는 데 성공했다.

무총주의 손녀, 어려서부터 신동(神童) 소리를 듣고 자란 소녀, 문일지십(聞一知十)의 천재, 빙기옥골(氷肌玉骨)의 자태……

그녀는 단연 군계일학(群鷄一鶴)이다.

그녀가 어려서부터 천재성을 발휘하게 된 것은 우연이 아니다.

그녀는 한음지체(寒陰之體)다. 백만 명, 천만 명 중에 하나 있을까 말까 하다는 음의 정화를 지니고 태어났다.

그녀의 머리는 선천적으로 차갑다.

냉정, 평화, 고요…….

이러한 상태에서 읽은 서적이 머릿속에 쏙쏙 들어가지 않는다면 오히려 그게 비정상이다.

그녀는 용암의 불을 소화시킬 수 있는 유일한 여체다.

하면 왜 그런 여인에게 화화구중을 심었을까?

그 이유는 간단하다.

사내에게 화화구중을 심으면 양에 극양을 더한 꼴, 열기를 감당하지 못해 미치고 만다. 작은 모닥불에 태양을 얹어놓았으니 모닥불의 열기는 흔적도 없이 사라져 버린다.

여인이라고 예외가 아니다.

여인이 지닌 음기 따위는 화화구중의 열기에 비하면 그야말로 새 발의 피다. 화화구중이 닿는 즉시 언제 무슨 기운이 존재했나 싶게 증발해 버린다.

화화구중은 인간에게 쓸 수 없는 영물이다. 그런 점에서는 빙정도 마찬가지지만.

그래서 봉인된 화화구중을 단전에 심은 것이다.

사약란의 음기와 봉인된 화화구중은 오랜 세월 동안 공존하게 된다. 그러면서 서로에게 친숙해진다. 서로 기운을 감지하고 죽여서는 안 될 기운이라는 것을 각인시킨다.

그런 과정을 거친 후에 서서히 화화구중을 꺼낸다.

앞으로 십 년, 사약란의 나이 서른을 넘어설 때쯤에 화화구중을 본격적으로 꺼내는 작업이 시작될 게다.

물론 그 작업을 할 사람은 무총 총주나 동정호의 오대귀신들밖에 없다. 그들이 아니고서는 화화구중을 다루지 못한다.

천천히…… 조심스럽게…… 사약란의 음기를 다치지 않는 범위에서 양강내공의 정화를…….

아직도 모르겠는가?

사약란의 몸에 화화구중을 심은 사람은 무총 총주다.

사약란은 무총 총주의 후인으로 선정되었다. 총주의 무공을 고스란히 이을 사람이다. 그리고 무총을 한 손에 거머쥔 채 무림을 호령할 게다.

물론 부작용은 있다.

그녀는 혼인을 하지 못한다. 양강내공이 완전히 흡수된 후에는 그녀 자신이 사내의 마음을 가지게 된다. 여인보다는 사내에 가까운 괴물이 된다.

계야부와의 사랑이 그녀의 마지막 사랑이다.

자신은 그런 점을 알고 계야부에게 빙정을 심었다.

사약란보다 사일도가 총주로서는 훨씬 나을 것 같은데……그녀의 어떤 점이 총주의 마음을 움직였는지 모르지만 사일도보다 그녀가 훨씬 낫다고 판단한 것만은 틀림없어 보인다.

그렇게 되도록 내버려 둘 수 없다.

다행히 자신에게 빙정이 있으니 일을 도모할 만하다.

그렇게 화화구중과 빙정은 오래전에 심어졌다, 오늘 이 순간을 기다리면서.

둘을 만나게 한 것은 일종의 중매다.

비록 사약란을 납치해 오라는 주문을 내렸지만 기실 어떤 방식으로든 둘이 만나고, 둘만의 시간을 주면 그것으로 끝나는 문제였다.

둘은 만나자마자 서로 끌렸다.

이상한 기분이 들었을 게다. 잘생기고 미인이라는 이유만으로 가슴이 쿵쿵 뛸 리도 없는데…….

계야부에게 사약란은 너무 고귀한 몸이다. 그로서는 넘볼 수 없는 위치에 서 있다. 세상에 무총 총주의 손녀를 사랑한다는 마음 하나로 안을 수 있는 사내가 몇 명이나 될까?

반대로 사약란 같은 경우에는 계야부 같은 사내를 너무 많이 보아왔다. 그녀의 주변에는 지혜와 무공을 겸비한 사내가 즐비하다. 젊은 나이에 세력과 부귀를 거머쥔 자도 심심찮게 볼 수 있다.

그녀는 그 많은 사내들을 제쳐 두고 계야부를 선택했다. 계야부 역시 사약란을 안으면서 추호의 거리낌도 보이지 않았다.

그들의 사랑이 그만큼 순수했던 탓일까?

아니다. 여기에는 빙정과 화화구중의 조화가 숨겨져 있다.

물론 계야부는 탐나는 사내임이 틀림없다. 사약란 역시 흠모하는 사내가 줄을 섰다.

두 사람은 용(龍)과 봉(鳳)이다. 서로 상대방을 끌어당길 만한 매력을 충분히 갖췄다. 거기에 빙정과 화화구중의 영향이 가미되었다고 보는 편이 타당할 것이다.

빙정과 화화구중은 세상에서 가장 정순한 음과 양이다. 상극 중의 상극이면서 음양의 성질에 따라서 서로를 끌어당기기도 한다.

극음은 극양을 알아본다. 극양 역시 극음을 인지한다.

두 사람은 첫 대면에서부터 서로에게 호감을 갖기 시작했다. 본인들이 알지 모르겠지만.

두 사람은 열렬히 사랑한다.

완벽한 사랑을 한다.

육체적인 사랑은 물론이고, 정신적인 사랑까지 완벽해진다.

상대가 사랑하는 만큼 사랑하겠다는 이해타산적인 사랑이 아니다. 내부에서 일어난 사랑이다. 오직 주기만 해도 행복한 사랑이다. 그렇기에 모든 것을 아낌없이 넘겨준다.

그사이에 빙정과 화화구중은 서서히 단전 밖으로 모습을 드러낸다. 상극이 밖에서 끌어당기니 이끌려 나오는 것은 당연하다.

아픈 곳이 전혀 없었던 사약란이 느닷없이 병환에 시달리게 된 것도 이 때문이다.

화화구중이 빙정의 영향을 받아 단전 밖으로 삐져나온 것이다.

어쨌든 지금까지 그들은 세상 남녀라면 모두 부러워할 만한 사랑을 했다.

빙정이나 화화구중이 만든 사랑인가, 아니면 본래의 마음이 이끈 것인가?

세상에서 가장 순수했던 사랑은 앞으로도 지속된다.

그는 서인을 통해 화화구중을 취할 것이다.

서인은 한쪽으로 흐르는 일방 통로다. 밖에서 안으로 끌어들이는 역할만 한다. 그렇기 때문에 두 기운이 맞붙으면 화화구중이 빨려들 수밖에 없다.

계야부는 빙정과 화화구중을 함께 취한 유일무이의 사내가 된다.

놈의 영광은 거기까지다.

그는 두 기운을 용해시키지 못한다. 용호상박(龍虎相搏), 한 치도 밀리지 않는 두 기운이 몸속에서 용트림한다.

계야부의 곁에는 사약란과 달리 서서히 영기를 녹여줄 절대 고수가 없다.

빙정과 화화구중이 동시에 폭발한다.

두 기운은 서로 섞이지 않고 팽팽하게 서로를 견제하겠지만, 그사이에 계야부는 숨을 거둔다. 인간의 육신으로 감당할 수 있는 기운이 아니기 때문이다.

그러기 전에 계야부를 회수해 와야 한다.

"후후후! 당문 노문주에 독심독의, 그리고 월야사신. 그들이라면 계야부를 사약란의 먹이로 던져줄 것이다. 후후후! 하하하! 하지만 계야부에게는 서인이 있으니. 하하하!"

그는 기분 좋게 웃었다.

2

푸드득! 푸드드득!

회색 전서구가 날아들었다.

보통 때 같으면 자정 무렵이 되어서야 날아들 전서구가 때 아니게 일찍 날아왔다.

그는 인상을 찡그렸다.

틀에서 벗어나는 것치고 좋은 일은 없다.

전서구는 날아들 시간에 오면 된다. 지금처럼 평온한 시기에는 더욱 그렇다.

불길한 예감이 가슴 밑바닥에서 스멀스멀 피어난다.

"이리 오너라. 좋은 소식이어야 할 게야."

그는 전서구를 거둔 후, 전통에서 전서를 꺼냈다.

급전(急傳)

일(一) 계야부(桂惹夫) 사(死). 청농(菁膿) 소두(銷頭).

일(一) 사약란(謝若蘭) 흡수빙정(吸收氷晶). 취(取) 음양합일영기(陰陽合一靈氣).

"뭐? 뭣!"

그는 자신도 모르게 소리를 버럭 질렀다.

전서를 잘못 읽었나? 이게 무슨 소리야?

전서의 내용이 도저히 믿기지 않았다.

언제 이런 일이 일어났단 말인가! 하정성에 있어야 할 계야부는 언제 비궁으로 돌아갔단 말인가. 서인이 있는데 빙정을 빼앗기다니! 이게 도대체 무슨 소리인가!

그는 전서를 와락 구겨 버렸다.

심한 충격에 서 있을 수가 없었다. 머리가 어질어질하더니 중심을 잡지 못하고 비틀거렸다. 간신히 탁자 한구석을 잡고 서 있기는 했는데 쇠망치로 뒤통수를 얻어맞은 듯 정신이 얼얼하다.

계야부가 화화구중을 취하지 못했다.

그의 시신은 누군가에게 훼손되었다. 청농이란 산에 머리까지 녹여 버렸다.

더 이상 완벽할 수 없는 확실한 죽음이다.

빙정은 사약란에게 빼앗겼다.

그녀는 화화구중에 빙정을 더해 음양합일영기를 취했다.

어떻게…… 어떻게 이런 일이 벌어졌을까?

"총…… 주……."

악문 이빨 사이로 무총 총주의 이름이 새어 나왔다.

총주가 자신보다 한 수 위였나?

계야부가 빙정을 소유했다는 사실은 어떻게 알았을까? 아무도 모르는데…… 이 세상에서 오직 자신만 아는 비밀인데…….

'어쩌면…… 어쩌면 그놈이!'

이번에는 자신 앞에서 혓바닥을 씹어버린 이교사가 떠올랐
다.

그라면 계야부에게 빙정이 있다는 사실을 알고 있을지도 모
른다. 빙궁주와 그리 오래 한솥밥을 먹었으니 주고받지 못할
말이 어디 있으랴.

놈이라면…… 놈이라면 빙정의 존재를 눈치챘을지도 모른
다.

"이노옴!"

그는 이를 갈았다.

놈의 혓바닥을 괜히 씹게 만들었다. 이럴 줄 알았으면 아혈(啞
穴)부터 제압해 놓는 것인데.

"……!"

분노로 일그러지던 머리에 문득 스쳐 가는 생각이 있다.

아니다. 아니다. 총주도 아니고 이교사도 아니다. 전혀 다른
자, 꿈에도 생각하지 못한 자가 있다.

이 사건에는 세 명이 존재한다.

시간적인 순서로 보면 사약란에게 화화구중을 심어놓은 총
주가 있다. 그리고 계야부에게 빙정을 투여한 자신이 있다. 마
지막으로 두 사람의 계획을 모두 무용지물로 만들어 버린 제
삼자가 있다.

사약란은 빙정을 흡수해서는 안 된다.

그녀가 빙정을 흡수하면 무총 총주의 무공을 이어받지 못한
다. 태양을 폭발시킨 것에 비견되는 총주의 양강무공을 멀거

니 지켜보기만 해야 한다.

사약란이 빙정을 흡수한다는 것은 무총 총주의 계획을 무력화시키는 행동이다.

총주가 그런 일을 벌일 리 없다.

계야부가 화화구중을 가지면 자신에게 유리하다.

자신은 두 기운을 이용하여 총주나 대공과 겨룰 수 있는 귀현신공(鬼現神功)을 완성할 생각이었다. 태산을 무너뜨릴 수 있는 엄청난 거력을 바탕으로 귀수가 세상을 짓누르리라.

총주는 아무런 일도 없어야 하고, 자신은 계야부가 화화구중을 취해야 한다.

사약란이 빙정을 취하는 건 두 사람 계획에 없다.

한데 사약란이 빙정을 취했다.

총주나 자신이나 모두 물먹은 거다.

누군가가 뒤에서 상황을 주시하고 있다가 결정적인 순간에 물을 먹였다.

그자가 누구일까?

너무나도 엄청난 일이라서 짐작되는 자조차 없다.

그는 대단한 자다. 자신 정도의 위치에 있거나 아니면 더 뛰어난 위치에 있는 자다.

그는 무총 총주의 눈을 가려 버렸다.

총주가 계야부에게 빙정이 있다는 사실을 진작 알았다면 사약란이 그를 낭군으로 맞이하도록 내버려 두지 않았을 게다. 벌써 살수를 보내든지 고수를 보내서 요절을 내고도 남았다.

무총이라면 얼마든지 그럴 수 있다.

계야부에게는 독심환마라는 마명(魔名)이 붙어 있다.

그는 안선도와 싸운 것이지만 세상 사람들은 멀쩡하게 잘 있는 무인들을 향해 독검을 빼 든 마인일 뿐이다.

무총이 정의의 깃발을 내세우거나 총통기를 내걸기만 했어도 계야부 정도는 쉽게 처리한다.

아니, 계야부가 독심환마가 아니라도 상관없다.

그가 빙정을 지녔고, 사약란과 부부지연을 맺으려고 한다면 수단과 방법을 가리지 않고 저지했을 것이다.

틀림없다. 무총이라면 없는 죄도 만들 수 있다.

하면 무총은 왜 지금까지 계야부를 내버려 둔 것인가?

사약란은 앞으로 영원히 사내를 받아들일 수 없는 몸이 된다. 애인이나 남편을 받아들이는 것도 지금뿐이다. 앞으로는 사내 같은 여인이 될 터이니 지금 여인으로서의 한을 실컷 풀어보라는 뜻이리라.

한데 계야부에게 빙정이 있다.

무총 총주가 그런 사실을 새카맣게 몰랐다.

눈과 귀를 가려도 단단히 가렸다.

무총이 어떤 곳인데, 총주가 어떤 사람인데 이토록 철저히 이목을 속일 수 있는가.

제삼자, 그의 손길이 무총 깊숙한 곳까지 스며 있다.

또 그자는 총주의 이목만 가린 게 아니다. 놀랍게도 자신의 이목까지 가렸다.

무총의 우두머리를 귀머거리, 장님으로 만든 것도 부족해서 안선의 실질적인 지배자까지 눈먼 장님으로 만들었다.

도대체 누가 이런 일을 할 수 있을까?

얼마 전부터 자신의 계획이 조금씩 어긋나기 시작했다.

계야부와 사약란이 비궁에 들어가는 것은 예상했다. 서인은 계야부에게 있으니 화화구중을 취하는 것은 시간문제였다. 그리고 그 일을 해줄 사람으로 독심독의와 괴노독을 선택했다.

그런데 괴노독이 방향을 틀었다.

자신이 아닌 다른 사람을 택했다.

그때까지는 그자가 이교사인 줄 알았다. 이교사 편에 서서 자신의 계획을 방해하는 줄 알았다.

괴노독이 죽은 후, 그녀를 대신할 사람으로 월야사신을 선택했다.

독심독의와 월야사신…… 그 둘이라면 화화구중을 옮겨놓을 수 있다. 한 명으로는 힘들고, 두 명으로는 어찌어찌 풀어낼 수 있는 벅찬 시술이다.

월야사신은 그렇다 치고 독심독의가 왜 화화구중을 빼내는 일에 동참할까?

그는 웅한다. 사약란이 화화구중의 영향을 받아 병색이 짙어지고 있으니 치료를 하지 않을 수 없다.

사약란의 병색이 짙어지기를, 그리고 외유하고 있는 계야부가 비궁으로 돌아가기를……. 이 두 가지만 순리대로 이루어지면 무려 십여 년에 걸친 대계획 중 첫 단계가 마무리된다.

모든 건 시간이 해결해 준다.

서둘러서 망칠 필요가 없다. 한 발, 두 발 물러설 대로 물러서서 기다리기만 하면 된다.

사약란은 병색이 짙어지게 되어 있다.

손도 댈 필요가 없다. 가만히 시간이 가기를 기다리면 된다.

계야부도 비궁으로 돌아간다.

빙정의 존재를 자각했으니 돌아가지 않을 수 없다. 빙정과 서인의 연관성을 캐내기 위해서라도 가야 한다. 그리고 그 일은 계야부가 해야 할 일 중 가장 시급한 일이 된다.

이 모든 것이 계야부가 하정성에서 그토록 도발을 해도 묵묵히 참아준 이유다.

결과는 생각대로 되었다.

한데 두 가지가 잘못되었다.

하나는 당문 노문주가 가세했다는 것이다.

독인 두 명이면 될 일인데 세 명이 모였다. 그래도 뭐 특별한 일이야 있을까 싶었다.

혹여 있을지도 모를 만일의 사태를 숙고해 봤지만 그런 일은 벌어지지 않는다.

빙정에 대해서 자신만큼 잘 아는 사람이 누가 있는가.

변수는 일어나지 않는다. 확신한다. 자신한다.

또 하나의 잘못은 계야부가 시각랑을 데리고 가지 않고 암행으로 비궁에 돌아갔다는 것이다.

그런 행동 때문에 그의 움직임을 놓쳤다. 그가 비궁에 가는 줄 몰랐다. 아직도 하정성에 눌러앉아 있는 줄 알았다.

이 대목에서 제삼자가 자신의 눈을 가렸다.

계야부가 비궁에 갔다는 사실을 알았다면 지금 이렇게 앉아 있을 리 없다.

십 년을 가다듬은 일인데 어찌 한가하게 서책이나 더듬고 있으랴.

한달음에 달려갔으리라. 그래서 지금쯤 옆구리에 계야부의 시신을 대롱대롱 매달고 동정호의 푸른 물결을 바라보고 있으리라. 호탕하게 웃고 있을 것이다.

일이 진행되는 것을 까마득히 몰랐다.

어떤 놈이 자신의 이목을 철저하게 가렸다.

'누가……?'

그는 두 다리에 힘이 풀려 털썩 주저앉았다.

지금쯤 무총 총주도 자신만큼이나 참담할 게다. 어떻게 할 바를 모르고 낙담해 있으리라.

'사약란에게 음영합일영기를…… 무엇을 하려고? 뭘 노리고? 음양합일영기로 할 수 있는 일이…….'

그는 벌떡 일어났다.

낙담이나 하고 앉아 있을 틈이 없다.

"약왕(藥王)! 약왕을 불러라!"

그는 전각이 떠나가라 쩌렁 외쳤다.

자신도 가만히 있지 않았다. 부지런히 서가(書家)를 오가며 의서란 의서는 모두 빼 들었다.

음양합일영기로 할 수 있는 일을 찾아야 한다.

초고수의 내공을 가진다는 그런 평범한 내용이 아니라 음양합일영기가 아니면 할 수 없는 일을 찾아야 한다.

그 일을 찾으면 제삼자가 누군지 짐작할 수 있을 게다.

"찾으셨습니까?"

항상 약 속에 파묻혀 사는 약왕이 들어섰다.

그는 언제나 혼자 다녔다. 한데 오늘은 혼자가 아니었다. 그의 곁에 날씬하면서 뇌쇄적인 한 여인이 서 있었다.

"……?"

일교사의 눈길을 읽었는지 약왕이 급히 말했다.

"이교사와 함께 다니던 아이인데 이번에 같이 잡혀왔는지라. 의술을 아는 아이라서 제가 거뒀습니다."

"의술을 안다?"

"창녕에서 안선주로 있던 악가의 여식입니다."

"악가촌은 멸문했지?"

"그렇습니다."

일교사는 비로소 여인이 누구인지 짐작해 냈다.

당시 악가촌 의원들을 동원하여 계야부를 죽이려고 했던 사람은 이교사다.

그는 계야부를 죽여서 빙정의 존재를 소멸시키려고 했다.

한데 악가촌이 말을 듣지 않았다. 아니, 눈앞에 있는 여인 소화가 이교사의 말을 거부하고 계야부를 따랐다.

덕분에 악가촌은 멸문했다.

일교사의 입장에서는 자신을 도와 이교사와 싸운 의녀(義
女)인 셈이다.

그런데도 소화는 이교사를 좇았다. 그를 따라 그의 편에서
자신에게 대항했다.

가문을 몰살한 흉수와 손을 잡은 건 안선에서 벗어날 수 없
는 안선주의 운명이리라.

소화는 아무것도 몰랐다고 하나, 그의 아비와 형제가 추종
하던 사람을 내치지는 못했으리라. 더군다나 이교사가 교묘한
화술로 그녀의 마음을 녹였을 테고.

"관언찰색의 대가라고 들었는데, 반갑군."

일교사는 웃음을 지어 보였다.

지금 웃음이나 짓고 있을 시간이 없다. 그럴 시간이면 의서
한 장이라도 더 들춰봐야 한다.

한데 이 순간, 그의 머릿속에 소화를 이용할 계획이 번갯불
처럼 스쳐 지나갔다.

'계야부와 사제지간을 맺은 여자…… 이 여자를 써먹으
면…….'

3

"정말 떠나셨나요?"

사약란이 담담한 표정으로 물었다.

그녀는 결코 담담하지 않다. 음성이 가늘게 떨린다. 눈에는

물기가 비친다. 그런데도 표정 변화를 죽이는 것은 군사로 지내는 동안 타인에게 마음을 읽혀서는 안 된다는 습성 때문이다.

"슬플 때는 울어야지. 애써 억누르면 병이 된다네."

노문주가 말했다.

"아뇨. 울지 않아요. 슬퍼하지도 않고요."

그녀는 정말 웃었다.

찾을 생각이다. 무공을 잃은 몸으로 가면 어디까지 가겠는가. 자신이 직접 찾고, 그래도 못 찾으면 무총의 힘을 빌리고, 그래도 안 되면 개방에 도움을 청할 생각이다.

무총이나 개방이 그녀의 요청을 순순히 들어줄지는 의문이다.

엄밀히 말하면 그녀는 천하인의 공적이다.

독심환마의 부인이라는 사실만으로도 만인의 지탄을 받기에 충분하다. 계야부가 독심환마라는 사실을 몰랐을 적에는 부부로 지냈더라도 그의 본색이 드러난 후에는 정의를 택했어야 한다.

부부 간의 정리가 행동의 잘잘못으로 갈릴 수 있느냐는 반문은 통하지 않는다.

세상 사람들은 두 사람을 부부로 보기보다는 독심환마와 무총 서지단 군사로 본다.

그녀는 독심환마를 택했다. 그러기 위해서 서지단 군사라는 보직도 버렸다. 무총과 인연을 끊었고, 오라버니로부터 등을 돌렸다. 정을 버리고 마를 택한 것이다.

그뿐만이 아니다. 그녀는 비궁을 탈취한 후, 천하를 상대로 거친 싸움을 벌이고 있다.

이것이 외형상 그녀가 벌인 일이다.

그래도 그녀는 염려하지 않았다.

그녀가 찾고자 해서 찾지 못할 사람은 없다. 하늘 끝까지라도 쫓아가서 찾아내고야 만다.

그녀는 침착하게 물었다.

"그분이 떠날 때 누가 배웅했나요?"

"클클! 모두 다 했네. 어찌 무심할 수 있겠나. 모두 다 잘 가라고 말했네."

독심독의가 대답했다.

계야부는 살지 못했다.

할위막사가 역천수격생혈술을 시도했지만 숨결을 돌리는 데는 실패했다.

그는 숨을 쉬지 않았다.

심장도 고동치지 않았다.

피는 흐르지 않았고, 안색은 푸르뎅뎅한 귀기를 벗어내지 못했다.

할위막사는 시신이나 다름없는 그를 데리고 떠났다.

죽은 사람, 땅에 묻은 것이나 다름없는 사람……

독심독의는 애초의 계획대로 그의 죽음을 숨겼다.

사약란은 쉽게 포기하지 못하겠지만 그래도 사랑하는 사람을 잃었다는 상심에 비하면 훨씬 낫다.

"정말…… 재기가 불가능할 정도였나요?"

"내 의술로는 그러네."

"독의께서 그렇게 말씀하실 정도라면 정말 어려웠나 보네요. 삶은…… 삶은 어때요? 정상적으로 살 수는 있어 보이던가요?"

"나무 해오고, 물 긷고…… 일상적인 생활을 하는 데는 지장이 없네. 다만 무인으로서 생명이 끝났다는 것이지. 목숨이 위험한 건 아니니까."

"어느 길로 갔나요?"

독심독의는 손을 들어 독림을 가리켰다.

"독의께서 길을 열어주셨나요?"

"군사, 이제 그만 하시게. 잊어야 할 일은 빨리 잊는 게 좋네."

"저의 지아비예요. 어찌 잊을 수 있나요. 풋! 그래도 다행이에요. 죽음까지 예상됐던 일인데."

"휴우! 군사, 우리도 이만 물러가야겠네."

노문주가 말했다.

"네?"

사약란은 다소 놀란 듯 눈을 동그랗게 떴다.

"여기서 일이 끝났으니 이제 그만 돌아가야지."

"당문으로 가실 거예요?"

"허허! 거긴 왜? 문주 직을 자식 놈에게 넘겼으니 마음껏 활

개치도록 내버려 둬야지. 이참에 못다 한 유람이나 할 생각일
세. 독과 씨름을 하다 보니 이 세상이 어떻게 생겼는지 잊어버
렸어.”

“네에.”

“군사, 나도 가야겠소.”

독심독의가 말 나온 김에 마저 말했다.

“독의께서도요?”

“월야사신이 죽기 전에 당부한 것이 있어서…… 먼 길을 다
녀와야 할 테니 언제 온다는 기약도 하지 못하겠구려.”

사약란은 무슨 말인가 하려다가 입을 다물었다.

독심독의마저 떠나가 버리면 독림을 관리할 사람이 없다.

남아 있는 사람 중에는 독에 관해서 아는 사람이 없다. 독림
을 관리하기는커녕 오가는 것도 마음대로 하지 못한다. 월야
사신처럼 백유를 지니거나 동정목부처럼 피독주를 지녀야 한
다.

그러나 월야사신의 유언이라지 않은가.

자신이 급하다고 유언까지 어기게 만들 수는 없다.

사약란은 포권지례를 취했다.

“잘 다녀오세요. 꼭 오셔야 해요. 언젠가는 오시겠지, 꼭 오
시겠지 하고 기다릴 거예요.”

독심독의는 몇 개 안 남은 이빨을 드러내며 헐헐 웃었다.

독심독의와 노문주, 그리고 십이천자는 작은 어선을 타고

비궁을 빠져나왔다.

비궁 밖에는 아직도 수많은 배들이 에워싸고 있는 탓에 배웅은 생략하기로 했다.

"한참 걸릴 텐데…… 걱정입니다."

독심독의가 말했다.

계야부에 대한 사약란의 애정을 말하고 있는 것이다.

이야기의 종류는 조금 다르다. 같은 사랑을 말하지만 마음에서 느끼는 사랑이 아니라 육체적으로 느꼈던 사랑을 논한다. 그들은 의원이기 때문이다.

"어쩌면 영원히 고치지 못할 수도 있겠지. 휴우!"

노문주가 깊은 한숨을 내쉬었다.

계야부는 죽고 없다.

할위막사가 시신이나 다름없는 그를 데려갔지만 그가 살아난다고는 보지 않는다. 의원 된 입장에서 계야부의 상태를 정확하게 보고 냉정하게 내린 판단이다.

할위막사가 역천수격생혈술을 시전할 때는 혹시나 하는 마음도 없지는 않았다. 하지만 시간이 지나면서 포기했다. 하늘도 죽은 자는 살릴 수 없다고 하지 않았던가.

할위막사에게 또 어떤 수가 남았을지 모르지만 계야부는 살릴 수 없을 것이다.

죽은 자는 죽은 자이고, 이제 산 사람이 문제다.

사약란의 사랑은 끝나지 않았다. 그녀의 사랑은 지금도 지속되고 있고, 남은 여생 동안 계속 지속될 것이다. 한눈 한 번

파는 일이 없을 것이다. 오로지 계야부만 그리며 살 것이다.

이것이 두 사람이 내린 사약란의 육체적 사랑이다.

계야부는 단순한 남편이 아니었다.

그의 사랑에는 빙정의 힘이 담겨져 있었다.

입맞춤 한 번을 하더라도 그가 사약란에게, 사약란이 그에게 주는 인상은 심도가 굉장히 깊었다.

보통 사내들에게서 느끼는 입맞춤이 삼 척 장검 정도라면 그의 입맞춤은 팔십 근 대도(大刀)다.

그만큼 인상이 깊다.

그가 입맞춤을 잘해서가 아니다. 빙정의 기운이 화화구중의 기운을 만나서 서로 강렬하게 끌어당겼기 때문이다.

사약란은 앞으로도 많은 사내들을 만날 것이다.

무공이 강한 사람, 학식이 높은 사람, 부귀공명을 거머쥔 사람, 마음이 따듯한 사람, 책임감이 강한 사람, 잘생긴 사람…… 여인의 마음을 뒤흔들 수 있는 사내들이 그녀에게 다가설 게다.

누가 그녀를 마다할 수 있을까?

천하를 울리는 미색만으로도 세상 남자의 절반은 거뜬히 휘어잡을 수 있다. 아마도 그녀가 손을 내밀면 거절할 수 있는 사람이 없을 것이다.

무총주의 손녀라는 배경은 야망에 들뜬 사내들을 끌어당긴다.

그녀의 지혜는 어떤가?

그녀는 사내가 가졌으면 싶은 모든 조건을 가졌다.

끝없는 구애가 시작될 게다.

하나 그녀는 오직 계야부만 쳐다본다. 세상 남자들이 작은 우물이라면 계야부는 대해(大海)다.

앞으로 그만한 사내는 찾지 못한다.

어떤 면에서는 계야부가 지금 죽은 것이 다행인지도 모른다.

빙정을 빼앗긴 후의 계야부는 그가 사랑을 아무리 열심히 주더라도 예전만큼 강력하게 마음을 적시지 못한다.

빙정과 화화구중의 이끌림이 사라져 버렸기 때문에 상대적으로 한층 더 밋밋해진다.

계야부가 사약란에게 실망하기보다는 사약란이 계야부에게 실망하기 십상이다.

계야부와 사약란은 예전 같은 사랑을 하지 못한다.

"휴우!"

노문주가 한숨을 쉬었다.

인력으로 할 수 없는 일을 마주치면 한숨만 나오는 법인가.

사약란은 멀어져 가는 어선을 배웅했다.

그녀의 얼굴에 어두운 그림자가 짙게 드리워졌다.

그녀는 독심독의와 노문주의 얼굴을 봤다. 대화를 나누는 중간 중간 언뜻 스쳐 지나는 지독히도 쓸쓸한 그림자를 봤다.

계야부는 죽었다.

비지 한구석에 봉분조차 없이 초라하게 묻혀 있을 것이다.

그의 무덤을 찾지는 못한다.

추적의 대가가 비지를 샅샅이 뒤져도 당문 노문주가 직접 손본 은신처를 찾아낼 가능성은 없다.

그녀는 쓸쓸히 호반을 거닐었다.

촤아악! 촤아아악!

동정호의 물결이 검은 모래를 두들긴다. 그때마다 독물들이 우스스 움직인다.

사약란은 발밑을 쳐다봤다.

그녀의 발밑은 새하얗다. 다른 곳은 온통 시커먼데 그녀의 발밑만 하얗다.

스웃! 촤아악!

발을 앞으로 내딛자 독물들이 거센 힘에 튕겨진 것처럼 밀려났다.

예전에 이런 현상을 봤다. 월야사신이 비궁에 발을 디딜 때 독물들이 지금처럼 물러났다.

월야사신에게는 백유가 있었다.

자신은 아무것도 지니지 않았다. 괜찮을 것이라는 독심독의의 말을 믿고 피독주 한 알 챙기지 않은 채 독림에 발을 디뎠다.

정말 괜찮다.

독림에 핀 무수한 독초도, 징그러운 수많은 독물도 그녀를 침범하지 않는다.

이것이 계야부가 주고 간 거다.

그녀는 내공이 급진전한 것을 안다.

살짝만 움직여도 몸이 붕붕 나는 것처럼 가볍다. 여기다가 내공심법을 수련하고 권각(拳脚)만 수련하면 당장에라도 절대 고수가 될 것 같은 자신감이 든다.

당금 무림에서 내공으로 맞설 자, 몇 안 될 것이라고 했다.

어마어마한 내공이다.

이 모든 것을 계야부가 주었다.

자신이 주고자 했는데, 그에게 받고 말았다.

지략으로는 그 누구에게도 자리를 양보하고 싶지 않은 자신이 신중치 못한 처신을 했다.

과연 정말 그럴까? 죽기 싫었던 건 아닐까? 마음 한구석에서 살고 싶다는 욕구가 샘물처럼 솟아난 것은 아닌가?

그럴 것이다. 아니, 그렇다.

살고 싶었다. 정말 죽고 싶지 않았다.

세 독인이 독환 하나 간수하지 못하겠는가. 빙정을 알고 화화구중을 아는데, 그리고 두 사람의 사랑이 어느 정도로 깊은지 아는데 만일을 대비하지 않았겠는가.

단환을 복용하면서 이중적인 갈등을 느꼈다.

절반의 마음은 역시 죽고 싶지 않다는 것이다. 세 독인이 방비를 해서 미혼산(迷魂散) 같은 것을 복용했으면 좋겠다는 생각을 했다. 제발 미혼산이기를…….

다른 한편으로는 살고 싶다는 생각을 극구 부인했다.

계야부를 진실로 사랑한다. 자신의 목숨과 그의 목숨을 맞바꾸는 게 억울하지 않다. 화화구중을 그에게 넘겨주어 천하제일인이 되면 죽어서도 여한이 없겠다.

진실로 그런 생각을 했다.

미혼산? 안 된다. 그래서는 안 된다. 세 독인도 손을 쓰지 못하게끔 철저히 망가져야 한다.

제발 청령환이기를!

결과는 미혼산, 암혼이었다.

계야부는 망설임없이 빙정을 내주었다.

독심독의와 노문주의 말을 빌리자면 웃으면서 내주었다고 한다. 빙정이 빠져나가는 순간이 무척 고통스러웠을 텐데, 인간의 의지로 참기 힘들었을 텐데, 그때 그는 웃었다고 한다.

웃기는 사람이다.

자기가 뭐라고 사람 마음을 이리 찢어놓는단 말인가.

사박! 사박!

그녀가 발을 내디딜 때마다 독물들이 썰물처럼 빠져나갔다.

그녀는 비지로 돌아왔다.

아무도 반기는 사람이 없는 초옥으로 쓸쓸히 들어섰다. 그때!

"……!"

안으로 들어서려던 그녀의 발길이 뚝 멎었다.

냄새!

초옥에서 기이한 냄새가 풍긴다. 진한 살냄새가 공기 중에 묻어난다. 약간은 땀 냄새도 섞여 있다.

사내의 냄새다.

그녀가 두 독성을 배웅하고 온 사이, 누군가가 들어왔다.

사약란은 눈을 감고 공기 중에 밴 냄새를 다시 한 번 깊이 음미했다.

냄새 속에 향냄새가 섞여 있다.

풀 냄새…… 찻잎…… 오늘…… 늦어도 어제저녁에 차를 마신 사람이다.

"훗!"

그녀는 피식 웃었다.

그녀가 알고 있는 사람 중에 향(香)을 즐기고 다도(茶道)에 심취해 있는 사람은 오직 한 사람뿐이다.

동나!

오라버니의 꾀주머니, 그가 다녀갔다.

'동나가 언제 왔지?'

그녀는 고개를 갸웃거렸다.

현재 비궁에는 십일영자 중 여덟 명이 와 있다.

동나, 왕보, 류청지를 제외한 여덟 명이 단단한 방어막을 구축한 채 그녀를 보호한다.

그 속에 동나는 없었다.

그가 왔다는 소식도 전해 듣지 못했다.

워낙 조그마한 섬이라 소식이 빨리 돈다. 인원도 단출해서 누군가 외인이 들어섰다면 한달음에 달려와 알려준다. 아니, 그럴 것도 없다. 비궁에 들어서는 즉시 만나게 된다.

한데 동나는 만난 적도 없고, 도착했다는 소식도 듣지 못했다.

저벅! 저벅!

그녀는 탁자로 다가갔다.

시험 삼아서 운공조식을 취해볼 심산이다.

그녀의 머릿속에는 수백 권의 무경(武經)이 들어 있다. 본인 스스로 수련을 하지 못할 뿐, 무경을 읽고 연구하는 재미가 상당해서 무인 못지않게 즐겼다.

이제 그것들 중의 하나를 수련한다.

처음 취하는 운공조식이니만치 복잡한 것보다는 간단한 것이 좋으리라.

'기초부터. 진기토납법(眞氣吐納法)이 좋겠어.'

숨을 들이쉬고 내쉬는 것부터 시작한다. 가장 기본적인 것부터 수련한 후, 점차 상승 무공으로 발전시킨다.

그녀는 결코 서둘지 않았다. 서둘 생각이 없었다.

평생을 이리 살아가야 한다. 마음에 계야부를 심은 채 차분히 살아간다.

탁자로 다가가던 사약란의 발걸음이 또 한 번 멈췄다.

탁자 위에 낯선 책이 놓여 있다.

"이건!"

사약란은 책자를 보고 깜짝 놀랐다.

귀영십삼식(鬼影十三式).

책 표지에 분명히 귀영십삼식이라는 글자가 적혀 있다.

사약란은 잠시 계야부가 적어놓지 않았나 하는 착각이 들었다. 그가 시술을 하기 전에 자신의 무공을 적어놓은 것이 아닐까 하고.

아니다. 자신이 이 탁자에서 차를 마셨다. 독심독의, 당문노문주와 함께 담소를 나눴다. 그때까지만 해도 탁자에는 종이 한 장 놓여 있지 않았다.

동나가 놓고 갔다.

아무도 모르게, 비밀리에 무공 비급만 살짝 놓고 사라졌다.

그는 왜 하필이면 상공의 무공인 귀영십삼식을 놓고 갔을까?

세 가지 추론이 가능하다.

먼저 동나는 지금과 같은 상황이 벌어질 줄 이미 알고 있었다.

계야부가 빙정을 자신에게 줄 것을, 그리고 자신이 음양합일영기를 취할 것을 짐작하고 있었다.

또 한 가지 추론은 그가 자신을 지켜보고 있다는 사실이다.

그의 등장은 그야말로 절묘하다.

음양합일영기를 취한 후, 그리고 두 독성이 비궁을 떠난 후에 바로 나타났다.

미리 대기하고 있다가 자신이 자리를 비운 틈에 살짝 들어
왔다 나갔다.

마지막 추론은 그의 비밀스런 행동에서 추측되는 것이다.

그는 자신이 나타난 것을 누구에게도 들키고 싶어하지 않는
다. 이 말은 바꿔 말해서 비궁에 있는 사람들 중에 자신을 보
지 않았으면 하는 사람이 있다는 것이다.

비궁에 누가 있나?

모두가 믿을 수 있는 사람들뿐이다. 수족 같고, 친 혈육처럼
정이 듬뿍 든 사람들이다.

그 사람들 중에 믿지 못할 사람이 있다.

사약란은 두 손으로 탁자를 짚고 잠시 머리를 식혔다.

뭐가 어떻게 되는 거지?

거대한 폭풍에 휘말렸다는 것은 진작 알았다.

안선, 무총, 구파일방, 오대세가…… 무인이란 무인은 모두
이 폭풍 속에서 허우적거린다.

어느 누구도 평온하지 않다.

저 멀리 천축과 인접해 있는 청성파(靑城派)조차도 폭풍 속
에서 중심을 잡느라 안간힘을 쓴다.

모두 조심하고 있다.

한순간이라도 방심하면 대번에 날아가 버린다는 것을 안다.
그래서 조심, 조심, 또 조심한다.

그들의 조심성이 어느 정도인지 과거의 사실 하나로 간단하
게 알 수 있다.

계야부가 총통기를 무시하고 날뛰었다. 투살진기 때문에 총통기를 내렸는데, 계야부가 투살진기를 구출해 사라졌는데도 어느 누구 하나 적극적으로 나서서 성토하는 사람이 없었다.

폭풍의 존재를 많은 사람들이 안다.

계야부와 자신은 폭풍의 핵이다.

이제 계야부가 죽었다. 그리고 폭풍의 핵은 자신 한 사람으로 좁혀졌다. 그리고 이때 기다렸다는 듯이 귀영십삼식이 쥐어졌다.

동나의 독단적인 결정인가, 아니면 오라버니의 뜻인가.

'천천히…… 천천히…….'

그녀는 마음부터 추슬렀다.

'다르다!'

사약란은 귀영십삼식 비급을 덮었다.

처음부터 끝까지 살폈다.

글자를 손으로 짚어가며 또박또박 읽었다.

계야부가 수련한 귀영십삼식과 다르다. 비슷한 듯한데 근본적으로 다르다.

본래 무인은 가급적이면 자신이 수련한 무공에 대해서 함구하는 버릇이 있다.

자식에게도 부인에게도 말하지 않는다.

어떤 무공을 수련하는지는 말해주지만 구결(口訣)까지 알려주지는 않는다.

한데 계야부는 알려주었다.

무당파의 절공인 사전투광신보, 토노번인의 시구각보, 성오존자가 일러준 금강반야선공, 그리고 자자검의 폭검신공까지 그가 알고 있는 무공은 사약란도 낱낱이 안다.

단순히 구결만 아는 게 아니다. 어느 정도의 내공에서 어떤 결과가 일어나는지 안다.

그는 무엇인가를 깨달을 때마다 자신의 심득을 말해주었다.

혹여 그런 것들 중에 어느 것이 그녀의 고질병을 고칠 수 있지 않을까 하는 마음이었다.

계야부의 무공을 자신만큼 잘 아는 사람도 없으리라.

귀영십삼식도 마찬가지다.

그녀는 구결뿐만이 아니라 각 단계에서 일어나는 모든 변화를 파악하고 있다.

한데 동나가 준 귀영십삼식은 많이 다르다.

우선 직충의 무공이 아니다.

정상적인 방법으로 경맥을 돌고 돈다. 운기(運氣)도 지극히 자연스럽다.

'동나!'

동나…… 그는 언제고 깊은 이야기를 해야 할 게다. 귀영십삼식에 대해서, 그리고 비지를 몰래 들어왔다가 나간 이유에 대해서, 자신이 음영합일영기를 취할 줄 어찌 알았는지에 대해서 변명이라도 해야 할 것이다.

"누구든…… 누가 되었든…… 상공을 죽음으로 몬 사람들…… 용서하지 않을 거야."

그녀의 눈에 살기가 감돌았다.

第七十五章
수미(收尾)

까악! 까아악!

기분 나쁘게 까마귀가 울어댄다.

"때가 된 것 같군."

부사영은 암울한 얼굴로 회색빛 하늘을 쳐다보며 중얼거렸
다.

"후후! 어떤 놈들인지 재수 한번 더럽게 없군. 하필이면 우
리 같은 놈들을 만나가지고."

고봉이 만도를 비켜 들었다.

여강강은 화살을 점검했다. 갈조기는 오지구를 손가락에 꼈
다.

모두들 싸움 준비에 바쁜 모습이다.

사실 준비랄 것도 없다. 눈에 보이는 대로 죽이고, 가로막는 자들을 죽이고, 누가 자신을 죽이기 전에 자신이 먼저 죽이면 된다. 팔이 잘리면 다리로 싸우고, 다리까지 잘리면 입으로 깨물면 된다. 입까지 뭉개지면…… 더 싸울 게 없나?

복잡할 게 없다. 아주 간단하다.

"모두 짐작하겠지만 대수는 죽었다."

부사영이 회색빛 하늘에서 눈을 떼지 않은 채 말했다.

'삼월인데……'

머릿속은 입하고 다른 말을 한다.

영원히 가지 않을 것 같던 겨울이 지나간다. 계절은 벌써 꽃 피고 새 우는 춘삼월로 접어들었다. 한데 아직도 하늘은 흐리다. 금방이라도 눈발이 쏟아질 것처럼 우중충하다.

기왕이면 꽃바람 살랑거릴 때 죽는 것이 한결 좋을 텐데.

"대수가 죽으면 우린 더더욱 쓸모없어진다. 저들…… 우릴 청소하러 온 것이다."

"청소라고 했소? 거 같은 말이라도 기분 되게 나쁘네."

담위민이 투덜거렸다.

"기분 나빠도 할 수 없어, 인마! 청소가 청소지 그럼 뭐야. 기분 나쁘면 청소당하지 않으면 될 것 아냐."

갈조기가 담위민의 뒤통수를 툭 건드리며 말했다.

부사영은 그들이 말을 가로채도 방해라고 생각하지 않았다.

좀처럼 심각할 줄 모르는 것이 시각랑이다. 곧 칼이 배를 쑤셔도 히히죽거리며 농담을 하는 놈들이다.

머리 싸매고 끙끙거리는 것보다는 이쪽이 훨씬 낫다.

"대수께서 떠나기 전에 마지막으로 당부하셨다. 그동안 도와준 사람들에게 피해 주지 마라. 그래서 우린 이곳을 떠난다."

"한참 좋았는데."

"술 하나는 원없이 마셨지?"

"술뿐이오. 계집까지 원없이 안아봤소."

"전장에서 계집 밝히면 죽는다더라. 보아하니 너…… 죽겠다."

"정말 재수없게 말하네."

여강강과 서악정이 이빨을 드러내고 으르렁거렸다..

그동안 신세졌던 주루를 떠난다. 하정성 배수들과도 이별이다. 사람 많은 곳에서 드잡이질을 하는 것보다 인적 드문 곳에서 한쪽이 끝장 날 때까지 싸우는 게다.

"여기서 오 리만 가면 혈죽림(血竹林)이란 곳이 있다. 왕죽(王竹)이 빼곡히 자란 곳인데…… 싸우기 부담스러운 사람 있나?"

부사영이 여강강을 쳐다보며 말했다.

그가 애용하는 병기 소궁은 광활한 곳일수록 가치가 높아진다. 죽림처럼 방해물이 많은 곳은 상당히 불리하다. 그런 곳에서는 차라리 화살을 손에 들고 찌르는 것이 낫다.

"왜 날 보고 그러슈. 내가 활밖에 없는 줄 아슈?"

"활밖에 없잖수. 화살 떨어지면 술 떨어진 주정뱅이처럼 맥을 못 쓰면서.”

“서악정!”

“겁나게 이름은 왜 부르고 난리유?”

“너 죽을래?”

“하하하! 형님 손에 죽을 것 같았으면 지금까지 살아 있지도
않았수. 그리고 형님도 그렇지. 어디 공갈 때릴 곳이 없어서
동생한테 때리고 난리유?”

“서악정!”

이들의 다툼은 끝이 없다.

부사영은 일어섰다.

“가자. 저들도 사람 많은 곳은 불편할 테니…… 긴장 같은
건 하지 않아도 될 거다. 괜히 주위 살피느라 힘 빼지 마라.”

그가 느긋하게 앞장섰다.

공격은 없었다.

놈들은 죽이기 위해 온 놈들이 아니다. 청소를 하러 온 놈들
이다. 목숨을 끊는 것은 물론이고, 살 조각, 뼛조각까지 흔적없
이 지우기 위해 온 놈들이다.

이쪽이든 저쪽이든 한쪽이 끝장나기 전에는 싸움이 끝나지
않는다. 그리고 아마도 끝장은 자신들이 날 것이다.

선자불래(善者不來)요, 내자불선(來者不善)이라고 했다.

알고 오는 자치고 두렵지 않은 자가 없다. 한주먹이면 나가
떨어질 것 같은 자라도 자신에 대해서 속속들이 알고 난 다음

에 찾아왔다면 십분 경계해야 한다.

저들은 시각랑에 대해서 모르는 것이 없다.

어쩌면 자신들보다 더 자세하게 알지도 모르겠다.

눈앞에 붉은 대나무 숲이 나타났다.

굵기가 두 주먹을 합쳐 놓은 것 같은 왕죽이 붉은 색을 띠고
쭉쭉 뻗어 있다.

"피가 뿜어지는 건 숨길 수 있겠네."

갈조기가 혀로 입술을 핥으며 말했다.

시각랑들은 혈죽림에 들어서지 못했다.

그들이 혈죽림 가까이 다가섰을 때, 혈죽림 안에서 한 무리
의 무인들이 걸어나왔다.

그것이 신호다. 좌측과 우측에서 매복해 있던 무인들이 모
습을 드러냈다. 그리고 지금까지 얌전하게 뒤따라오던 무인들
도 한달음에 달려왔다.

완벽하게 포위되었다.

"공동파(崆峒派)잖아? 탕마진(蕩魔陣)이네?"

고봉이 주위를 쓸어보며 말했다.

탕마진은 스물네 명이 한 조를 이룬다. 처음에는 이(二) 자(字)
형으로 다가오다가 전방 한가운데서 충돌이 일어나면 회(回) 자
(字) 형으로 급변한다.

안쪽 구(口) 형이 사용하는 병기는 도(刀)이며, 바깥쪽 구(口)
에서 사용하는 병기는 창(槍)이다. 여덟 개의 도와 열두 개의

창이 조화를 이루며 물샐틈없이 공격한다.

고봉이 알고 있는 탕마진은 이 정도였다.

그가 쳐다보고 있는 곳에 과연 그런 사람들이 보였다.

앞에서 다가오는 사람 여덟 명은 도를 들었다. 그 뒤를 받치고 있는 열두 명은 창을 소지했다. 그들은 이(二) 형을 이루며 느긋한 표정으로 다가온다.

"제길! 뒤섞인 것 같소. 저건 무당파의 호조수(虎爪手)요."

추위걸이 다가오는 무인들 중 한 명을 가리키며 말했다.

한 사내가 한 손에 검을 들고 다른 한 손은 범의 발톱처럼 잔뜩 웅크린 채 다가오는 모습이 보였다.

확실히 호조수다.

시각랑은 하정성에 있는 동안에도 술만 마시고 논 것이 아니다. 무림에서 사용하는 각종 병기를 연구했고, 각 문파의 대표적인 절기들도 알아두었다.

물론 그들이 알아둔다는 것은 눈으로 보거나 서책으로 탐구한 것이 아니라 한 번쯤 그런 절기를 본 적이 있다는 사람을 불러서 설명을 들은 것뿐이다.

그래도 그들은 상당히 많은 절기를 배웠다.

지금 그것들 중에 두 가지가 쓰였다.

"저놈은 거지 옷을 벗어던졌지만 개방도가 틀림없어. 자식…… 버리려면 타구봉(打狗棒)부터 버렸어야지."

"이거야 원…… 이래서는 중원무림과 싸우는 건지 안선과 싸우는 건지 분간이 가지 않잖아. 이봐! 너 안선도로 온 거지?

야, 인마! 안선의 주구로 찾아온 거면 본문의 무공은 쓰지 말아야 하는 것 아냐? 명문정파 망신시키는 것도 아니고 뭐냐?"

추위걸이 호조수를 사용하는 무인에게 고함질렀다.

그는 피식 웃었다.

두 눈은 신광을 담고 추위걸을 쏘아보았다.

이로써 추위걸의 첫 상대는 정해진 것 같다.

"호오! 저 새끼 봐. 내가 만만하게 보였나 보지? 이거 은근히 기분 나빠지는데."

추위걸이 사내를 노려보며 만도를 비켜 들었다.

그때, 주위를 쓸어보던 부사영이 입을 열었다.

"잘 들어라. 한 번밖에 말할 틈이 없을 것 같으니. 어떻게든 살아서 도주해라. 이건 개죽음이야. 굳이 여기서 죽을 필요는 없다. 살 수 있으면 살란 말이다."

서악정이 그의 말을 받았다.

"쳇! 헛소리 그만 합시다. 이 마당에 꼭 그런 말을 해야 되겠소? 기운 빠지게시리."

그가 손에 침을 탁 뱉어 쓱쓱 문질렀다.

"좋다. 차파(借破)로 간다."

부사영이 피식 웃으며 말했다.

"제길! 차파로 갈 것 같았으면 진작 좀 말해주지."

갈조기가 툴툴 거리며 손에서 오지구를 뺐다. 그리고 허리춤에 묶어놓았던 만도를 꺼내 들었다.

소궁을 만지작거리던 여강강도 차파라는 소리에 흘깃 부사영을 쳐다보더니 만도를 꺼내 들었다.

"모두 다 뒈지거나 모두 살거나. 거 지금까지 한 말 중 가장 마음에 드는 말이오."

수염을 다듬지 않아서 털북숭이가 되어버린 추위걸이 검은 수염 사이로 흰 이를 드러내며 웃었다.

"자식들! 헛소리는 지옥에나 가서 해!"

호조수를 사용하는 무인이 추위걸을 향해 와락 달려들었리.

추위걸은 허리를 숙여 일검을 피했다. 그리고 재빨리 옆으로 빠져나가 엉뚱한 자를 향해 일도를 날렸다.

파앙!

만도에서 허공을 찢는 소리가 울렸다.

그것이 드잡이질의 시작이었다.

"이거나 먹어!"

추위걸이 빠져나간 자리를 서악정이 대신했다. 그는 상대의 검이 비껴 나간 자리를 파고들며 허리를 향해 일도를 날렸다.

"헛!"

사내는 느닷없는 공격에 손을 들어 막았다.

손과 만도!

파앗!

눈앞에서 피보라가 피어올랐다.

사내의 호조수는 몸에서 싹둑 잘려 허공 높이 떠올랐다.

재빨리 일격을 더 가했다면 사내의 목숨은 땅에 떨어졌으리라.

한데 서악정은 그를 공격하지 않았다. 일검이 성공하든 말
든 상관없다는 듯 재빨리 옆으로 물러났다. 그리고 방금 전, 추
위걸이 공격했던 자를 향해 일도를 뻗어냈다.

"네놈도 한 번 먹고!"

쒜엑! 까앙!

만도와 검이 부딪쳤다.

방금 전, 서악정이 있던 자리에 여강강이 들어섰다.

그는 만도를 쳐들었다. 팔 잘린 사내가 뒤로 물러나고, 낯선
자가 그 자리로 들어섰다. 순간!

쒜에엑!

날카로운 파공성이 왼쪽 소매에서 일어났다.

퍼억! 파아앗!

막 팔 잘린 사내의 자리로 들어서던 무인이 벼락에 맞은 듯
펄쩍 뛰어오르더니 쿵! 하고 뒤로 나가떨어졌다.

사내의 가슴은 피투성이였다.

왼쪽 소매 속에서 발사된 소궁이 정확히 사내의 가슴을 꿰
뚫었다.

화살을 알아보기에는 너무 거리가 가깝다. 눈앞에서 번갯불
이 번쩍이는 것을 보았을 때는 아픔이 스쳐 간 후다.

일곱 명은 한 몸이 되어 빙글빙글 돌았다.

그들이 한 바퀴 원을 그릴 때마다 서너 명씩 피를 뿌리며 나
가떨어졌다.

"하하하! 한다는 게 고작 차륜진(車輪陣)이냐! 하기는 이런

거라도 하지 않으면 할 게 없겠지. 그래! 부지런히 돌아봐라!"

쒜에엑! 까앙! 슈슈슈슛!

고봉이 공동파의 탕마진이라고 말한 무인 스무 명이 일제히 한곳을 쓸어왔다.

일차로 대도 여덟 자루가 한 명에게 집중되었다.

부사영은 전신진기를 검에 집중시켰다. 검신일체(劍身一體)라는 말이 무색하지 않을 정도로 온 정신과 심혈을 검에 쏟아부었다.

쒜에에엑!

모든 심력(心力)이 집중된 검이 원을 그렸다.

타사인이다. 상대가 죽지 않으면 내가 죽는다는, 둘 중의 한 명은 꼭 죽어야 한다는 필살 절기다.

까앙! 까까까까깡!

검과 대도가 어지럽게 엉켜들었다.

탕마진을 형성한 무인들은 필살의 싸움을 피했다.

그들은 부사영의 검세가 심상치 않자, 급히 대도를 회수하여 뒤로 물러섰다.

그래도 대도와 검은 얽혔다.

타사인이 주위의 공기를 빨아들일 정도로 엄청난 검세를 드러냈기에 완전히 대도를 빼내지 못한 까닭이다.

"크윽!"

여덟 명 중에 한 명이 대도를 놓치며 비틀비틀 물러섰다.

손아귀가 찢어져 피가 주르륵 흘러냈다. 허벅지에도 일격을 당해서 핏물이 바지를 흥건히 적셨다.

쒜에엑! 쉐에에엑!

여덟 명은 그대로 물러섰다. 그리고 뒤를 받치고 있던 열두 명의 창잡이들이 일제히 장창을 들이밀었다.

그들의 창에는 분노가 서려 있었다. 사형제 중 한 명이 일격을 당한 분풀이가 장창 속에 고스란히 배어 나왔다.

부사영이 맞이했던 것보다 훨씬 더 사나운 공격이다.

"체엣! 앞에서 성질만 돋워놓으니까 뒷사람이 피곤하잖아!"

나이 스물일곱, 아니, 한 해가 지났으니 이제 스물여덟. 특기는 암살. 조용히 죽이는 거라면 한 수 한다는 살수의 기질을 지닌 자. 수명판 기록 사십삼 회.

고봉은 열두 자루의 장창을 접하면서 자신의 능력으로는 피해내기 힘들다는 것을 직감했다.

그는 두 팔을 최대한으로 웅크려 가슴과 머리를 보호했다.

자! 찔릴 준비가 되어 있다. 찌르고 싶은 대로 마음껏 찔러라!

말없는 소리가 창잡이들의 귀에 명확하게 전달되었다.

열두 명의 창잡이는 회심의 미소를 지었다.

장창과 만도의 싸움에서, 그것도 일 대 열두 명의 싸움에서 정면으로 승부를 결행하는 자가 있다면 정신 감정을 해봐야 한다. 도저히 이길 수 없는 싸움이기 때문이다.

흔히 당랑거철(螳螂拒轍)이라고 하는데, 이거야말로 사마귀가 마차를 가로막는 격이다.

‘한 명은 제거했다.’

‘이렇게 쉽게? 이게 웬 떡이야?’

그들의 눈가에 회심의 미소가 스쳐 갔다.

하기는 장창 앞에서 차륜진을 쓴 것부터가 잘못이다.

차륜진이라는 것은 상대를 현혹시키기 좋다. 또한 항상 상대의 측면을 공격한다는 장점도 있다. 빙글빙글 원을 그리며 공격하기 때문에 원심력이 가미된다. 파괴력이 한층 강해진다.

반면에 지금과 같은 상황에서는 속수무책이 된다.

고봉이 장창을 피하면 뒷사람이 피해를 입는다. 아니면 맞은편에서 등을 보이고 있는 누군가가 영문도 모른 채 꼬치가 된다.

어떻게든 고봉이 막아서야 된다.

한 손으로 열두 자루의 장창을 막아낼 수는 없다.

그가 할 수 있는 최선이란 자신을 희생시켜서 열두 자루를 품에 껴안는 것뿐이다.

죽음의 냄새가 풍긴다.

푹! 푹푹! 푹!

장창 네 자루가 그의 전신을 뚫고 들어갔다.

그들은 굳이 심장을 꿰뚫으려고 하지 않았다. 다 잡아놓은 벌레를 무엇 하러 쉽게 죽이겠는가. 다리를 떼어내고, 날개도 떼어내고…… 도망치지 못할 걸 알면서도 도망치려고 발버둥 치는 모습을 즐기다가 그것도 싫증 나면 그때 죽이면 되는 것이다.

팔이 뚫렸다. 허벅지도 뚫리고, 복부도 뚫렸다. 잘 갈린 창날이 살을 파고들었다. 그 순간,

타타타탁!

고봉이 느닷없이 차륜진에서 뛰쳐나와 열두 명의 창잡이를 향해 돌진했다.

쐐에에엑!

가슴과 머리를 감싸고 있던 고봉의 두 팔이 활짝 벌어졌다. 손에 쥔 만도가 별똥별처럼 흘렀다.

가가각!

창대가 잘려 나갔다. 서너 개의 창대가 썩은 수수깡처럼 베어졌다.

"헛! 이놈이!"

가장 앞에서 고봉을 맞이했던 자는 느닷없는 돌진에 어처구니없어했다.

그는 애병을 힘껏 내질렀다. 창대가 잘려도 당황하지 않고 단봉(短棒) 공격을 했다.

퍼억! 퍼어억!

오히려 공격해 들어가던 고봉이 일격을 당했다.

그의 머리에서 핏물이 흘러내렸다. 새빨간 피가 얼굴을 물들였고, 상의까지 흠뻑 적셨다.

그때, 고봉의 신형이 또 한 번 변화를 보였다.

쐐에에엑!

“헛!”

고봉을 공격하던 자들이 흠칫 손을 멈췄다.

눈앞에서 뭔가 어른거린다 싶었는데, 갑자기 고봉의 신형이 사라져 버렸다. 귀신처럼 감쪽같이 증발했다.

격전 와중에 상대를 놓쳤다!

싸움에서 이처럼 절박한 경우가 또 있을까? 이처럼 위험한 경우를 또 찾아볼 수 있을까?

사아아앗!

만도 한 자루가 그들 사이를 누볐다.

사전투광신보와 시각랑 시절에 숲 속의 암살자로 불리던 그의 살법이 어우러졌다.

“컥!”

“아악!”

단말마가 터지며 창잡이 서너 명이 썩은 짚단처럼 풀썩 무너졌다.

고봉은 이미 진형 속으로 되돌아갔다.

그는 핏물을 흠뻑 뒤집어쓴 채 누군지도 모를 자와 또 한 번 격전을 벌였다.

“새끼들! 괜찮냐?”

서악정이 안부를 물어왔다. 그리고 만도도 떨쳐 왔다.

고봉은 진형에서 빠져나왔다가 다시 들어가는 바람에 제 위치를 이탈했다. 원래는 부사영의 뒤를 받쳐줘야 하는데, 지금은 여강강 뒤를 받친다. 그리고 그의 뒤는 갈조기 대신에 서악정이 따라붙는다.

　진형이 변하는 것은 아무런 문제도 되지 않았다.

　이것이 그들만의 진형이다.

　일정하게 짜인 형식이 없다. 그때그때 상황에 따라서 변화무쌍하게 변한다. 모두들 한마음처럼 움직이다가도 순식간에 개별 싸움으로 바뀌기도 한다.

　무엇보다도 그들은 이런 싸움에 능숙하다.

　적진에 들어가서 포위당한 적이 어디 한두 번이었나.

　하기는 그때와 지금을 같은 선상에서 놓고 말한다는 것은 무리가 있을지 모른다.

　지금 시각랑을 포위한 무인들은 정예들이다. 이들 중 경력이 일천한 자라도 십 년 이상 병기를 만진 사람들이다. 농부나 상인에게 창을 쥐어주고 전쟁에 나가라고 등 떠민 그런 병졸들하고는 차원이 다르다.

　어디 그런 사람들하고 같이 비교하는가.

　정말 그렇게 생각하나? 그런 말을 하는 사람은 포위를 당해본 적이 없는 사람이다.

　포위를 당하는 순간, 아무도 예상치 못한 변화가 일어난다.

　투지가 급격하게 꺾이는 것이다. 상대가 창을 쥔 농부에 불과하다고 해도 여러 명이 빙 둘러 에워싸고 있으면 금방이라도 죽을 것 같은 공포심이 피어난다.

　포위당하는 순간, 상대의 전력은 배가된다. 반대로 이쪽은 절반 이하로 뚝 떨어진다.

그것뿐이 아니다.

실제 전력을 비교해도 포위하는 자들이 월등히 높다.

한마디로 무인이냐 병졸이냐만 다를 뿐, 자신들의 능력 밖에 있는 강자들과 싸워왔다는 것이다.

그럼 결과가 어떻게 될까?

재수없는 말이지만 거의 대부분 몰살당한다. 잘하면 한두 명 정도 몸을 빼낼 수 있지만 그것도 정말 운이 좋은 경우이고, 대부분은 그 자리에서 모두 죽는다.

지금까지 그래왔다.

혹시 기적이 일어나지 않을까 하는 소망도 품어본다. 자신만은 죽지 않을 것이라는 믿음도 가져 본다.

모두 개나 물어갈 소망이다.

칼은 정직하다. 약하면 죽고 강하면 산다. 일대일의 싸움이라면 운도 따를 수 있겠지만 지금처럼 완벽하게 포위된 상태에서는 오로지 실력만이 자신을 보호해 준다.

악착같이 죽을힘을 다해서 싸우는 놈만이 산다.

시각랑들은 그런 이치를 온몸에 새겨놓고 있었다.

가가가가각!

서악정이 남은 창대를 잘라놓고 물러섰다. 그리고 뒤이어서 추위걸이 득달같이 달려들며 일도를 쏘아냈다.

2

“헉헉!”

“후웁! 후우!”

숨이 급하게 헐떡였다.

피비린내 나는 공기일망정 흠뻑 들이켰다.

고봉은 복부의 창상이 제법 심하다. 겉으로 보기에도 생명이 위험할 정도로 피를 흘렸다. 머리가 어질어질하고, 사지가 무력해져서 만도를 들고 서 있기도 힘들다.

갈조기도 다섯 군데나 검상을 입었다. 담위민은 등에 뼈가 보일 정도로 깊은 상처가 생겼다. 여강강도 다리를 절룩거린다. 신법을 제대로 펼칠 수 없을 정도로 심하게 절룩인다.

서악정은 왼쪽 눈을 잃었다. 꾹 감고 있는 눈에서 핏물이 줄줄 흘러내린다.

일곱 명 중에 다섯 명이 치명상을 입었다.

싸움은 한 시진을 훌쩍 넘어 두 시진을 향해 치달렸다.

겨우 일곱 명으로 쉰 명이 넘는 고수들을 맞이해서 싸운 점을 감안하면 상당히 잘 싸운 셈이다.

양쪽의 피해는 비슷했다.

무림 쪽에서는 죽은 자도 있고 상한 자도 있다. 시각랑 쪽에서는 아직 죽은 자가 나오지 않았다. 하나 어느 누구 할 것 없이 온몸이 피투성이다.

그나마 시각랑이 죽지 않은 것도 무인들이 살수를 쓰지 않았기 때문이다.

그들은 싸움을 급하게 몰아가지 않았다.

시각랑들은 화끈하게 싸우는 쪽을 원했다. 이것저것 생각 없이 싸우는 쪽이 승부가 빨리 갈라진다. 또 그렇게 싸우다 보면 몸을 빼낼 수 있는 틈도 보이기 때문이다.

무인들도 그런 점을 안다. 그래서 그런 싸움을 피한다.

치고 빠지고, 치고 빠지고…….

무인들은 지루한 싸움으로 서서히 진을 뺐다.

"헉헉! 더럽게 치사한 놈들이네. 아, 떼거리로 몰려들었으면 몰려든 값을 하던가. 그렇게 자신없는 거야? 야! 치사하게 뭉그적거리지 말고 화끈하게 붙자!"

서악정이 앞에 있는 무인에게 만도를 겨눴다.

"미친놈. 곧 죽을 놈이 주둥이만 살아가지고. 화끈하게 붙자고? 그래, 받아봐라!"

쒜에엑!

검 한 자루가 일직선으로 쏘아온다.

사람은 없다. 오로지 검만 보인다.

적어도 서악정의 눈에는 그렇게 보였다.

"사일검법(射日劍法)!"

서악정이 깜짝 놀라 급히 만도를 휘둘렀다.

파아앙!

만도가 허공을 찢었다.

무인은 공격해 오지 않았다. 공격하는 척 시늉만 하고 뒤로 쑥 빠졌다.

"생각해 보니까 내가 한 수 밀리는 것 같아서 말이야. 하하하! 조금만 기다려. 내 내공 좀 올리고 다시 붙자고.”

“뭐야!”

“성질까지 낼 필요는 없고. 아직도 팔팔하게 날뛰는 걸 보니 죽으려면 시간 좀 걸리겠다. 하하하!”

서악정은 무인을 잡아먹을 듯 노려봤다.

“파진합시다!”

그가 부사영에게 말했다.

이렇게 시간만 보내다가는 진기가 고갈되어 손도 써보지 못하고 당한다. 그럴 바에는 가망이 전무할망정 정면으로 부딪치는 것이 나을 수도 있다.

“으음!”

부사영은 파진 명령을 내리지 않았다.

무인들의 의도를 모르는 바는 아니지만, 그래도 진을 고수하는 것이 최선이다. 여기서 파진하면 바로 끝장난다. 진을 깨는 즉시 한 명당 서너 명씩 달라붙을 것이고, 그리되면 일다경도 버티지 못하고 모두 땅바닥에 몸을 뉘게 된다.

“사충(射衝)으로 간다!”

그의 말이 떨어지기가 무섭게 여섯 명이 재빨리 움직였다.

부사영이 전면을 맡았다. 다른 여섯 명은 부사영 뒤에 두 명씩 나란히 섰다.

“사(射)!”

쒜에에엑! 쒜에에에엑!

부사영의 명령과 바람 가르는 소리가 동시에 울렸다.

계야부와 부사영이 무림에 나와서 제일 먼저 배운 절학이 사전투광신보다. 부사영이 시각랑을 선발해 왔을 때, 제일 먼저 가르쳐 준 무공도 사전투광신보다.

사전투광신보는 무당파의 절학이다.

문파 밖으로 흘러나가서는 안 되는 절기가 시각랑들의 신법으로 활용되고 있다.

그뿐만이 아니다. 시각랑들은 일곱 명 모두가 한마음으로 사전투광신보를 펼칠 수 있도록 호흡을 맞췄다.

그런 노력의 대가가 지금 나타났다.

쒜에에엑!

일곱 명은 기다란 비사(飛蛇)가 되어 허공을 갈랐다. 속도는 쏘아진 화살보다 빨랐다.

"막앗!"

뒤에서 다급한 외침이 들렸다.

시각랑들은 진이 빠진 지 오래였다. 말이 좋아서 두 시진이지, 두 시진이면 반나절이다. 반나절 동안 꼬박 혈투를 벌인 자들에게 싸울 기력이 남아 있을 리 없다.

조금만 더 압박하면 본인들 스스로 병기를 내려놓고 죽여 달라고 애원할 판이었다.

그런데 어디서 그런 힘이 솟았는지, 시각랑 일곱 명 모두 질주하는 천리마가 되어 치달린다.

다른 자들은 그럴 수 있다고 치자. 여강강 같은 경우에는 다리에 심한 상처를 입었다. 도끼에 찍혔는데, 다른 사람 같으면서 있지도 못할 만큼 상처가 깊다.

그런 자까지 화살 같은 속도로 뛰쳐나간다.

이게 가당키나 한 일인가!

가능하다. 시각랑이기에 가능하다.

시각랑은 이런 싸움에 능숙하다고 하지 않았던가.

다수에게 포위당하면 방법이 없다. 무조건 싸워야 한다.

칼에 맞았다고, 움직일 수 없다고 징징거려 봤자 돌아오는 건 죽음뿐이다. 동료에게 도움을 요청할 수도 없다. 동료 역시 제 한목숨 건져 내기 바쁜지라 옆 사람까지 돌볼 여지가 없다.

결국 자신의 목숨은 자신이 지켜야 한다. 자신이 포기하면 그것으로 끝이다. 절대로 누가 도와주지 않는다. 하다못해 손 가락 하나 내밀어주지 않는다.

지금과 같은 경우도 마찬가지다.

여강강은 혼자서 움직여야 한다. 움직이지 못한다면 낙오되 는 수밖에 없다. 그를 데려가고자 다른 사람들까지 뒤처지는 건 모두 죽는 길이다.

움직일 수 없는데 움직여라? 어떻게?

방법은 스스로 찾아라. 어떻게든 움직여라. 정 움직이지 못 하겠거든 뒤에 남아서 동료들이나 지켜다오.

시각랑들의 생각은 모두 똑같다.

여강강은 이를 악물고 신법을 전개했다.

"비켓!"

여강강이 왼손을 떨쳐 냈다.

쒜엑! 파파파팟!

난전(亂箭)이 쏘아졌다. 소궁에서 쏘아진 화살은 한 대이나 삼 장을 벗어나면 열 대로 갈라진다. 지근거리에서 살상력이 매우 높고, 제조가 까다로워서 여강강도 여간해서는 쓰지 않는 화살이다.

"악!"

무인 한 명이 머리를 감싸며 풀썩 주저앉았다.

멀리서 봐도 그의 머리는 고슴도치였다. 열 대의 화살을 머리 하나로 모두 받아냈으니 산다는 것은 불가능하다.

쒜에에에에엑!

시각랑은 안간힘을 다해서 혈죽림 안으로 파고들었다.

애초부터 이곳에서 싸웠어야 한다. 혈죽림을 방패 삼아 싸웠더라면 좀 더 긴 싸움이 되었을 게다. 최소한 지금처럼 병기를 들고 있는 것조차 버거운 상태까지는 이르지 않았으리라.

"은참(隱斬)을 하려고 하는데, 가능하겠나?"

부사영이 시각랑들을 돌아보며 말했다.

"이곳에…… 오자고 했을 때부터 은참을 생각했는데. 끙! 그게 아니면 이곳에 올 이유가 없지."

담위민이 허리를 비틀며 말했다.

등의 상처가 생각 밖으로 심각하다. 당장 치료를 하지 않으면 정말 큰일 나는 수가 있다.

"은참을 하기는 하는데, 풋내기들과 한다고 생각해야 할 거요. 보시다시피 이 몸들로는."

고붕이 어깨를 으쓱하며 말했다.

그는 한 손으로 복부를 움켜쥐고 있다.

복부만큼 심한 상처가 세 군데나 더 있는데, 다른 곳은 가릴 엄두조차 내지 못한다.

그들에게는 금창약을 바를 시간조차 없었다.

"좋다! 은참!"

순간, 시각랑들이 일제히 흩어졌다.

무인들도 바로 뒤따라 혈죽림으로 뛰어들었다.

"헛! 사라졌다!"

"이놈들이 하다하다 안 되니까 숨기로 작정한 모양이군."

"조심해라. 한참 독 오른 놈들이니 언제 튀어나올지 몰라. 절대 긴장을 늦추지 마라."

각기 다른 말들이 여기저기서 쏟아졌다.

무인들은 서로 잘 알지 못한다. 그들은 명을 받고 한자리에 모였을 뿐이다. 또한 이곳을 벗어나면, 이번 일만 끝내면 언제 만났냐 싶게 모른 척할 사이다.

그들은 서로 알아서는 안 된다.

자신의 신분을 많이 노출시킨다는 건 그만큼 수명이 짧아진다는 것을 의미한다.

공동파의 무인들, 호조수를 쓰던 무당파 도인, 그리고 타구봉을 들고 있던 사람……

그들은 이런 점에 대해서 감각이 무딘 사람들이다. 그게 아니면 신분이 들통 나더라도 어쩔 수 없이 본문의 무공을 쓸 수밖에 없는 처지였을 게다.

그들은 같이 움직이지만 다른 사람들은 신경 쓰지 않는다.

혼자 온 사람은 자신만 생각하면 되고, 공동파의 무인들처럼 많이 온 사람들은 사형제만 챙기면 된다.

사박! 사박!

그들은 천천히 죽림 속으로 들어갔다.

시각랑이 그새 도주했을 리는 없다. 그러기에는 상처가 너무 깊다. 짧은 거리를 전력 질주할 수는 있어도 먼 거리를 달려갈 체력은 안 된다.

그렇다면 숨은 것이다.

시각랑이 죽어라고 혈죽림으로 기어들려던 것도 죽림 안에 들어서면 숨을 수 있는 곳이 많기 때문이다.

걸음을 옮길 때마다 기습이 있을 것을 대비해야 한다.

땅속에서 검이 솟구칠 수도 있고, 하늘에서 벼락이 내릴 수도 있으며, 빽빽한 죽림 한가운데서 화약이 폭발할 수도 있다.

어떤 경우도 예상하고 있어야 한다.

놈들이 원하는 대로 순순히 당해주면 좋겠지만 그러기에는 강호 경험이 너무 많다.

사박! 사박!

한 걸음, 한 걸음이 극히 조심스럽게 떼어졌다.

걸음을 옮기기 전에 자신이 밟을 곳을 미리 점검했다. 위험이 없어 보여도 안전을 확인하기 전에는 걸음을 옮기지 않왔다.

 "쳇! 이거 너무 느린 것 아냐? 이렇게 굼떠서야 어디 놈들을 잡겠나. 혹시 우릴 이렇게 만들어놓고 지금쯤 냅다 도주하고 있는 건 아니겠지?"

 누군가 모두 들으라는 듯이 큰 소리로 말했다.

 마음이 답답할 때, 일이 잘 풀리지 않을 때 꼭 이렇게 염장을 지르는 놈이 있다. 하지만 봐준다. 이런 놈들은 대체로 오래 살지 못하고, 자신을 위해서 길을 열어주기 때문이다.

 "이거야 원 답답해서."

 그자는 말이 끝나기가 무섭게 신형을 쏘아냈다.

 죽림에서, 시야가 확 트이지 않은 곳에서, 신형을 제대로 쏘아낼 수 없는 곳에서 그는 전력 질주한다.

 강호 경험이 일천한 자들 중 몇몇이 그에게 동조해서 같이 신형을 쏘아냈다.

 많은 사람이 남았다.

 그들은 잔뜩 긴장해서 앞서 나간 무인들을 지켜보았다.

 그들의 안위가 염려스러워서는 아니다. 솔직히 그들이 죽든 말든 상관하지 않는다. 다만 그들이 스스로 미끼를 자처하고 나섰으니 조수(釣叟)의 심정으로 먹이를 먹고자 달려들 놈들을 기다린다.

 쒜엑!

 죽림 사이에서 짧은 파공음이 터졌다.

 "헉!"

달려가던 무인이 허리를 뒤로 푹 꺾더니 그대로 쓰러졌다.

그의 이마엔 작은 화살이 틀어박혀 있다.

"끝까지 다 틀어박혔어."

사람들은 죽음을 보지 않았다. 화살이 얼마나 깊이 박혔는지 그것만 살폈다.

화살은 끝만 간신히 남아 있다.

소궁에 재워지는 화살임을 고려할 때, 화살촉이 뒷머리까지 뚫었다는 소리다.

아주 가까운 곳, 일 장 이내에 한 놈이 있다.

"암기를 쓰는 놈은 한 놈뿐이지?"

"암기가 아니라 소궁이다."

"그게 그거지."

"그놈이 아마 도끼에 다리를 맞았을걸?"

"부산개벽(斧山開闢)이란 자야. 놈의 다리에 도끼를 박고 머리가 쪼개진 놈이."

"부산개벽이라면 부술(斧術)은 믿을 만하지. 후후후! 다리가 아작났겠군."

"방심하지 마라. 그러고도 달리는 것 못 봤어?"

"그래 봤자 앉은뱅이 신세야. 특히 여기서는."

그들은 날아올 화살을 대비했다.

일 장 이내에서 소궁을 쏜다면, 그것도 소궁의 달인이 쏘아 댄다면 막아낼 공산은 거의 없다.

운이 좋으면 두어 명, 운이 나쁘면 대여섯 명 정도는 쓰러질 게다.

놈은 화살을 연달아 쏠 수밖에 없다.

화살 한 대를 쏘는 것은 기습이다. 한데 이렇게 가까운 거리에서 기습을 걸면 위치가 드러난다.

같이 있던 자들이 가만있겠는가.

놈은 한 명 죽이나 여러 명 죽이나 마찬가지이니 초반에 많이 죽이고자 할 것이다.

당하는 사람은 당하는 것이고 나머지는 그 틈을 놓치지 말고 달려들어야 한다. 단숨에 요절을 내야만 한다. 그렇지 않으면 또 놈을 놓치게 된다.

쒜엑! 쒜에엑!

"컥!"

"윽!"

화살 두 대, 그리고 비명 둘.

"뭐야!"

무인들은 화들짝 놀라 서로 등을 맞대고 사방을 노려보았다.

먼저 화살은 분명히 전방에서 날아왔다. 그래서 온 신경을 전면에 쏟았다.

이번 화살은 뒤에서 날아왔다.

그들이 지나쳐 온 길에서 불쑥 날아온 화살이 동료 두 명을 저승으로 이끌었다.

그들은 놀란 가슴을 진정시키지 못했다.

“비수닷!”

누군가 소리쳤다.

“비수! 이놈들이!”

무인들은 이를 갈았다. 그리고 잘못 걸려들었다는 생각을 뼛속 깊이 했다.

시각랑은 절대로 정면승부를 걸어오지 않는다. 지금처럼 숨어서 완벽하다 싶은 기회가 생겼을 때, 암기로 승부를 걸어온다. 성공해도 좋고 실패해도 좋은 공격이다.

“빌어먹을 이거…… 큭!”

무슨 말인가를 하려던 무인이 두 손으로 얼굴을 가리며 풀썩 꼬꾸라졌다.

무인은 즉사했다. 두 손 사이로 철철 흘러내리는 피가 아무도 모르는 사이에 기습이 일어났음을 말해준다.

옆에 있던 무인이 두 손을 치웠다.

“죽…… 비(竹匕)?”

“죽비!”

“제길! 죽비!”

무인들은 그제야 왜 별것 아닌 기습을 파악할 수 없었는지 눈치챘다.

소궁은 그렇다 치자. 비수는 손으로 던지는 것이다. 좋다. 그것도 십분 이해한다. 절정고수가 비수를 던지면 눈치채지 못하는 것은 당연하다. 물론 놈들이 절정고수도 아니고 지금 몸 상태가 누굴 속일 정도로 좋은 것도 아니지만 그렇다고 인정해 보자.

그래도 죽비는 너무했다.

쇠로 만든 비수와 대나무를 깎아서 만든 비수는 질량이 다르다. 날아가는 속도도 다르고, 틀어박히는 타격력도 다르다.

이것 역시 절정고수에게는 문제가 되지 않는다.

내공이 신화경에 이른 사람은 나뭇잎으로도 사람을 죽일 수 있다.

한데 아무리 양보하고 또 양보해도 시각랑들이 그만한 내공을 지녔다고는 보기 어렵다. 그 정도의 내공을 지녔다면 혈죽림으로 도망쳐 들어올 일도 없었다.

죽비를 소리없이 날려서 일류고수를 죽인다?

놈들은 타각(楕殼)을 사용하고 있다. 아마도 이곳 혈죽림에 들어와서 급히 만든 것 같다.

타각은 대나무나 소뿔 등 다양한 재료로 만들 수 있다. 안을 파서 원통형으로 만들 수 있는 재료면 어떤 것이든 쓸 수 있다.

안을 파고, 끝에 홈을 내어 탄력있는 줄을 건다.

급조한 활이다.

급조했다고 우습게보면 안 된다. 살상력만큼은 상당히 우수하다. 긴 원통은 방향을 유지시켜 주면서 소리까지 죽여준다. 탄력 강한 활줄은 작은 힘으로도 빠른 속도를 내게 해준다.

타각에는 무엇이든 걸 수 있다.

비수를 걸 수도 있고, 지금처럼 죽비를 걸기도 한다. 아니,

거의 대부분 죽비를 건다. 타각을 만들기가 가장 쉬운 곳이 죽림이고, 또 죽비 역시 아주 간단하게 만들 수 있다.

타각…… 별것도 아닌 어린아이 장난감 같은 암기가 고수들의 혼을 빼놓았다.

"여기서는 쉰 명이 아니라 백 명이라도 안 돼! 나간다."

누군가 무인을 대표해서 말했다.

모두 그 말에 공감한다.

자신들이 사방을 훑으면서 전진했는데, 그래도 뒤에서 일격을 당했다. 그 말은 다시 말해서 시각랑들의 은신술이 자신들의 안목을 뛰어넘을 정도라는 것이다.

이제 반대가 되었다.

놈들은 급하지 않다. 오히려 초조해진 것은 무인이다.

정상적인 싸움은 할 수 없을뿐더러, 한 명 두 명 쓰러지기 시작하면 어느 순간에는 정신없이 무너진다.

무인들은 서로 등을 맞대고 죽림을 뚫어지게 응시하며 물러섰다.

"잘했다."

부사영이 시각랑들을 돌아봤다.

평소 같으면 아무것도 아닌 일이지만 지금은 잘했다고 말해 줄 수밖에 없다.

죽림 밖에서 너무 손해를 많이 봤다.

고봉과 담위민, 여강강은 정신이 혼미한 것 같다. 병기를 들고 있기도 힘든지 자꾸 떨어뜨린다.

갈조기도 이를 악물고 있지만 얼굴색이 파리한 게 좋지 않아 보인다. 서악정도 마찬가지다. 속옷을 찢었는지 더러운 천으로 눈을 가리고 있는데, 아직도 피가 쉴 새 없이 쏟아진다.

이들은 이런 몸으로 타각을 만들었고, 쏘았다.

소궁을 쏜 사람은 물론 여강강이다. 서악정이 비수를, 담위민이 죽비를 날렸다.

정신이 혼미한 상태에서도 기회를 포착하여 타각을 쓸 정도로 무서운 정신력을 발휘했다.

부사영은 이제 그만 쉬게 하고 싶었지만 그럴 수 없다. 죽림에서 물러난 무인들이 어떤 행동을 할 것인지 손에 잡히듯 빤히 보이기 때문이다.

"죽림을 포위하는 데 일다경이면 충분하다. 그 안에 여기서 빠져나가야 한다. 더 이상 싸우기는 힘들 것 같으니까 은밀히 빠져나간다. 움직이기 힘들 것 같으면 여기서 잠적하고."

시각랑들은 잠시 망설였다.

솔직히 움직이기는 힘들다. 빠져나간다고 해도 몰래 빠져나가야 한다. 이번에 발각되면 또 포위 공격을 당할 것이고, 그때에는 정말 승산이 없다.

그렇다고 여기 있을 수도 없다.

무인들은 죽림에 불을 지를 것이다. 죽림을 포위하고, 밖에서부터 안으로 타들어가도록 불을 놓는다.

여기서 방법이라면, 불길이 닿지 않는 곳까지 땅을 파고 숨는 수가 있다.

혈죽림의 크기와 토양 등을 고려할 때, 최소한 이 장 이상은
파 들어가야 한다.

그렇다고 횡액을 피한 것은 아니다.

땅을 파고 숨는 경우는 불이 꺼진 후에 전개될 수색을 피하
지 못한다. 땅속에서 숨을 쉬려면 공기구멍을 내야 하는데, 경
험있는 무인들은 어렵지 않게 찾아낸다.

"갑시다."

고봉이 말할 시간도 아깝다는 듯 일어섰다.

3

인중룡(人中龍).

사람들은 그들을 인중룡이라고 부른다.

송옥이나 반안이 울고 갈 정도로 용모가 영준하고 풍채가
좋다. 학문이 깊고 무예가 뛰어나며, 가문 또한 명가(名家)이니
그야말로 모든 것을 갖췄다.

그런 사내가 다섯 명이다.

한 시대에 한 명이면 족할 것을 다섯 명이나 탄생했다. 그래
서 인중룡이라는 말은 인중오룡(人中五龍)으로 바뀌었고, 그들
중 가장 뛰어난 용을 분별하기 위해 해마다 모임을 갖는다.

그들 인중오룡이 모였다.

"이번에는 확실히 승부가 갈리겠군."

"모두 결과에 승복하는 거지? 나중에 괜히 딴소리하면 안 되네."

"후후후!"

그들은 모두 자신감을 드러냈다.

"시서화(詩書畵)로는 안 될 줄 알았지. 결국 무공으로 승부를 결정짓는 건가."

그들은 서로를 쳐다보며 웃었다.

그들은 사람들의 생각과는 달리 어떤 부분에서도 경쟁을 하지 않았다. 잘난 사람들끼리 용모를 비교한다는 것은 우스운 일이다. 학문이 깊은 사람들끼리 학문의 우열을 논한다는 것도 낯부끄럽다. 그리고 또 학문을 자로 잴 수도 없다.

무공으로 승부를 결정짓는 것도 한계가 있다.

우선 무공이란 것이 절대적이지 않다. 비등한 무공을 지닌 사람들끼리 만났을 때, 병석에서 갓 일어난 사람과 불철주야 무공만 수련한 사람과의 비무는 정당하지 않다.

죽고 죽이는 문제가 아니라 어떤 무공이 뛰어나느냐 하는 문제는 참으로 답을 내리기 어렵다.

그래서 일 년에 한 번씩 모이는 만남을 다른 용도로 이용했다.

우정을 키우는 것이다.

서로 든든한 고리로 맺어져서, 친 혈육 이상으로 서로를 사랑하고 아끼자고 다짐했다.

언젠가는 그들도 가문을 전승하게 될 날이 올 것이다.

다섯 명 모두 일가의 가주가 되어 흔쾌히 술잔을 기울일 날이 반드시 온다.

그때도 그들의 우정이 지금처럼 깊다면…… 무림사에 대변화가 일어난다.

지금까지 막강한 성세를 구가하던 구파일방이 쇠락할 것이고, 그들 다섯 명이 이끄는 오대세가가 급격히 부각되리라.

그들의 뜻이 이럴진대, 조금 더 나은 용이 되고 말고가 무슨 상관인가.

그저 재미다.

오대세가의 후예들이 해마다 만난다고 하면 사람들이 경계할 것이기에 젊은이들의 치기로 위장막을 친 것이다.

"저놈들은 일곱. 한 명씩은 쉽게 처리할 것이고, 그럼 남은 자는 두 명인데…… 한 명이 나머지 둘을 처리할 동안 다른 사람들은 손 놓고 구경해야 되겠군."

"무슨 소리. 이번에야말로 인중룡을 가려보자고. 하하하! 재미있지 않겠나."

"흠! 한 명을 빼면 되겠어. 저놈 어때? 가장 골골대는데."

제갈세가의 인중룡 제갈휘(諸葛輝)가 담위민을 가리키며 말했다.

"아무렇게나. 그럼 저놈은 죽여도 무효인 게야. 숫자에서 치지 말자고. 하하하! 그럼 오늘 우리 중에서 인중룡이 탄생하는 건가?"

"아직도 변수는 있어."

"아직도?"

"하하하! 생각해 보게. 나머지 한 놈을 죽일 때, 두 명이 동시에 치명상을 입히면 승부가 미뤄지게 되지 않겠나."

"쯧! 조금이라도 출수가 늦은 사람은 알아서 빠지기로 하지."

"하하하! 누가 인중룡이 될지 궁금해지는데."

그들은 최대한 승부욕을 억눌렀다.

인중룡끼리 만나면서 가장 힘들었던 것이 바로 이 승부욕이다.

어떤 말을 하더라도 반드시 경쟁거리가 나온다.

방금 전에 하북팽가(河北彭家)의 인중룡 팽조(彭操)가 말한 것처럼 '잘 생각해 보게' 같은 말은 아주 위험하다. 자칫하면 상대방의 자존심을 건드릴 수 있기 때문이다.

잘난 사람들끼리 만난다는 건 참으로 어렵다.

상대방의 자존심도 생각해 주어야 하고, 그가 태어난 가문도 욕해서는 안 된다.

그들은 패잔병이나 다름없는 시각랑을 향해 걸었다.

"소저는……?"

황보세가의 인중룡 황보강(皇甫彊)이 눈살을 찌푸리며 길을 막고 선 여인에게 물었다.

여인은 얼굴을 큰 방갓으로 가렸다.

입고 있는 옷은 허름하기 짝이 없을뿐더러 먼 길을 걸었는지 먼지가 수북하다.

용모가 어떨지는 모르지만 지금 같아서는 어떤 사내라도 호감을 나타내지는 못하리라.

여인이 말했다.

"제가 다섯 분을 상대해 드리고 싶은데요?"

여인의 음성은 차분했다. 너무 차분해서 권태롭게 들렸다.

"뭐, 뭐요?"

팽조가 손을 들어 귀를 후비며 되물었다.

"시각랑은 난전에 능해요. 다수로 압박하는 것은 좋은데 구멍이 뚫리면 난감해지죠. 저 같으면 만일을 대비해 놓겠네요."

파라라랑!

언뜻 세상이 연분홍빛으로 물들었다.

아주 잠깐 동안, 잠시 눈을 감았다가 뜨는 아주 짧은 시간에 떠올랐다가 사라진 빛이다.

"그쪽 분."

여인의 얼굴이 오룡 중 한 명에게 향했다.

"당문의 인중룡 당억(唐檍), 맞나요? 가벼운 수는 사양해요. 방금 전에 펼친 암수는 없었던 것으로 할게요."

"허어!"

당억이 기막히다는 표정을 지었다.

여인의 음성을 들어보니 아직 새파란 애송이 같다.

몸의 굴곡을 보면 제법 나이는 찬 것 같은데, 음성 속에 아직 어린아이의 가냘픔이 숨겨져 있다.

여자가, 그것도 어린 여자가 길을 막아섰다.

"소저, 소저는 우리가 누군지 아는 것 같은데?"

"알아요."

"알면서도 길을 막는 건가?"

"잘못 아셨어요. 길을 막는 게 아니라 다섯 분을 죽이려는 거예요. 다섯 분, 오늘이 세상을 보는 마지막 날이에요."

"뭐? 하하하!"

남궁세가(南宮世家)의 인중룡 남궁항(南宮抗)이 두 손을 깍지 꼈다.

남궁가의 절기인 천뢰삼장(天雷三掌)을 쓰기 전에 기수식 삼아 펼쳐 보이는 동작이다.

여인의 말은 더욱 기막혔다.

"한 분으로는 안 돼요. 다섯 분이 합공하세요."

"말로는 안 되겠군."

팽조가 도를 뽑았다.

그들은 사람을 알아보는 탁월한 눈이 있다.

겉으로는 무시하는 듯한 말을 던졌다. 여인에게 아직도 방심하고 있다는 뜻을 살며시 비친 것이다. 하지만 내심은 긴장으로 가득했다. 여인이 서 있는 모습에서 뚫고 들어갈 수 없는 공(空)의 모습을 보았기 때문이다.

일 대 오!

다섯 명은 서로를 쳐다보면서 심중을 굳혔다.

여인의 말은 진실이다. 치기 어린 소녀의 말이 아니다. 자신

들의 무공도 탁월하지만 여인과 싸우면 승부를 장담할 수 없
다.

여인은 고수다. 초고수다.

"서로 병기를 맞대는 사이에 통성명이나 합시다. 소저의 방
명(芳名)을 물어도 되겠소?"

제갈휘가 물었다.

"아뇨."

여인은 지극히 간명하게 대답했다.

"이해해 주세요. 전 무림에 나오면서 제 이름을 딱 한 사람
에게만 말해주겠다고 다짐했거든요."

"호오! 그럼 지금은 말하기 전이요, 말한 후요?"

"말한 후예요."

"소저가 말했다는 사람, 억세게 운이 좋은 사람일 것 같은데
혹시 그 사람이 저들 속에 있소?"

제갈휘가 시각랑들을 가리켰다.

"아뇨. 그분은 저 사람들이 대수라고 부르는 사람이에요."

"대수?"

"별호는 독심환마, 이름은 계야부. 당신들 때문에 죽은 사람
이에요. 하! 억하심정은 없어요. 전 그분이 남긴 마지막 부탁
을 들어드리는 것뿐이니까요."

다섯 인중룡은 정말 깜짝 놀랐다.

계야부…… 그의 무공이 어떤지는 소문을 들어서 알고 있
다.

그가 이 소녀에게 뒷일을 부탁했다면, 이 소녀 역시 만만치 않은 고수라는 뜻이다.

소녀의 무공이 강하다는 것은 짐작했지만 그 정도로 강할 줄이야.

"소저도 별호가 있소?"

제갈휘가 은하침통(銀河針筒)을 꺼내며 무심히 말했다.

사실 별호를 물으면서도 크게 기대는 하지 않았다. 아직 어린 소녀가 아닌가. 그런 소녀가 언제 무림에서 활약할 시간이 있겠는가. 분명히 숨은 기인이사(奇人異士)의 제자쯤 되리라. 그런데……

소녀가 말했다.

"그건 말해줄 수 있어요. 투살진기. 그게 별호가 될 수 있을지 모르겠는데, 사람들은 저보고 투살진기라고 부르더군요."

"투, 투살!"

"총통기!"

인중오룡은 할 말을 잃어버렸다.

그들이 아무리 뛰어나다고 해도 총통기 아래에서 살아날 수는 없다. 그들 다섯 명에게 총통기가 떨어지면 해가 지기도 전에 목숨을 잃고 말 것이다.

투살진기는 총통기를 조롱이라도 하듯 무림을 활보한다.

도무지 거침이 없다. 가고 싶은 곳은 가고, 죽이고 싶은 자는 죽인다. 그러면 그럴수록 투살진기의 악명이 드높아지는데, 아무래도 상관없다는 듯이 태연히 활보한다.

투살진기의 처리 문제는 아주 간단해졌다.

무총 총단에서 무인을 파견해야 한다. 여러 사람이 떼로 몰려다니면 미꾸라지처럼 빠져나가니까 초절정고수 몇 명을 보내서 쉽게 처리해야 한다.

중원 무인들은 조만간 무총 총단 고수가 파견될 것이라 생각하고 있었다.

그 투살진기가 앞에 서 있다.

인중오룡은 겉으로조차 태연함을 가장할 수 없었다.

차앙! 차앙!

황보강이 급히 검을 뽑았다. 남궁세가의 인중룡 남궁항도 천뢰삼장을 포기하고 검을 뽑았다.

그들은 쾌속하게 몸을 날려 여인을 포위했다.

남궁항은 고혼일검(孤魂一劍)을 펼쳤다.

이 세상에 남겨둔 것이 없다. 저세상에 가도 반가울 것이 없다. 몸은 죽었으나 혼은 오갈 데가 없다.

검에 혼을 실어 피 맛이나 볼까나.

평생 동안 갈고닦은 정혈(精血)과 진기가 검 속에 녹아들어갔다.

세상으로부터 버림받은 외톨이 검이 쓸쓸한 기운을 토해낸다.

혼검(魂劍)의 경지다. 정신으로 생각한 것을 검으로 표현해내는 현현검(現現劍)이다.

쒜에엑!

거부할 수 없는 손짓이 여인에게 향했다.

세상이 온통 쓸쓸하다. 너무 넓고 큰 세상이 쓸쓸하다. 남궁
항의 검은 그 속에 숨어 있고, 온 세상에서 검 한 자루를 찾는
다는 것은 불가능하다.

고혼일검!

순간, 투살진기 하위미가 상체를 살짝 비틀었다.

쒜에엑!

검 한 자루가 간발의 차이로 가슴을 쓸고 지나갔다.

남궁항의 일 초는 무위로 끝났다.

그가 공격하고 하위미가 피했다. 더 이상 자세히 들여다볼
것도 없는 단순한 동작이다. 그리고 이런 동작은 비무를 하면
서 하루에도 수백 번씩 나온다.

한데 이상한 결과가 발생했다.

남궁항이 검을 회수하지 못하고 비틀비틀 앞으로 걸어갔다.
그리고,

파앗!

갑자기 옆구리가 둑이 터진 것처럼 터져 버렸다.

피가 분수처럼 솟구쳤다. 옆으로 확 퍼져 나왔다.

남궁항은 두어 걸음 더 비틀거리다가 푹 쓰러졌다.

장문혈(章門穴)이 터져 버렸고, 어찌 된 영문인지 보통보다
훨씬 많은 양의 피가 쏟아져 나온다.

남궁항은 몸속의 피를 모두 쏟아낼 것이다. 그것이 악명 높

은 투살진기의 공능이니까.

"언제!"

"훗!"

모두들 깜짝 놀라는 순간, 당억은 두 번째 독을 풀었다.

첫 번째 독은 무위로 끝났다.

바람 방향이 좋아서 가볍게 홍독분(紅毒粉)을 써봤는데 너무 쉽게 간파당했다.

여인은 독에 문외한이 아니다.

모두가 모르는 일이지만 실제로 당억은 당 씨의 혈족이 아니다. 현임 문주의 손녀인 당소용(唐逍容)과 혼례를 치른 후에 당 씨 집안의 여서(女婿)가 되었다.

당 씨 성은 그 후에 물려받았다.

현임 문주가 직접 시험해 보고, 흔쾌히 혼인을 허락할 정도로 그는 뛰어난 인중지룡이다.

당문에 와서도 그의 무공은 녹슬지 않았다. 아니, 더욱 발전을 거듭했다.

하지만 당문의 벽은 높았다.

태어났을 때부터 독을 만진 사람과 성년이 된 후에 밖에서 들어온 사람은 실력 차가 날 수밖에 없었다.

당억은 그 차이를 암기술로 극복했다.

무인이 암기를 배우는 것은 당연지사. 암기술이라면 그도 어려서부터 만진 것이라 치부할 수 있다.

그는 불철주야 노력했고, 결국 당문에서도 인정받는 거룡이 되었다.

그렇기에 두 번째 독술도 크게 신경 쓰지 않았다.

대부분의 사람들은 당문 사람과 대적하면 독부터 경계한다. 전혀 알지 못하는 곳에서 스며들어 오기 때문에 경계하는 것은 당연하지만, 그 덕분에 암기를 쓸 공간이 생긴다.

파아아앗!

시커먼 독 안개가 하위미를 향해 몰려갔다.

하위미가 신형을 비틀었다.

그녀는 크게 움직이지 않는다. 위험을 피할 수 있을 정도만 살짝 움직인다. 진기를 보존하는 최선의 수법이다.

당억은 남궁항이 당하는 순간에 이미 그런 사실을 간파했다.

투욱!

하위미가 움직이는 틈을 놓치지 않고 천뢰구(天雷球)를 던졌다.

현재 하위미는 독 안개 속에 갇혀 있다. 자신 역시 독 안개 때문에 여인을 볼 수 없다.

서로가 서로를 못 본다.

밖에서 무슨 일이 벌어지는지 모른다.

천뢰구는 그 틈을 노린다.

꽈앙!

엄청난 폭음이 여인이 있던 자리를 뒤덮었다.

천뢰구의 크기는 주먹만 하다. 표면은 터지기 쉽게 가죽으

로 싸였고, 안에는 파공강침(破空鋼針) 오백 개가 빼곡히 심어
져 있다.
　천뢰구가 던져지는 것을 보고 신형을 날리는 자, 죽는다.
　천뢰구에서 오 장 안에 있는 자, 죽는다.
　더군다나 오백 파공강침에는 극독이 묻어 있어서 살짝 스치
기만 해도 죽을 수밖에 없다.
　당억은 미소를 머금었다. 그때,
　"피햇!"
　그의 뒤에서 누군가 다급히 외쳤다.
　패애앵!
　맹렬히 휘두르는 도풍(刀風)도 느껴졌다.
　하북팽가의 팽조다.
　'저자가 왜? 뒤에서?'
　따끔!
　당억은 기분이 묘했다.
　하물(下物) 옆, 상체와 다리를 연결하는 부위가 모기에 물린
듯 따끔거렸다.
　기분이 나쁘지는 않다. 약간 간지러운 것 같기도 하고……
　"컥!"
　당억은 느닷없이 치민 고통에 그만 비명을 쏟아냈다.
　급맥혈(急脈穴)이 터져 나간다.
　전신을 휘돌던 피가 일제히 급맥혈로 모인다. 그리고 꾸역
꾸역 빠져나간다.

그는 남궁항의 죽음을 생각했다.

'꼭 이랬어.'

"후후! 우리는 운이 좋은 놈들이야. 이번에는 꼼짝없이 죽었다 싶었는데."

부사영이 담위민의 등에 금창약을 바르며 중얼거렸다.

하위미가 나타나 준 덕분에 잠시 치료할 시간을 벌었다.

그녀가 어떻게 알고 나타난 것일까? 계야부가 연락한 건가?

그럴 리는 없다. 그때 그 일 이후, 계야부는 하위미에게 연락한 적이 없다.

사실 하위미는 계야부의 마음을 크게 흔들지 못한다.

이것은 계야부의 마음속에 사약란이 존재하는 한 어떤 여인도 마찬가지일 게다.

계야부가 하위미에게 연락할 일이 없으니…… 그녀가 찾아왔다는 말이 된다.

우연히 길을 지나다가 위험을 봤다?

그건 설득력이 떨어진다. 설사 정말로 그런 우연이 생겼더라도 시각랑은 믿지 않는다. 부사영뿐만이 아니다. 시각랑 중에 우연을 믿는 사람은 아무도 없다.

그녀는 틀림없이 어떤 용건 때문에 찾아왔다.

"이번에는 별 볼일 없는 놈들이 와서 살았는데…… 저 소저가 언제까지 옆에 있어줄까요?"

추위걸이 말했다.

"새끼 너!"

고봉이 신경질적으로 되받았다.

그는 기적 같은 체력을 지녔다. 복부에서 쏟아진 피의 양을 보면 기절하고도 남는데 아직까지 굳건히 버텨낸다.

"그런 눈으로 보지 마쇼. 어린 여자아이에게 기대자는 게 아니고 상처를 치료할 시간만 잠시 벌자는 거요."

추위걸이 복부를 힘껏 누르며 말했다.

금창약이 너무 모자란다.

모두들 상처가 깊어서 가지고 있는 금창약을 모두 꺼냈지만 세 사람밖에 발라주지 못했다.

고봉은 서열이 부사영 다음인지라 이를 악물고 참는다.

동생들이 전부 치료하고 난 후에야 치료하겠다는 바보 같은 고집이 또 한 번 발동되었다.

하기는 이런 의리가 있으니까 수하들이 믿고 따른 게 아니겠나.

"다행히 내상은 깊지 않은 것 같소."

"야, 너, 아직도 목숨에 미련이 있냐?"

"정말 말 한번 더럽게 하네. 그래, 목숨에 미련이 있어서 삼형(三兄) 상처를 보살피고 있소. 됐소?"

"뭐? 더럽게?"

두 사람이 금방이라도 치고받을 기세였다.

그때, 부사영이 말했다.

"나중에 술 한잔 사마. 오늘은 제발 조용히 좀 해라. 일은 복잡하고 머리는 잘 돌아가지 않고. 너희들이라도 도와다오.”
　부사영은 인중오룡과 하위미의 결투를 지켜봤다.
　팽조가 쓰러지고, 황보강이 무너졌다.
　한결같이 혈맥이 터져 죽었다.
　그들이 강하다고는 하지만 투살진기 앞에서는 종이호랑이
에 불과했다.
　‘제갈휘가 죽는 것도 시간문제다.’
　그는 급히 말했다.
　“소저! 그자만은 살려두시오!”

第七十六章
다시 일어서는 사람들

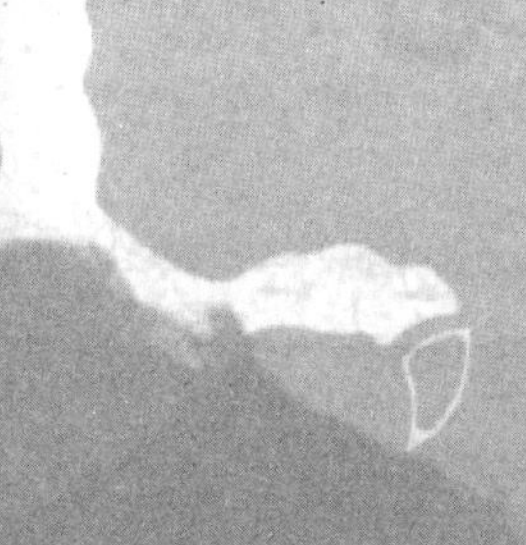

역천수격생혈술은 천고에 다시없는 의술이다.

학문을 많이 닦거나 의술을 깊이 수련한다고 해서 배워지는 게 아니다. 오직 깊고 깊은 단계에까지 내공을 수련한 사람만이 볼 수 있고, 시전할 수 있다.

역천수격생혈술은 사람 목숨을 건져 내는 것 이외에 또 다른 효능도 지닌다.

혈도의 미기를 정련하는 과정에서 각 혈이 철갑처럼 단단해진다.

점혈(點穴)이 되지 않는 무혈인간(無穴人間)이 되는 것이다.

여기서 조금 더 발전시키면 무인이라면 꿈에서도 원하는 금강불괴가 된다.

모든 건 멀리 있는 게 아니다. 아주 가까운 곳에 있다.

무혈인간, 금강불괴…… 말만 들어도 가슴 떨리지만 그게 바로 곁에 있다고 생각하는 사람은 없다. 평생 동안 수련해도 이룰 수 없는 경지라며 미리 포기하고 만다.

한데 계야부의 경우에는 너무도 손쉽게 얻어냈다.

그는 서서히 서서히 근육과 신경을 되살려 나갔다.

그가 한 일은 없다. 죽은 듯이 누워 있으면 된다. 그러면 혈에 깃든 생기가 주변의 근육과 신경을 되살린다.

이것이 역천수격생혈술을 시술받고도 깨어나지 못한 이유였다.

죽음은 경혈에만 찾아오는 게 아니다. 심장이 멈추고, 뇌가 멈춘다. 피가 흐름을 멈추고, 전신에 분포된 신경이 모래알처럼 무너진다.

혈을 살려놓는 것은 절반의 성공이다.

혈을 살린다고 모두 다 사는 게 아니다. 죽음이 너무 깊으면 살아난 혈도 다시 죽음으로 끌어내려진다.

계야부의 경우에는 삶과 죽음의 경계에 있었다.

노문주와 독심독의는 살릴 방도가 전혀 없어서 죽음을 선언했다. 하나 그때 그는 막 죽음과 접촉하고 있었다. 완전히 죽은 것이 아니라 죽음의 느낌을 맛보는 중이었다.

할위막사의 손길이 조금만 늦었더라도 그가 살아난다는 것은 불가능했다.

그렇다. 역천수격생혈술은 만능이 아니다.

죽은 사람을 되살릴 수 있는 기공이 아니다. 죽음이 임박한 사람에게 다시 한 번 삶의 기회를 줄 뿐이다.

"오늘쯤은 일어나겠지?"

"맥이 잘 뛰네. 살아나겠어."

"허허! 살아나야지. 누가 손댔는데."

"출출한데 만두 쪄줄까?"

"아냐, 아냐. 네놈의 만두는 요사한 기운이 붙어 있어서 먹기 싫어. 허어! 그것참! 이거 빠져나갈 구멍이 없으니 어쩐다……. 대마불사(大馬不死)라고 했는데, 그것도 아닌가 보이."

"왜? 큰 놈이 죽었는가?"

"어쩌나 보려고 밀어붙여 봤더니 저항도 못하고 죽네그려. 이러면 안 되는데…… 허!"

뚱뚱하다기보다는 통통하다는 말이 어울릴 것 같은 노인이 바둑판 앞에 앉아서 연신 '안 되는데'를 중얼거렸다.

그는 혼자서 바둑을 두었다.

백돌과 흑돌을 번갈아가며 놓았다. 그리고 대마가 위험해지자 장고에 들어갔다.

"훈수 좀 둬볼까?"

할위막사가 바둑판 옆에 앉았다.

"좋지. 그쪽이 백석(白石)이네. 대마가 빠져나갈 길이 없는데 살릴 수 있겠나?"

"후후후! 천중일기(天中一棋)도 못 살린 대마를 내가 어찌 살리겠는가. 그저 구경이나 하자는 게지. 흠! 이쪽에서 두 집 정도 낼 수 있을 것 같은데."

"쯧!"

"흠! 역시 그렇군. 안 되는 모양이지?"

"가서 저놈이나 살리시게. 허어, 딱 한 수가 모자라는군."

"내가 할 게 있나. 할 수 있는 건 다 했으니 이제 놈의 생명력이 얼마나 질긴가에 달린 거지."

"그 아이는 예쁘게 컸지?"

"예쁘게 컸지. 요만할 때 보고 안 봤는데, 이제 애 낳고 살아도 되겠더라고."

"똑똑하다는 소리는 들었는데…… 흠! 아무래도 저놈 주기는 아까운 애야."

"벌써 쌀이 익어 밥이 다 되었는데 어쩌겠나."

"쯧!"

두 사람, 동정호의 오대고수 중의 이 인은 바둑판을 뚫어지게 바라보았다. 한쪽은 몰라서 쳐다보기만 했고, 다른 한쪽은 너무 잘 알아서 돌을 움직일 수 없었다.

툭! 투둑! 툭!

꽃망울이 하나씩 둘씩 꽃잎을 벌린다.

계야부도 서서히 활력을 되찾았다. 진기는 활기차게 움직이고, 살에는 탄력이 붙었다.

"후우!"

눈을 뜸과 동시에 깊은숨이 새어 나왔다.

죽음과 직면해 있는 동안 몸에 쌓인 탁기가 한 무더기 덩어리가 되어 쏟아져 나왔다.

"살긴 살았군. 목숨이 질기다고 했지?"

"후후! 그렇군. 목숨이 질겨."

옆에서 두런거리는 소리가 들려왔다.

계야부는 눈을 뜨고 잠시 천장을 쳐다봤다. 어디가 어딘지 모르겠다. 낯선 곳이라는 건 알겠는데……

저벅! 저벅!

옆에서 말을 나누던 사람이 다가왔다.

"흠! 잠시 몸 좀 살펴보겠네."

그는 맥을 움켜잡고 맥박을 헤아렸다.

"맥은 정상이고……"

그는 손으로 눈꺼풀을 뒤집었다.

"눈동자도 돌아왔고…… 그만 일어나도 되겠어."

그가 손가락을 눈앞에 대고 '딱!' 소리를 냈다.

계야부가 눈을 끔뻑였다.

순간, 지난 모든 일이 주마등처럼 스쳐 갔다.

사약란을 보듬어 안고 있던 일, 그녀가 암혼에 취해 잠 속으로 빨려들어 가던 일, 그리고 지독한 고통…….

"죽지 않았군."

그는 혼잣말로 중얼거렸다.

"그만 일어나지. 실컷 누워 있었잖은가."

맥을 살피던 사람이 말했다.

그제야 신경이 그에게 돌아갔다.

눈을 돌려 그를 쳐다봤다. 그리고 전에 봤던 얼굴이 떠올랐다.

"할위막사!"

"쯧! 젊은 놈이 할위막사가 뭐야? 요즘 것들은 예의를 몰라서 탈이야. 우리 어렸을 때는 저러지 않았던 것 같은데. 안 그런가?"

"후후후! 존장 앞에서는 깜빡 죽었지."

계야부는 벌떡 일어나 앉았다.

진기가 사라졌다.

애초부터 기대하지는 않았지만 터럭만큼도 일어나지 않는 진기를 보면서 실망하지 않을 수 없다.

'움직이는 데 지장이 없으면 된 거지.'

계야부는 피식 웃었다.

빙정이 사라진 대가치고는 너무 혹독하다.

전에 이런 경험을 한 적이 있다.

육교사에게서 세공단을 받아 복용한 적이 있다. 매월 보름 음기가 충만한 날에 세공단을 다시 복용해야 한다는 제약이 있기는 했지만 세공단을 복용했을 때의 그 놀라움이라니!

대번에 초절정고수 반열에 올랐다.

누구와도 싸울 수 있을 것 같았고, 또 실제로도 그렇게 했다.

자신 스스로 무적이지 않을까 하고 생각했던 시기다.

그러나 세공단의 구속에서 벗어나자 일시에 진기가 사라졌다.

아니, 진기는 그대로였다. 본래 자신이 가졌던 진기가 강력한 힘으로 육신을 받쳐 줬다. 그래도 진기를 잃었다는 느낌에 심리적으로 큰 타격을 받았다.

큰 부자가 작은 부자로 전락했을 때 느끼는 상실감과 같은 것이다.

작은 부자도 남이 보기에는 부러움의 대상이건만 큰 부자 시절을 잊지 못하기에 부족함을 느낀 것이다.

지금이 그렇다.

빙정을 지녔을 때의 느낌은 굉장히 강렬했다. 초절정고수, 딱 그것이었다. 어느 누구라도 상대할 수 있다는 자신감이 온몸을 감쌌다.

실제로 증명도 했다. 동정호 비궁에 잠입해 들어가면서 내로라하는 고수들의 이목을 모두 속였다.

십이천자가 그의 잠입을 알아내지 못했다.

중원을 횡행하며 무총 요직을 걸고 비무행을 하던 십일영자도 그의 존재를 눈치채지 못했다.

그 모든 것이 사라졌다. 아무것도 할 수가 없다. 이제 무인으로서의 생명은 끝났다.

"훗!"

그는 피식 웃었다.

사약란에게 빙정을 넘겨줄 때부터 이런 일을 예상했는데, 새삼스럽게 갈등이라니.

그저 살면 되는 것을.

그래도 완전히 잃은 것은 아니다. 아직도 든든하게 남아 있는 것이 있다.

일단 혈이 없는 무혈인간이 되었다.

크게 쓸모는 없다. 점혈을 신경 쓰는 무인이라면 엎드려 절을 하고도 남을 일이지만 무인으로 살아갈 것이 아닌 바에야 점혈이나 타혈 같은 것을 우려할 필요가 없다.

무혈인간이 되었다는 것, 건강 하나는 염려하지 않아도 된다.

범인으로서 이만하면 축복받은 게 아니겠나. 살아가면서 아프지 않는다는 게 얼마나 큰일인가.

계야부는 침묵했다.

'뭘 한다…….'

"아직도 살렸어야 한다고 생각하나?"

"쯧!"

"허허! 그 쯧! 나도 한번 해보세. 정신 못 차리고 밑바닥에서 허우적거리는 놈을 언제까지 지켜봐야만 하나."

"쯧!"

"쯧? 허허! 허허허!"

"오래 걸리지는 않을 게야. 손에 떡을 쥐고 있는 놈이 설마

굶어 죽겠나. 진득하게 기다려 보자고.”

천중일기는 여전히 대마 살릴 방도에 고심했다.

무공이 절정으로 치달릴 때, 깨달은 것이 있다.

영원히 뇌리에서 지워질 수 없는 심득(心得)!

계야부는 밖으로 나와 눈여겨봐 두었던 감나무 밑으로 갔다.

빙정을 지녔을 때, 그는 육신의 무공을 버렸다. 정신의 무공을 추구했다.

일목(一目)!

‘일어나서 보라’는 말속에는 정신으로 들어가는 모든 절차가 생략되어 있다.

제일 먼저 육신을 버린다. 육신이 느껴지면 안 된다. 손과 발이 떨어져 나가고, 오장육부가 허공에 흩어지고, 심장의 고동 소리도 그만 멈춰야 한다.

실제로 그런 일이 일어나는 것은 아니지만 자신 스스로는 그렇게 느껴야 한다.

육신을 버리는 데 성공했으면 사념(思念)을 버려야 한다.

어떤 생각도 떠오르지 않는 무념(無念), 무아(無我)의 상태가 되어야 한다.

정신도 육체도 없는 상태를 만드는 것이다.

자기 자신을 완벽한 침묵 속으로 밀어 넣으면 그때에서야 둥근 달처럼 둥실 떠오르는 것이 있다.

각성(覺性)이다.

뭘 생각하는 게 아니다. '내가 있다' 하는 느낌만 든다.

어떤 존재인지는 모르지만 내가 있다는 존재감을 느낀다. 그 존재감이 우주만물의 이치를 서서히 알려준다. 아니다. 알려주는 게 아니라 느끼게 해준다.

눈으로 보는 것도 아니다.

각성은 절대로 볼 수 없다. 각성은 두 물체가 섞여서 하나가 되는 것처럼 그 속에 흠뻑 빠져서 느끼는 것이지 맞은편에 세워놓고 보는 것이 아니다.

그때 나는 신이 된다.

바깥세상에서는 티끌만 한 존재일지 모르지만 내면에서는 어떤 일도 할 수 있고, 무엇도 이뤄낼 수 있는 거대한 신이 된다.

성오존자의 승명인 성오(醒悟)가 바로 이런 단계다.

자신은 불교를 믿지 않는다. 도교에도 관심이 없다. 오로지 현재 사는 것에만 충실했다.

한데 자신이 깨달은 것과 불가에서 추구하는 것이 같다.

도가에서는 각오(覺寤)라는 말을 쓴다.

각성이나 성오나 각오나 다 같은 상태다.

내면과 외면의 변화는 이렇게 시작된다.

각성의 상태는 자신을 변화시킬 수 있는 좋은 기회다.

그 속에는 순진무구함이 숨어 있다. 아무도 손대지 않은 진흙덩이가 있다. 그것으로 토우(土偶)를 만들든, 집을 만들든,

병기를 만들든 무엇을 만드는 건 오로지 본인 마음이다.

사랑을 만들어보자.

사랑은 진정한 자아 속에 단단히 뿌리를 내린다.

자아 속에서 만든 것이기에 밖으로 탈출하지 않는다. 벗어나려고 발버둥치지도 않는다.

그리고 눈을 뜨면 달라진 세상을 볼 수 있다.

세상이 사랑스럽다. 눈에 보이는 모든 사람들을 사랑한다. 돌도 나무도 사랑한다. 여인만을 사랑하는 것은 욕정이다. 세상 전부를 사랑하는 것이 진정한 사랑이다.

다른 사람은 사랑하지 않으면서 여인만 사랑하는 건 문제가 있다. 그런 사랑은 여인이란 존재가 사라지면 사랑도 없어진다.

사랑은 외부의 영향을 받았기 때문에 안으로 일어나는 것이 아니다. 외부의 영향이 없어도 내면에서 스스로 싹이 트고 자란다.

진정한 사랑은 내면에서 일어난다.

이 상태를 무공에 쓸 수도 있다.

계야부는 무공에 썼다. '일목' 이란 말은 각성 상태를 기억해 두었다가 단번에 그 상태로 들어가는 것을 의미한다.

그 속에서 명령을 내린다.

난 상대보다 빠르게 움직일 수 있다. 난 상대를 제압한다. 난 처음 보는 무공과 맞선 상태에서도 당황하지 않는다. 무공의 허점을 파악할 것이고, 칠 것이다.

자기 암시가 아니다. 각성이다.

자기 암시는 의식에 내리는 명령이고, 각성은 신의 이름으로 명령을 내리는 것을 의미한다.

진기가 어떤 식으로 흐른다 따위는 생각하지 않는다.

그런 것은 육체의 무공이다.

육체와 사고가 사라진 상태에서 우뚝 솟구쳐 멀거니 지켜보고 있는 자에게 은밀히 속삭이기만 하면 된다. 그러면 그가 알아서 방법을 강구해 준다.

눈을 뜨자.

몸이 움직인다. 상대보다 빠르게 움직이고, 낯선 무공이 펼쳐져도 단번에 허점을 파악해 낸다.

정신의 무공에는 많은 종류가 있다.

엄밀히 말하면 사색신녀도 정신 무공을 사용한다.

유마심안은 상대의 이지를 흐려놓는다.

적이 앞에 있는데 싸울 생각을 하지 않는다는 건 정신이 나락으로 떨어져 있다는 뜻이다.

그 후, 느긋하게 삼양절맥지를 혈을 눌러 죽인다.

계야부에게 사색신녀의 무공을 평하라고 하면, 그녀의 무공은 정신 무공이 아니라 육체 무공이라고 말할 것이다.

각성과 만나지 않은 무공은 정신 무공이 될 수 없다.

사색신녀가 정도인의 눈길을 피해가면서 배우려고 했던 유마심안도 진정한 정신 무공이 볼 때는 어린아이 장난 같은 수준이다.

‘일목!’

계야부는 손을 들어 감나무를 눌렀다.

퍼억!

감나무의 껍질이 뜯겨져 나갔다.

‘됐어. 잊어버리지 않았어.’

그는 만족했다.

내공이 없기 때문에 위력은 많이 떨어진다. 예전 같으면 우두둑 뜯어냈을 껍질을 겨우 겉껍질만 벗겨내는 선에서 그쳤다.

그래도 일목은 움직인다.

각성은 그를 지켜주고 있다.

“어때? 살릴 만했지?”

“흠! 솔직히 놈이 저 정도인 줄은 몰랐네. 전에 놈과 한 번 손을 맞춰본 일이 있는데, 무시해도 좋을 정도였지. 괄목상대(刮目相對), 괄목상대야.”

“자넨 그때도 졌다며?”

“계집이 잔머리를 쓰는 게 눈에 딱 보였는데, 동정호의 찬바람을 맞기도 지겹고 해서 물러서 줬지.”

“잘했어. 자네가 물러서 준 덕에 이리 편히 지내지 않나. 그렇지 않았다면 지금도 흔들리는 배에서 요놈을 보고 있을 거야.”

“허허허! 흔들리지 않는 곳에서 바둑을 두니 좋은가?”

“좋지. 말이라고 하나.”

“그럼 동정목부와 자리를 바꾸지 그랬나?”

“그건 더 싫지. 독충들 그거…… 한 번 들어가 본 적이 있는데 웬 지린내가 그토록 심한지. 아침 먹은 것까지 토할 뻔했다니까. 그러고 보면 동정목부 그 사람, 비위 하나는 정말 좋아.”

“후후후! 공(空)이라. 허(虛)라.”

할위막사가 계야부를 뚫어지게 쳐다봤다.

“왜? 한번 해보고 싶은가?”

“자네도 흥미있나?”

“난 됐네. 이제 수족은 그만 놀리려네.”

“지금 상태로는 불공정하겠지?”

“그걸 말이라고. 자네 내공이 얼만데. 저놈이 아무리 공을 쓴다고 해도 아직은 안 되지.”

“그래서 세공단을 복용시켜 볼까 하네만.”

“육교사의 세공단?”

할위막사는 고개를 끄덕였다.

육교사 만변천자의 세공단은 흥미로운 물건이다.

병기를 든 무인치고 세공단에 관심을 갖지 않는 인물은 거의 없다고 봐도 좋다.

단숨에 일 갑자 이상의 내공을 얻는다는 게 쉬운 일인가.

매달 보름, 세공단을 복용해야 한다는 심각한 제약을 가해도 일 갑자 이상의 내공을 얻는다면 손을 벌릴 무인이 많다.

할위막사 같은 사람은 다른 면에서 관심을 갖는다.

약성을 부드럽게 푸는 방법을 연구한다.

세공단을 복용하지 않아도 아무런 탈이 없도록 약성을 순화시킨다.

이런 것은 원래 독심독의나 당문 같은 독인들이 연구한다. 하지만 할위막사 같은 사람도 인체의 흐름을 한눈에 뚫어볼 수 있기에 자연스럽게 관심을 갖게 된다.

특히 동정호의 비궁을 지키는 일은 외롭고 쓸쓸하다.

하루 종일 물결 위를 떠돈다. 사람 그림자조차 보지 못하면서 혼자만의 시간을 갖는다. 하루, 이틀이 아니고 십수 년 동안 같은 일을 반복한다.

그들은 소일거리가 필요했다.

첫 번째 관심을 가진 부분은 무공을 극성으로 이끄는 것이고, 두 번째로 관심을 갖는 분야가 세간에서 흥밋거리로 등장한 것들을 연구하는 것이다.

그런 측면에서 세공단을 연구한 적이 있다.

그 결과 세공단은 사용해서는 안 될 극약(劇藥)으로 규정지었다.

매달 보름에 복용하는 것은 좋지만 오래가지 못한다. 언제 어느 때 부작용이 일어날지 모른다. 혈압이 터지거나 심장마비가 오는 것처럼 아무런 예고도 없이 주화입마가 들이닥친다.

일 년, 이 년 꾸준히 세공단을 복용한 사람들은 운이 좋은 거다.

약성을 순화시킬 방도는 없다.

이 세상에 공짜로 얻어지는 것이 어디 있으랴. 강력한 힘을 얻으면 그만큼 내놓는 게 있는 법이다.

할위막사는 망설임없이 세공단을 버렸다.

할위막사는 내공이 절정에 이르렀다. 그런 사람에게 세공단 같은 건 아무짝에도 쓸모가 없다.

또 내공이 만능은 아니다.

내공이란 건 일정 수준에 이르면 더 이상의 성취가 불필요해진다. 다만 아직 그 수준까지 올라간 사람이 없기에 최고의 위치에서 말할 수 있는 무리(武理)가 알려지지 않은 것뿐이다.

할위막사 같은 사람에게는 내공을 넘어서는 무엇인가가 필요하다.

내공의 한계를 극복해 주는 방법, 그것이 바로 계야부가 쓰는 공의 무공이다.

방금 보지 않았는가, 내공을 잃은 자가 감나무 껍질을 종이처럼 찢어버리는 광경을. 공의 무공이란 인간의 능력을 신의 능력으로 이끌어주는 꿈의 무공이지 않은가.

하면 그런 무공을 쓰면 될 것 아닌가.

수련 방법을 모르는 건가?

안다. 이 세상에 공의 상태에 대해서 모르는 사람은 거의 없다. 일반 사람들도 아주 쉽게 입에 담곤 한다.

공이 무엇인지, 허가 무엇인지, 각성이 무엇인지 모르는 사람이 있는가? 알 뿐만 아니라 설명도 자세하게 한다. 그 상태에 올라서는 방법도 수천 종류나 된다.

안다고 들어갈 수 있는 게 아니다.

천중일기가 바둑판에서 눈을 떼며 말했다.

"그것도 좋겠지. 세공단은 일시적으로 내공을 올려주니까. 공의 무공을 쓴다는 건 정신을 마음대로 조율한다는 것, 세공단쯤이야 언제든지 끊을 수 있겠지. 세공단의 해답은 공의 무공인가. 한데 저놈이 세공단을 받아들일지 몰라. 저놈도 필요 없다고 생각하지 않을까?"

"그렇다면 더욱 좋지. 그런 상태야말로 바라는 바가 아닌가. 어디 볼까, 저놈이 뭘 할 수 있는지. 정말 살릴 가치가 있는 놈이었는지, 아니면 헛수고만 한 것인지 곧 알게 되겠지."

"가치가 있었다니까 그러네."

천중일기가 할위막사를 쳐다보며 픽 웃었다.

2

"뭐야!"

일교사는 깜짝 놀라 버럭 고함을 내질렀다.

꼭꼭 숨겨두었던 안선이 시각랑을 공격했다. 인중오룡이 시각랑 공격에 가담했다.

일교사는 사지가 부르르 떨려왔다.

'누구냐!'

머릿속이 쩡쩡 울렸다.

자신이 빙정과 화화구중의 주인이 되었어야 한다. 그것이 아니라면 빙정의 주인만이라도 되어야 한다. 그리고 자신은 빙정을 녹일 방도를 찾아냈다.

화화구중이 아니었다면 결코 빙정을 계야부 같은 놈에게 심지 않았을 것이다. 심을 생각조차도 하지 않았다.

그때부터 놈은 자신을 지켜봤던 것이다.

십여 년 동안이나 주위를 맴돌며 비웃고 있었으리라.

시각랑을 공격한 안선은 마지막 순간까지도 드러내고 싶지 않은 비밀 조직이었다.

하나같이 후기지수(後起之秀)로 인정받고 있는 자들이다.

아직은 무공이 미약하다. 인중오룡처럼 고수 반열에 오른 자도 있지만 거의 대부분이 활용하는 것보다는 배워야 할 것이 더 많은 무인들이다.

일교사가 그들은 아끼는 것은 발전성 측면에서는 그들만 한 자들이 없기 때문이다.

그들은 무림의 중추다.

향후, 십여 년만 지나면 무림은 그들 손에 들어간다.

일교사의 이름을 걸고서라도 이것만은 틀림없다고 확신한다.

한데 그들이 동원되었다.

결과나 좋으면 모를까 참패도 그런 참패가 없다.

오십여 명의 후기지수 중에서 죽은 자만 열한 명이다.

아니, 그렇게 셈해서는 안 된다. 그들 오십여 명은 모두 죽었다. 그렇게 셈해야 한다.

그들이 속한 문파에서는 이번 일을 간과하지 않을 것이다.

그들은 아주 큰 죄를 지었다.

제일 먼저 살겁에 뜻을 두었으면서 장배에게 보고하지 않았다. 대상이 비록 시각랑이라고 하지만 그들의 움직임을 문파 내 누구도 몰랐다는 건 문제가 된다.

두 번째로 이번에 함께 움직인 사람들이 안선도로 의심된다는 것이다. 대부분의 문파에서는 짐작조차 못하고 있었겠지만 그들 중에는 이미 안선도로 드러난 사람도 있다.

그들과 함께 움직였다.

같은 안선도가 아니고서야 그럴 수는 없다.

그동안의 정리를 생각해서 가볍게 처리해 준다면 파문(破門)을 당하게 될 것이다. 문규에 따라서 처리한다면 거의 대부분 뇌옥(牢獄)에 갇히리라.

그들을 잃은 손해는 크다.

더 큰 손해도 있다.

인중오룡이 죽었다. 네 명은 현장에서 즉사했고, 제갈세가의 인중룡만 행방불명이 되었다.

그들을 잃었다는 건 바로 오대세가를 잃었다는 뜻이 된다.

손도 대지 않고 코를 풀 수 있었는데 모두 무휴로 끝났다.

누구냐! 일을 이렇게 만든 놈이!

"누가…… 명령을 내렸다더냐?"

"그게…… 밀령(密令)이라서……."

일교사는 쓴웃음을 지었다.

안선의 명령 하달 방식은 항시 밀령이다. 명령을 내린 사람과 받은 사람밖에는 모른다.

이번 일에는 공동파의 출혈이 가장 컸다.

탕마진을 수련한 스무 명은 공동파가 자랑하는 보물이었다.

그들도 밀령으로 명령을 하달받았으리라. 어느 한 사람에게 명령이 전해진 것이 아니라 스무 명 모두에게 각기 하달되었다.

그들 스무 명은 하정성에 도착한 후에야 자신들 모두가 동원되었다는 사실을 알았을 게다.

안선을 손바닥 들여다보듯이 잘 아는 놈이 이런 짓을 꾸몄다.

그나마 다행인 점은 아직 구파일방이 건재하다는 것이다.

이건 무엇을 의미하는 것일까? 오대세가는 죽였으면서 구파일방을 왜 내버려 두었을까? 놈이 특별하게 쓸 일이라도 있는 것일까?

어쨌든 그들 역시 무사하지는 못하게 되었다.

물론 이번 싸움에 구파일방에서 동원된 자도 있었다.

하나 그건 맛보기에 불과하다. 인중오룡처럼 구파일방에도 정녕 아끼고 싶은 자들이 있다. 조금만 뒤에서 밀어주면 장문인 자리를 꿰차고도 남을 당찬 기재들이다.

놈은 이번에 그들을 건드리지 않았다.

"후후후! 후후후후!"

일교사는 웃음을 흘렸다.

'어떤 놈인지 곧 알게 되겠지.'

놈은 신중하지 못하다.

십여 년의 세월 동안 숨죽이고 있었다는 건 끈기가 굉장하다는 뜻이다. 정말 인내심 하나만큼은 높이 평가한다. 하지만 그토록 오래 참은 자치고는 일 처리가 매끄럽지 못하다.

사약란이 음양합일영기를 취했다.

이는 다시 말해서 사약란의 차후 행동을 보면 놈의 정체를 발견할 수 있다는 뜻도 된다.

사약란이 절정 무공을 수련함으로써 가장 크게 이득을 보는 자가 누굴까?

총주는 제외해야 한다.

그의 무공은 이미 신화경이다. 더 이상 오를 데가 없다. 그런 무공을 손녀에게 전수하고 싶었는데 틀어져 버렸다.

총주는 처음부터 대상에서 제외된다.

놈의 두 번째 작품이 이번 시각랑 참살 건이다.

한데 이번에는 조금 더 많은 허점을 남겼다.

밀령을 받은 자들 중에 살아남은 자들이 너무 많다. 그들을 조사하면 공통점이 드러날 것이고, 놈의 정체를 파악하는 데 한두 걸음 정도는 더 다가서리라.

"비삼(秘三)에게 명을 내려라. 계야부가 비궁에 들어선 순간부터 지금까지 비궁에서 일어난 모든 일을 낱낱이 보고하라고."

"존명!"

대답 소리가 간결했다.

일교사는 옅게 웃었다.

이 명령, 그자의 귀에 들어가리라.

좋다. 이번에는 비삼을 내준다.

사일도의 곁에 바싹 붙어서 움직이는 비삼이라면 흥미로운 먹잇감으로 보일 것이다.

만약 그자가 자신을 적으로 생각한다면 틀림없이 비삼에게 어떤 짓을 할 게다.

비삼이 그자와 같이 움직이는 것은 아닐까?

가능성이 있다.

'사태를 지켜보면 알겠지.'

일교사는 할 일을 마친 듯 태연히 일어서서 탁자로 갔다. 그리고 붓을 들어 그림을 그리기 시작했다.

쭉쭉 뻗은 대나무가 그려진다.

한겨울을 이겨낸 대나무의 강건함이 살아 있는 듯 생생하다.

그림을 다 그린 후에는 한쪽 귀퉁이에 시 한 수를 남겼다.

가라! 하정성에서 살아남은 자들을 조사해라. 그들에게 밀령을 내린 자가 누군지 밝힐 수 있는 데까지 알아오라.

스스스!

천장에 머물던 박쥐가 야공을 날아올랐다.

3

제갈휘는 검을 버렸다.

자신이 알고 있는 어떤 무공도 투살진기의 상대가 되지 못한다.

그가 가장 자신있는 건 신법이다.

천기신행(天機神行)과 천기미리보(天機迷離步)는 그를 인중오룡 중 한 명으로 올려주었다.

한데 자신이 아무리 빨리 움직여도 하위미를 따라잡지 못한다.

남궁세가의 남궁항은 고혼일검을 사용했다. 하나 그 밑바탕에 깔린 것은 천풍신법(天風身法)이다.

천기신행과 우열을 논할 수 없다.

그런 신법으로 다가섰는데 장문혈이 터져 버렸다.

검으로 베이는 것과 혈도를 짚이는 것은 엄청난 차이가 있다. 무공이 압도적으로 차이가 났을 때나 가능한 일이다.

그녀를 잡을 수 없다.

인중오룡 중 네 명이 죽자, 그는 전의를 상실했다.

"죽기 싫어요?"

"죽음을 원하는 사람은 없잖소."

"저 사람들한테 넘길 건데, 그래도 살고 싶어요?"

하위미가 고갯짓으로 시각랑들을 가리켰다.

"이번 한 번 편리를 봐줬으면 하는데, 안 되겠소?"

제갈휘가 싱긋 웃었다.

그의 웃음에는 마력이 깃들어 있다. 어떤 여인이든 싱그러운 그의 웃음을 대하면 오금이 저린다.

하위미는 아무런 동요도 없었다.

"살고 싶대요. 데려가세요."

제갈휘의 표정은 썩은 간처럼 검게 변했다.

"고맙소."

부사영이 제갈휘의 마혈을 짚으며 말했다.

"……"

하위미는 대답하지 않고 시각랑들을 둘러봤다.

"당분간 숨어 있는 게 좋겠군요."

"그럴 생각이오."

"상처가 나으려면 한 달은 걸리겠어요."

"그럴 거요."

"검산(劍山)이라고 아세요?"

순간, 부사영의 눈가에 파랑이 일었다.

"아세요?"

하위미가 또 한 번 물어왔다.

"처…… 음 듣는 지명(地名)이오."

"지명이 아닌데요?"

"……."

"검을 바꿨군요. 옛날에는 오 척 장검을 쓰셨다죠?"

"나에 대한 호기심은……."

"전 총통기가 두렵지 않아요. 포위를 하고 싶으면 하라죠? 그때 절 도와줄 필요가 없었어요."

"후후후! 그렇소?"

"하지만 도와줬죠, 그분이."

하위미의 눈에 맑은 빛이 어렸다.

"무림에 나온 이후 처음 받아보는 호의였어요. 그분, 계야부. 솔직히 그분에게 부인이 있지 않았다면, 부인이 천하제일미 사약란만 아니라면 마음에 들려고 노력해 봤을 거예요. 좋았거든요."

"전해달란 소리요?"

"그런 분, 아프게 하지 마세요."

"소저, 무슨 소리인지……."

"수명판 백육십구 회. 이게 정상이라고는 말하지 않겠죠?"

"하하하! 대수는 무려 이백사십칠 회요."

"빙정의 힘을 빌린 거예요. 당신은 무슨 힘을 빌렸나요?"

"당…… 신?"

"검산에 오 척 장검을 쓰는 사람이 있어요. 죽음의 비, 사우(死雨). 구명절초(求命絶招)는 일촌사(一村死)."

부사영의 신형이 눈에 띄게 흔들렸다.

그의 입술은 파랗게 질렸으나 그의 눈은 살기로 충만했다.

“왜요? 제게 일촌사를 쓰고 싶은가요?”

“…….”

“수명판 백육십구 회 동안에 일촌사는 몇 번이나 썼죠? 참 대단한 분이세요. 무림에 나와서는 한 번도 쓰지 않았더군요. 목숨이 경각에 달린 순간까지도 절대 쓰지 않았어요. 어쩜 그럴 수 있죠?”

“무슨 소린지 모르겠소.”

“그래요? 모르겠다면 모르는 거죠. 좋아요. 모르는 사람한테 더 말할 것도 없어요. 단, 검산이 왜 오라버니 곁에 붙어 있는지 모르겠지만…… 오라버니, 아프게 하지 마세요.”

“그것뿐이오?”

“그것뿐이에요.”

“나도 한 가지 묻지.”

“말 놓지 마세요. 당신과 나, 아직은 아무런 관계도 아네요. 하대 들을 이유, 없거든요.”

“미안하오. 하나 물어봐도 되겠소?”

“물어보세요.”

“여긴 어떻게 알고 온 거요? 설마 우릴 지켜본 것은 아닐 테고.”

“지켜봤어요, 그때부터 쭉.”

“무엇 때문이오?”

“말했잖아요. 오라버니에게 호의를 처음 받아봤다고.”

“그런 말을 믿으라는 거요?”

"오라버니는 믿었을 거예요. 그게 오라버니와 당신이 다른 점이에요. 오라버니는 대수가 되고, 당신은 이수(二首)가 되는 이유이고요. 마음을 비우세요."

"대수 곁에 있는 것, 나쁜 이유는 아니오."

"그 말, 믿기 어렵네요. 검산 사람들치고 좋은 사람 없던데. 사실 당신이 일촌사만 사용했어도 제가 올 필요는 없었을 거예요. 인중오룡도 시각랑을 죽일 정도는 되지만 사우를 상대하기는 벅차죠. 그런데 왔어요. 왜일까요?"

"……."

"당신이 검산에서 왔기 때문이에요. 검산 사람들…… 목적을 이루기 위해서는 처자식까지 죽이는 비정한 사람들 아닌가요? 당신은 시각랑이 모두 죽을망정 절대로 일촌사를 쓰지 않았을 거예요. 군대에서가 편했죠? 적진이니까 마음껏 일촌사를 써도 되고."

"믿지 않아도 좋지만……."

"됐어요. 두고 보면 알겠죠."

"후후후! 소저도 마음을 비워야겠소."

"호호호!"

"참! 시각랑 말 중에 이수라는 말은 없소. 오직 대수만 있을 뿐. 난 이형(二兄)일 뿐이오."

하위미가 빙그레 웃었다.

부사영은 하위미가 떠난 후에도 한참 동안이나 멍하니 하늘만 쳐다봤다.

하위미가 어떻게 검산을 알았을까?

그녀는 경계의 대상인가?

죽일 자신은 없다. 일촌사가 죽음의 절기인 것만은 틀림없지만 투살진기를 상대하기에는 벅차다.

계야부의 곁을 떠날 때가 된 것인가.

그는 생각을 정리하지 못했다.

"저 친구는 뭐 하러 잡아둔 겁니까?"

추위걸이 다가와 말했다.

"응? 아! 저놈…… 입 좀 벌려봐."

"뭐가 궁금하신데요?"

"다른 건 필요없고, 어떤 놈이 우릴 죽이라고 했는지만 알아내."

"아, 그거요. 후후! 알았습니다."

추위걸이 제갈휘를 쳐다보며 웃었다.

시각랑이라면 모두 고문에 능하다.

첨각 침투하여 적병으로부터 정보를 캐낼 때가 많기 때문에 기본적인 것들은 필수적으로 습득한다.

추위걸은 다짜고짜 제갈휘의 두 허벅지에 단검부터 꽂아 넣었다.

"아아악!"

비명 소리가 산천을 울렸다.

칼에 맞았으니 비명을 토해내는 것은 당연하지만 온 산이 울리도록 악쓰는 것은 비정상이다. 계산된 비명이다. 누군가 비명을 듣고 달려와 주기를 바란 것이다.

"한 번만 더 악쓰면 입을 찢는다."

추위걸이 단검을 입 안으로 들이밀었다.

제갈휘의 눈가에 두려움이 얽혔다.

'하루짜리군.'

부사영은 추위걸의 첫 고문을 보고 제갈휘가 언제쯤 입을 열지 추측해 냈다.

시각랑들은 상처가 심하다. 우선 당장은 쉬어야 한다.

시간이 갑자기 넉넉해졌다.

만일 급하게 움직여야 했다면 단검을 찔러 박는 대신에 손목이나 발목을 잘라냈을 것이다.

큰 절박함 대신에 작은 절박함을 택했다는 것은 원하는 답을 듣기까지 길게 본다는 뜻이다.

'별로 크게 기대할 건 없는데. 인중오룡쯤 되는 자라 찔러보기는 하는데 아는 게 별로 없을 거야. 안선 아닌가. 안선이 하는 일인데 명령자의 신분을 노출시킬 리 없지.'

제갈휘는 괜히 고통만 당하다가 죽을 것이다.

그는 검을 놓지 말았어야 한다. 승패가 확실해졌어도 살길이 없는 이상 끝까지 싸웠어야 한다. 괜히 혹시나 살 수 있지 않을까 하는 미련 때문에 애먼 고문만 당하지 않는가.

미련…… 미련인가? 미련이 판단을 흐리게 만드는 건가?

시각랑에게는 계야부가 죽었다고 말했지만 마음 한구석은 아직 살아 있을 것이라는 희망을 놓지 않는다.

계야부의 시신을 두 눈으로 보기 전에는 죽음을 믿을 수 없다.

그런 점은 다른 시각랑도 마찬가지일 게다.

정말로 계야부가 죽었다면 어찌할까? 그와 함께했던 시각랑 시절, 그리고 무림에서의 생활…… 모든 게 물거품이 되어버린다. 지난 삶이 한낱 휴짓조각이 되어버린다.

그럴 수는 없다. 계야부는 살아 있어야 한다.

그에게 검산의 모든 희망을 걸었는데…… 그를 지켜주는 낙이 얼마나 기쁜지 조금씩 알아가는 중인데…….

'살아 있을 거야. 죽었을 리 없어.'

부사영은 손바닥을 탁탁 털며 일어섰다.

동생들의 상처를 돌봐줘야 한다.

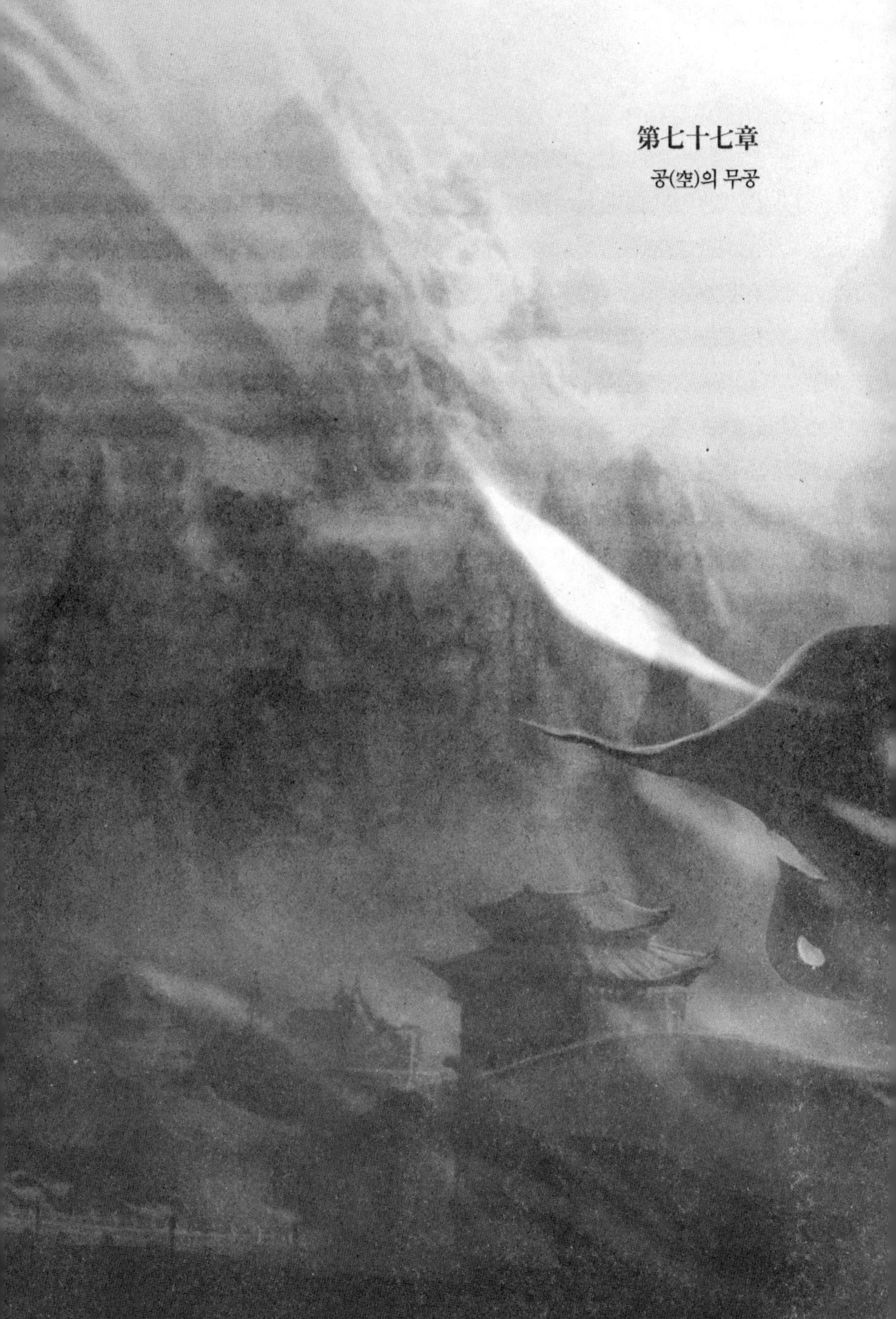

第七十七章

공(空)의 무공

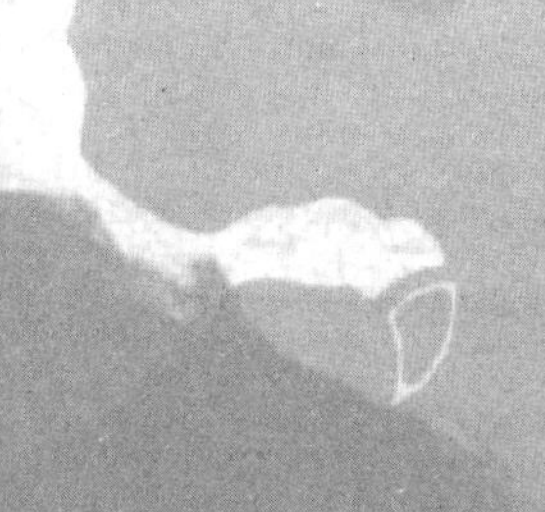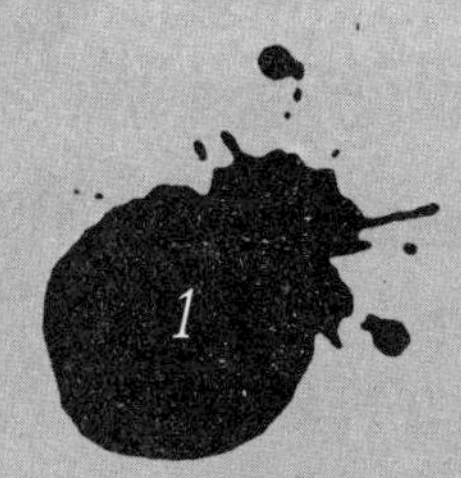

“세공단이라면 저도 복용해 본 적이 있습니다. 사양하겠습니다.”

계야부는 정중하게 거절했다.

할위막사는 세공단 이야기를 꺼내지 말아야 할 사람에게 말했다.

중원에서 세공단에 대해 계야부처럼 잘 아는 사람도 없을 게다. 자신이 직접 경험해 보기도 했고, 빠져나오기도 했다.

“흠! 그런가.”

“인사가 늦었군요. 살려주신 은혜, 잊지 않겠습니다.”

“그게 뭘 대수롭다고. 그리고 목적이 있어서 살려준 것이니까 깊이 생각할 건 없네.”

“그 친구, 자넬 죽일 생각이라네.”

옆에서 바둑판을 들여다보던 천중일기가 툭 끼어들었다.

계야부는 놀라지 않았다. 그저 웃기만 했다.

“허어! 저 친구…… 장난이 아니라니까. 자네에게 세공단을 주려는 이유가 뭔지 아나? 지금 같아서는 일초지적(一招之敵)도 안 되니까 좀 키워서 죽이려는 거네. 일종의 뭐랄까…… 죄책감 같은 걸 없애려는 거야. 돼먹지 못한 수작이지.”

“후후! 저 친구 말이 맞네. 난 자넬 죽일 생각이네.”

할위막사가 태연히 말했다.

두 사람은 잡담을 하듯이 아무렇지도 않게 말했다. 하지만 그 말이 진실이라는 것은 여실히 느낄 수 있었다.

“언제 죽일 생각이십니까?”

“언제면 좋겠나?”

“글쎄요? 한 달 정도 시간을 줄 수 있으신지. 꽃피는 모습은 보고 싶군요.”

“사내가 무슨 꽃이란 말인가.”

“아내가 민들레를 참 좋아했습니다.”

“그렇군. 아내가 좋아한 꽃이라…… 아내가 좋아하는 꽃을 보는 게 의미가 있나?”

“없습니다.”

“……”

“꽃을 보는데 무슨 의미가 있습니까. 하하하!”

할위막사는 눈썹이 꿈틀거렸다.

천중일기도 눈을 끔뻑였다.

계야부…… 예상보다 크다. 새끼 호랑이 정도인 줄 알았는데 이미 먹이를 사냥할 줄 안다.

꽃을 꽃으로 본다.

바꿔 말하면 사물을 사물로 본다는 뜻이다.

사념적으로 어떠한 의미도 부여하지 않고 있는 그대로 본다.

숲이 울창한 수림에 들어가면 무엇을 할 것인가? 눈으로는 볼 것이고, 귀로는 나뭇잎이 흔들리는 소리를 들을 것이고, 코로는 맑은 나무 향을 맡을 것이다.

거기에 어떤 의미가 있겠는가.

그저 지켜보면 된다. 자연을 있는 그대로 보는 것이 가장 많이 얻는 길이다.

한 발 더 나아갈 수도 있다.

나무와 동화되는 길이다.

내가 나무고 나무가 나다.

바람이 불면 나뭇잎이 흔들린다. 나도 흔들린다.

땅에 같이 뿌리를 두고 세월의 흐름을 잊는다.

이런 상태를 완벽하게 유지할 때, 육신이 사라진다. 사념도 사라진다. 아무것도 없는 텅 빈 공간을 쳐다보는 각성만 존재한다.

공의 무공을 깨닫는 또 다른 방법이다.

계야부는 각성으로 들어가는 길을 자신만의 방편이 아닌 다른 방편까지 두루 넓혀가고 있다.

계야부…… 확실하게 공의 무공을 터득했다.

무림사에서 단지 몇 명만이 터득한 신의 무공을 지녔다.

그가 조금만 일찍 이런 경지에 이르렀다면 할위막사가 애를 써가며 역천수격생혈술을 쓸 필요가 없었다.

빙정과 화화구중의 힘이 아무리 거세다 한들, 내면의 울림보다 클 수는 없다. 각성은 신의 손길이기 때문이다. 신이 내린 명령을 빙정 같은 하위 개념의 물체가 거역할 수는 없다.

그는 스스로 자신을 조율할 수 있었다.

그런데 죽었다. 죽음을 맞이했다.

그러니까 당시만 해도 공의 무공을 쓰기는 했으되, 이 상태까지는 이르지 못했다는 뜻이다.

여기서 두 사람의 생각이 갈렸다.

할위막사는 계야부가 사용한 것이 공의 무공이 아닐 것이라고 했다. 만약 공의 무공이었으면 빙정이 빠져나갔다고, 진기가 모두 쓸려 나갔다고 죽음을 맞이할 리 없기 때문이다.

천중일기는 생각이 달랐다.

계야부는 확실히 공의 무공을 사용한다. 다만 본인 스스로 공의 무공이 얼마나 위대한 무공인지 알지 못하고 있다. 품에 보물 상자를 안겨주었는데, 겨우 금목걸이 하나 꺼내놓고는 좋아서 희희덕대는 것과 같다.

할위막사는 내키지 않았지만 살리는 쪽으로 가닥을 정했다.

천중일기가 옳았다.

계야부는 공의 무공을 사용한다.

빙정을 잃어버리고, 아무것도 없는 백지 상태가 되자 공의 위대함을 비로소 깨우쳤다.

그는 이번에야말로 각성의 진실함에 눈을 떴다.

계야부에게는 빙정을 잃은 것이 전화위복(轉禍爲福)이 된 것이다.

할위막사가 담담히 말했다.

"한 달을 달라니 한 달을 주겠네. 꽃이 피고, 민들레가 피거든 실컷 보게나."

계야부는 무공을 수련하지 않았다.

각성의 위대한 모습을 봤으면 한 번이라도 더 사용해 보는 것이 인지상정인데, 그는 조용했다.

새벽같이 일어나 묵상을 한다.

운공조식이 아니다. 묵상이다. 스님이나 명상가가 즐겨 하는 묵상에 몰입한다.

아침을 지어 먹고는 산책에 나선다.

최대한 느린 걸음으로 발에 밟히는 돌조각 하나에도 흐뭇한 미소를 지으면서 걷는다.

기이한 행동을 할 때도 있다.

어느 날인가는 옷을 입는 데 두 시진이 걸린 적이 있다.

그날은 아침도 굶었고, 산책도 없었다. 물론 아침 묵상까지도 빼먹었다.

천천히…… 천천히…… 팔 한쪽을 집어넣는 데 반 시진을 넘어선다.

옷이 살에 닿는다. 그 감촉을 즐긴다. 감촉을 느끼는 감각에 집중한다. 그리고 감각을 버린다. 아무것도 없는 상태에서 옷을 입고 있는 자신만 느낀다.

일어나서 잠들 때까지 하루 일과의 모든 것이 수련이었다.

천중일기가 계야부를 불러 세웠다.

"바둑 한 판 두려는가?"

"둘 줄 모릅니다."

"쯧! 어렵지 않아. 그냥 이 판 위에다가 올려놓기만 하면 돼."

"하하하! 그렇습니까?"

"그렇다니까. 한 판 두지?"

"그러죠."

계야부는 바둑판을 두고 천중일기와 마주 앉았다.

동정호의 오대고수는 각기 한 가지씩 몰입한 것이 있다.

할위막사는 만두에 비정상으로 집착하고, 천중일기는 바둑 없이는 살지 못한다.

자신의 별호에 기(棋)를 넣을 만큼 그의 바둑 사랑은 뜨겁다.

"기본적인 규칙을 알려주시죠."

"전혀 못 두나?"

"이거 처음 잡아봅니다."

계야부가 백돌을 들어 보였다.

천중일기는 항시 흑돌만 잡았다.

혼자서 바둑을 둘 때도 흑돌을 자신 쪽에 놓고 백돌을 상대 쪽에 놓았다.

고수가 백을, 하수가 흑을 잡는다거나 하는 일반적인 규칙은 통용되지 않았다.

"규칙? 없어. 재미로 두는 건데 무슨 규칙이 있어. 그냥 둬. 이렇게 포위하면 안에 있는 걸 잡아먹는 거야. 규칙은 이거면 돼."

천중일기는 호구(虎口) 치는 법을 알려주었다.

"쉽군요. 그럼 둡니다."

딱!

계야부가 바둑판 한가운데 돌을 놓았다.

백돌이 천중(天中)에 놓이는 기이한 바둑이 시작되었다.

한 판, 두 판, 세 판…….

천중일기와 바둑 두는 회수가 늘어갔다.

어떤 날은 하루 종일 바둑만 두기도 했다.

"저 친구가 정말 자넬 죽일 건데, 무섭지 않나?"

"한 번만 더 방해하면 이번 판 무효입니다."

"쯧! 성격이 그렇게 까칠해서야."

딱! 따악!

계야부가 돌을 놓자마자 천중일기도 돌을 놓았다. 돌 놓는 속도가 너무 빨라서 마치 같이 놓은 것 같았다.

"쯧!"

"쯔으읏? 그게 무슨 뜻인가?"

"성격이 그렇게 급해서야."

"허! 허허허!"

딱! 따악!

"한 가지 물어봄세. 자넨 지기만 하는 바둑이 재미있나?"

"재미있을 리 있습니까."

"그럼 재미없는 바둑에 푹 빠지는 이유가 뭔가?"

계야부는 웃기만 했다.

천중일기도 곧 바둑에 몰입했다.

계야부가 바둑에 몰입하는 이유는 묻지 않아도 안다. 그는 지금 무엇을 해도 똑같다. 산책을 할 때나 옷을 입을 때, 식사를 할 때까지도 오직 한 가지만 생각한다.

생활이 곧 수련이다.

바둑도 생활의 일부다. 돌을 놓을 때, 그는 돌이나 바둑판을 느끼지 않는다. 육체가 없는 상태, 사념마저 없는 상태에서 깊이 잠들어 있던 자신을 일깨운다.

한 가지, 그는 지기만 하는 바둑이 재미없다고 했다.

아직은 완전한 상태가 아니라는 뜻이다. 조금 더 완벽해지면 승부에 상관없이 재미있어진다. 승부에 관점을 두지 않고 바둑판에 돌을 놓는 것에만 온 신경이 집중된다면 지든 이기든 재미없을 리 없다.

이 정도쯤은 쉽게 극복할 수 있을 터인데…… 무엇이 그를 완전한 상태로 이끌지 못하는 것일까?

그의 성장을 가로막는 게 무엇인지 궁금했다. 그래서 툭 찔러봤다. 대답 여하에 따라서 마음속에 깃든 장벽을 짐작할 수 있지 않을까 하는 기대를 가졌다.

한데 대답을 하지 않는다.

본인 스스로 물음의 뜻을 짐작하고 숨긴 것이다. 장벽이 무엇인지 본인만 알고 있겠다는 뜻이다.

딱! 따악!

바둑돌이 놓였다.

약속된 한 달이 지났다.

그동안 세 사람은 아주 평온하게 지냈다.

봄이 되자 풀이 자라고 꽃이 피었다. 나비도 날아다니고, 벌도 활개를 친다.

계야부는 민들레를 보았다.

노란 꽃잎이 춥기만 했던 겨울을 잊게 해준다.

천중일기가 염려한 마음속의 장벽…… 그도 그것을 인식했다.

사약란, 그리고 시각랑.

그는 내공을 잃었지만 무공을 사용할 수 있다. 할위막사가 비무를 청할 정도로 고절한 무공을 쓴다.

변한 것이 없으니 지금이라도 무림으로 돌아가고 싶다.

제일 염려되는 것은 시각랑이다.

사약란은 음양합일영기를 얻었으니, 위험은 없고 축복만 있다. 향후 얼마나 발전하느냐는 오로지 그녀의 노력 여하에 달려 있다.

하나 시각랑은 다르다.

그들은 공격을 받는다. 지상에서 완전히 지워 버리기로 작심하고 달려들 놈들이라서 상대하기가 벅찰 것이다.

지금이라도 당장 하정성으로 달려가야 한다.

그는 그러려고 했다. 할위막사가 원하는 비무를 빨리 해치우고, 부리나케 달려갈 생각이었다.

그러다가 어느 한순간, 생각을 바꿨다.

'민들레가 필 때까지……'

할위막사의 말을 빌리자면 자신은 죽은 것으로 되어 있다. 사약란에게는 먼 길을 떠난 것으로 말했고, 누군지 모를 자에게는 시신을 확인시켜 주었다.

계야부는 죽었다.

다시 말해서 시각랑은 벌써 공격을 받았다는 말이다.

죽을 자는 죽었고, 억세게 운이 좋은 자들은 살아남았으리라.

그가 하정성으로 달려가도 할 일이 없다. 아니, 무의미한 싸움만 잔뜩 일으킨다.

‘누군지 모를 자’ 는 이제 그가 필요없다.

계야부와 시각랑은 지상에서 지워 버리는 것이 편하다.

많은 무인들이 공격해 올 것이다. 죽여도 죽여도 끝없이 밀려들 것이다. 인해전술(人海戰術)이 무엇인지 뼈저리게 절감할 것이다. 중원은 피로 물들고 들판에는 시신이 쌓이리라.

그들이 누군가?

바로 중원무림의 살이요, 뼈다.

공격해 오는 자들이 안선이든 무총이든 상관없다. 명문정파든 사파, 마두이든 개의치 않는다.

자신이 죽여야 할 자들은 죽지 않으면 무림을 굳건히 받쳐 줄 동량들이다.

그런 싸움을 할 것이 아니라 뿌리를 뽑아야 한다.

일단 안선을 무너뜨린다.

일교사부터 십교사까지 최상층의 두뇌들을 한꺼번에 끌어내린다.

안선에는 또 끌어내릴 사람이 있다. 교사들이 대공으로 받들어 모시는 자도 일망타진(一網打盡) 속에 포함시킨다.

안선을 끝낸 후에는 ‘누군지 모를 자’ 를 끝낸다.

할위막사는 많은 이야기를 해줬다.

덕분에 모르던 부분을 많이 알게 되었다. 평소 의아해하던 사실들을 정확하게 알았다.

사약란이 어떻게 해서 화화구중을 갖게 되었는지 알았다.

누가 화화구중을 복용시켰는지, 그리고 화화구중을 용해시킨 후에 어떤 모습으로 변모하는지까지 소상하게 들었다.

사약란의 일생이 어떻게 변할지를 논외로 하면, 무총 총주의 입장을 이해할 수 있다. 그녀가 자신의 부인이니 용서가 되지 않지만 말이다.

'누군지 모를 자'는 무총의 계획을 무력화시켰다. 안선을 도운 것도 아니다. 안선의 뜻대로라면 자신이 서인을 통해서 음양합일영기를 받아들였어야 하는데, 반대로 흘러갔으니 양쪽 다 닭 쫓던 개 지붕 쳐다보는 격이 되었다.

그는 누구이며 무엇을 원하는가.

그의 목적이 무엇이든 상관없다.

그마저 침묵시킨다. 하면 무림은 조용해진다.

사약란의 뜻이 어떤지 알 수 없지만 조용한 곳에서 한평생 평온하게 살 수 있게 된다.

계야부는 민들레가 필 때까지 한 달이란 기간 동안 뇌옥 속에서 살았다. 사약란이 염려되고, 시각랑이 걱정되지만 이를 악물고 불편한 마음을 숨겼다.

자신이 죽은 것으로 되어 있다면 그렇게 믿게 만든다.

기다린다. 기다린다. 기다리고 기다린다. 어둠 속에 숨어 있는 자가 먼저 움직일 때까지 모든 것을 놓고 기다린다.

이것이 그의 마음속에 깃들어 있던 장벽이다.

"민들레가 피었군."

할위막사가 가까이 다가서며 말했다.

계야부는 할위막사와 마주 섰다.

그는 무림을 모른다.

군을 떠나 무림을 돌아다닌 지 꽤 오래되었는데 아직까지도 무림이 어떤 곳인지 모르겠다.

군대처럼 단순한 곳은 아니다.

하나라고 말하면 하나고, 둘이라고 말하면 둘이 되는 세상과는 거리가 멀다.

아니다. 이건 꼭 무림만의 이야기가 아니다.

군대에도 음모와 계략이 난무한다.

복잡하지 않게 사는 사람이 있는가 하면 아주 간단한 일도 복잡하게 만드는 자가 있다.

사람 사는 곳이면 어디나 마찬가지다. 자신에게 맞춰서 살면 간단한 것이고, 다른 사람에게 맞춰서 살면 복잡해진다.

군에서는 자신에게 맞춰서 살았다.

장군들이 뭐라고 하든, 그들 사이에 무슨 이야기가 오가든 상관하지 않았다. 자신은 오로지 명령받은 일만 수행했다. 뇌물이 어떠니 저떠니 하는 말들은 듣지도 않았다.

무림에서도 그렇게 살았다고 생각한다.

아니었다. 온갖 복잡한 일들을 세세하게 귀담아듣고 살았다. 보고 들었을 뿐만 아니라 타인의 뜻에 맞추려고 노력까지 했다.

그 결과, 지금까지 손에 쥔 것이 전혀 없다.

안선은 여전히 오리무중인데 주위에서는 온갖 변화가 일어난다.

군대로 말하면 침투도 하지 않고 군막 안에 틀어박혀서 알지 못할 자들과 온갖 싸움을 한 격이다.

그동안 참 많은 사람을 죽였다.

나중에 저승에 가면 단단히 곤욕을 치르겠지만 그들을 왜 죽였는지 모르겠다.

주적(主敵)이 누구인가.

지금까지는 안선이라고 생각했는데, 할위막사의 말을 들어보니 안선과 더불어서 또 다른 자가 있는 것 같다.

복잡하다. 정말 복잡하다.

계야부가 할위막사를 쳐다보며 말했다.

"비무입니까, 결전입니까?"

"결전이라고 말하면 죽이겠다는 뜻으로 들리는군."

"능력이 닿을지 모르겠습니다."

"많이 컸구나. 동정호에서 봤을 때는 마주 설 생각조차 못했던 것 같은데."

"제가 생각해도 정말 많이 컸습니다."

계야부는 시종일관 담담했다.

그에게서 격정이 사라졌다. 흥분, 들뜸, 분노…… 싸움 중에 허점을 만들 만한 요소가 말끔히 지워졌다.

살의까지 지워진 것은 아니다. 담담함 속에 죽음의 기운이

일렁거린다. 한데 그 죽음의 기운이란 것이 할위막사 정도의
고수가 아니면 발견하지 못할 정도로 깊숙이 숨겨져 있다.

　어느 사람이 보면 계야부는 싸움에 임하는 사람 같지 않다.
지금은 대화를 나누는 중이고, 싸움이 시작되면 그때야 비로
소 마음의 준비도 하고 운기도 할 사람처럼 보인다.

　아니다. 그는 언제든 출수할 수 있다.

　그는 마음속으로 이미 죽음을 선택했다.

　싸움이 시작되면 죽이던가 죽던가 둘 중 하나만 남는다.

　할위막사가 할 일이라는 것은 싸움이 시작되기 전에 목숨까
지 걸 만한 싸움이 아니라고 설득하는 일이다.

　우습지 않은가? 새까만 후배에게 목숨을 구걸하게 되다니.

　할위막사가 물었다.

　"왜 그런 생각을 하게 됐나?"

　"……?"

　"죽음. 나는 읽었네. 싸움이 시작되면 자넨 가차없이 손을
쓸 거야. 반드시 내 목숨을 취하기 위해 최선을 다하겠지. 우
린 지금까지 잘 지냈다고 생각하는데, 왜 그런 생각을 했나?"

　"적인지 아닌지 불분명하기 때문입니다."

　"뭐라?"

　"지금 이 순간 할위막사께서는 혼자 몸이 아닙니다. 동정호
오대고수를 대표하고 있는 거지요. 할위막사께서 죽음을 선택
하시면 동정호 오대고수가 모두 죽게 됩니다."

　"적이 아니라는 걸 증명하란 말이군."

"필요없다고 생각하시면 굳이 하실 필요는 없습니다."

할위막사가 눈을 가늘게 뜨고 계야부를 쳐다봤다.

한구석에서 쪼그리고 앉아 두 사람을 지켜보던 천중일기도 뜻밖의 말에 피식 실소를 지었다.

"할위막사, 그놈 버릇 좀 고쳐 놔야겠어. 많이 컸다, 많이 컸다 하니까 정말 많이 큰 줄 알고 설치는데, 아주 눈꼴시어서 못 봐주겠어. 버릇 좀 단단히 고쳐 놓으라고."

계야부는 천중일기 말에 신경 쓰지 않았다. 할위막사도 담담히 웃을 뿐, 대답하지 않았다.

할위막사가 결정을 지었다.

"천중일기도 저렇게 말하니 어쩔 수 없이 네 버릇을 고쳐 놔야겠구나. 우선 싸움부터 하자. 이왕 싸울 것 화끈하게 싸우는 것이 좋겠지. 결전으로 하자."

계야부의 눈에 기광이 스쳐 갔다.

자신에게 무공이 돌아왔다. 그리고 그 사실을 두 사람도 안다.

죽음의 살기를 쏘아 보냈다.

아주 살짝, 깊숙이 숨겨서 언뜻언뜻 비쳤다.

이 사람들은 적이 아니다. 적이라면 지난 한 달 동안 그리 지낼 수 없다. 죽일 기회가 수십 차례는 더 있었는데 살의라고는 한 번도 느끼지 못했다.

이들이 자신에게서 유일하게 흥미를 느끼는 것은 각성이다.

이들은 공의 무공이라고 말하는데, 명칭이야 어떻든 자신의 무공에 굉장히 깊은 관심을 갖는다.

오직 그것뿐이다.

그것 때문에 비궁에서 다 죽어가는 자신을 살려냈다.

시신을 바꿔치기해서 누군가의 시선으로부터 가려준 것은 작은 호의에 지나지 않는다.

어딘가에 매인 사람이 아니라 천하에서 가장 자유로운 사람들이다.

무림사가 어떻게 쓰이든 상관하지 않는다. 무공을 수련했으되 싸우지 않는다. 그들의 관심은 오직 무공에 있을 뿐, 권력이나 영욕에 관계치 않는다.

중원에는 이런 사람들이 많다.

성오존자가 그렇다. 무당파의 벽운 도인, 유가의 일휴문사도 그런 사람들이다.

한 달 동안이나 한솥밥을 먹고살았는데 어찌 이들을 모르랴.

그럼에도 살기를 쏘아낸 것은 이들이 아니면 그 '누구나' 의 정체를 알 사람이 없다고 생각했기 때문이다.

이들은 일찍부터 제삼자의 존재를 눈치챘다. 그러니 시신 바꿔치기도 할 수 있었다.

그 대답을 듣고 싶었는데, 그냥 싸우잔다. 결전으로.

'일목!'

패애애앵!

전신이 바람에라도 날릴 듯 가벼워졌다.

할위막사는 쌍수도를 들었다.

날의 길이만 다섯 자에 이르는 중병을 한 손으로 잡고 좌우로 휘둘러 본다.

“선공(先攻)하겠나?”

“사양하지 않겠습니다.”

계야부는 말이 끝남과 동시에 신형을 띄웠다.

타타타타탁!

두 발이 종종걸음을 치며 앞으로 달려나갔다.

보폭이 굉장히 짧다. 한 걸음이면 될 거리를 두 걸음에 옮긴다.

평상시 사용하던 신법이 아니니 본인 스스로도 익숙하지 못해서 뒤뚱거린다.

왜 이런 신법이 튀어나왔을까?

궁금해하지 마라. 각성을 믿어라. 즉, 자신을 믿어라. 절대적인 정신을 믿어라.

쒜에엑!

할위막사가 달려오는 계야부를 베었다.

타타타닥!

계야부는 쌍수도를 향해 달려들었다.

할위막사의 쌍수도는 무조건 피해야 한다. 명도(名刀) 중의 명도이며, 할위막사의 내공까지 가미되어 가로막는 것은 뭐가 되었든 잘라 버린다.

계야부는 삼 척 장검 한 자루를 들고 쌍수도 속으로 뛰어들었다.

꽈꽈꽈광!

쌍수도에서 천둥치는 소리가 울렸다.

공기를 가르는 파공음인데, 소리가 도의 속도를 따라오지 못하고 뒤에서 터진다.

쒜에엑!

계야부가 검을 들어 올렸다.

"엇!"

옆에서 지켜보던 천중일기가 깜짝 놀라 소리쳤다.

할위막사의 쌍수도에 정면으로 부딪친다는 것은 자살 행위나 마찬가지다. 그런 일은 동정호 오대고수 중 누구도 하지 못한다. 총주? 총주 정도 된다면 모를까.

까앙!

쌍수도과 삼 척 장검이 정면으로 부딪쳤다.

그 순간, 도와 검은 하나가 되어 찰싹 달라붙은 것처럼 보였다. 그 어느 쪽도 밀리는 것이 없이, 힘을 주는 것도 없이 그림에 그려진 듯 딱 고정되었다.

하나 팽팽한 균형은 곧 갈라졌다.

싸아악!

쌍수도가 삼 척 장검을 잘라 버렸다. 아주 쉽게, 지극히 짧은 순간에……. 그리고 남은 여세를 몰아서 곧바로 계야부의 상반신을 두 동강 냈다.

찰나 만에 일어난 일이다.

계야부의 상반신이 두 동강 났다. 왼쪽 어깨에서부터 오른쪽 옆구리까지 싹 갈라졌다.

할위막사의 눈에도, 천중일기의 눈에도 그렇게 보였다. 그 순간,

타타타탁!

방정맞은 발걸음 소리가 두 사람의 귓전을 후려쳤다.

이건 실로 뜻밖이다. 어찌 환청이 들릴까? 계야부의 신법이 너무 독특해서 인상이 깊었던 것일까?

할위막사는 본능적으로 뛰어나갔다. 옆을 볼 것도, 뒤를 볼 것도 없다. 무조건 앞으로 뛰었다.

쉬익!

날카로운 경풍이 등을 스쳐 갔다.

조금만 반응이 늦었어도 일격을 당할 뻔했다.

마의반와(螞蟻盤窩)였다. 귀영십삼식 중의 마지막 십삼식인 마의반와가 엉뚱하게 표현되었다.

일종의 환몽(幻夢)이다.

계야부가 내공을 쓰지 못한다는 점에 너무 집착했다. 공의 무공만 생각했다. 그것으로 옛 초식을 쓴다는 생각은 전혀 하지 못했다. 공의 무공을 알지 못하기 때문에 생긴 착각이다.

이제는 안다!

쒜에엑!

할위막사의 쌍수도가 뒤를 향해 쏘아졌다. 신형은 어느새 돌려졌고, 검에는 무궁한 진력이 실렸다.

"컥!"

계야부가 단말마의 비명을 토해냈다.

그는 할위막사의 공수 전환이 이토록 빠를 줄 몰랐다는 듯 눈을 부릅뜨며 놀란 표정을 지었다. 하나 그 순간에 쌍수도는 목을 쳐냈고, 그의 머리가 허공에 둥실 떠올랐다.

'또!'

할위막사는 또 한 번 환몽에 걸려들었음을 직감했다.

마의반와는 개미가 집을 옮긴다는 뜻이다. 진파를 일으켜 형체를 만들어놓고 본신은 살며시 빠져나간다.

할위막사가 계야부를 찾기 위해 신경을 곤두세웠다.

타타타탁!

역시 종종걸음 소리다.

이 종종걸음이 마의반와를 만들어낸다.

정상적인 귀영십삼식이 아니라 공의 무공으로 펼치는 마의반와이기에 시전 방법이 다른 것이다.

종종걸음이 주(主)가 아니다. 소리가 주(主)다.

상대의 모든 신경을 청각에 얽매이게 만드는 공의 무공이다.

귀로 발걸음 소리를 듣는다. 그러면 뇌는 즉시 반응한다. 적이 나타났으니 쳐야 한다고 말한다.

그동안 계야부는 다른 방향으로 이동한다.

할위막사가 허성을 향해 쌍수도를 쳐낼 때, 그는 유유히 등을 가격한다.

할위막사의 눈과 귀를 가리고 싸우는 것과 마찬가지다.

그럼에도 그의 공격이 먹혀들지 않는 것은 내공이 없기 때문이다. 가격 순간은 육신의 힘이 들어가야 하고, 그러자니 마음만큼 속도가 받쳐 주지 않는다.

이것 역시 계야부가 스스로 극복해야 할 문제다.

할위막사는 종종걸음 소리가 들리는 반대 방향을 향해 쌍수도를 쏘아냈다.

뇌가 급히 명령을 내린다.

'그쪽 방향이 아냐! 반대 방향이야! 죽어! 죽는다고!'

할위막사는 심마(心魔)를 비웃으며 도를 썼다.

쒜에엑!

쌍수도가 계야부의 목에 걸렸다.

이번에는 환몽이 아니라 살과 뼈로 이루어진 진짜 목이 걸렸다.

"잡은 것 같군."

"운이 좋으셨습니다."

"결전이라고 했지?"

"이만 가도 되겠습니까?"

"후후후! 오만하구나. 내가 죽이지 못할 것이라고……."

"제 무공이 어떻게 발전할지 보고 싶으시지 않습니까? 한평생 공의 무공을 좇았는데 이루지 못했다. 한데 저놈은 어린 나이에 어떻게 얻었을까? 공의 무공이 정말 그토록 강한 것일까?"

"우직한 놈인 줄 알았더니 여우같은 놈이었군."

"한마디만 더 듣겠습니다. 오대고수, 믿어도 되는 겁니까?"

"믿지 마라."

계야부의 눈에서 신광이 번뜩였다.

이건 뜻밖의 말이다. 당연히 믿어도 좋다는 말이 나올 줄 알았는데, 정반대의 말이 나왔다.

"오대고수는 천하를 제패할 무공을 지녔지. 암! 제패할 수 있고말고. 지금 너와 겨룰 때 난 초식을 사용하지 않았다. 너의 무공을 보기 위해서 감각만을 활용했지. 초식을 사용했다면 지금보다 서너 배는 어려웠을 것이다."

계야부가 고개를 끄덕였다.

이미 짐작하고 있었다. 동정호에서 싸울 때와 조금 달랐다. 아니, 많이 달랐다. 그때는 쌍수도에서 묘한 변화가 감지되었는데, 이번에는 막기 좋게 일직선으로 내려왔다.

오직 속도만으로 싸운 것이다.

"그만한 무공을 지닌 사람들이니 야망인들 없을까. 나와 이 친구, 우린 너의 무공을 보겠다. 언제까지 볼 수 있을지 모르지만 아마도 우리가 죽든 네가 죽든 끝까지 보지 않을까 싶다. 잘 발전시켜라."

할위막사가 쌍수도를 거두고 돌아섰다.

"버릇 좀 단단히 고쳐 놓으라니까."

"내공도 없는 놈, 툭 치면 어디 금 갈 것 같아서."

"그렇지?"

"정신 바짝 들었을 걸세."
"요즘 놈들은 버릇이 없어서 탈이야. 쯧!"
천중일기와 할위막사가 두런거리며 걸어갔다.

3

계야부는 두 사람의 모습이 까마득히 멀어진 후에도 좀처럼 움직이지 못했다.

할위막사는 이 시대 최강의 무인이다.

그런 사람에게 패한 것은 흠이 될 수 없다. 오히려 그런 사람이 비무를 원했다는 자체에 긍지를 느껴야 한다.

한데도 계야부는 뭔가 허전한 느낌을 지우지 못했다.

이길 것이라고 생각했다.

한 달에 걸쳐서 공의 무공을 충분히 수련했다.

육신을 내려놓고, 정신을 내려놓고…… 아무 생각도 하지 않으면서 깨어 있는 상태를 유지한다.

처음에는 일다경을 버티기 힘들었다.

일정한 시간이 지나면 자신도 모르게 어떤 생각이 들었다.

'사약란은 잘 있을까?'

'자식들…… 괜찮겠지.'

'할위막사…….'

이 모든 생각을 지워야 하고, 지울 줄 알면서도 시간이 지나면 자신도 모르게 생각이 스며든다.

무념의 시간을 늘려 나갔다.

바둑은 상당한 도움이 되었다. 바둑판을 보면서 몇 수 앞을 그려보는 것이 아니라 무념을 유지하기 위해 애썼다.

바둑은 어떻게 흐르든 관계없다. 어차피 승패를 초월한 바둑이다. 천공일기 같은 사람에게 이길 마음을 가졌다면 기도가 상당히 높은 사람이다.

한 시진…… 두 시진…….

침묵한다. 고요히 가라앉는다. 그리고 나를 본다.

어렵지 않다. 이것만 지키면 된다. 이런 상태에서 원하는 것을 그려 나간다.

준비는 착착 완성되었다.

한 달이 지날 무렵, 그는 무념의 상태에서 걷기도 하고 뛰기도 했다. 바둑도 두고, 청소도 했다.

어떠한 행동을 개입시키면 정신이 분산될 줄 알았는데, 정신은 올곧이 유지되었다.

할위막사와의 싸움이 기대되었다.

처음에는 내공 잃은 몸으로 그 같은 사람하고 어떻게 싸우나 하는 생각을 했지만, 비무가 다가올 무렵에는 몇 초 만에 끝낼까로 생각이 바뀌었다.

동정호 오대고수가 적이라면 어떻게 할까?

터무니없이 강한 상대들이지만 죽여야 한다.

그 생각을 하면서 살기를 키웠다.

할위막사 앞에서 선보인 살의는 꾸준한 연습의 결과다.

오대고수 전부가 적이라면 모두 죽인다. 그러기 위해서는 당장 가장 가까이에 있는 할위막사와 천중일기부터 죽인다. 두 사람의 절대 무인을 일수에 죽인다.

가능한가?

중원 무인들에게 이 질문을 던지면 당장 미친놈 소리가 튀어나올 게다.

계야부는 가능하다고 봤다.

각성이 말한다, 불가능한 것은 없다고.

인간은 올곧이 생각만 하면 뭐든 다 이룰 수 있는데, 이루려고 하지 않는다고.

돈을 많이 벌기 위해서는 부지런히 움직이는 것만으로는 부족하다. 성실하고 근면한 사람들이 반드시 잘사는 것은 아니다.

자신이 부자라는 사실을 믿어야 한다.

부자가 될 것이라고 계속 다짐을 반복해도, 무의식이 '내가 어떻게 부자가 되겠어?' 이 한마디만 하면 모든 각오가 무위로 돌아간다.

무의식이 그런 말을 못하도록 각인을 되풀이한다.

각성 상태에서 각인하라. 원하는 것은 뭐든 얻는다.

할위막사를 이긴다. 지지 않는다.

그런데 졌다. 졌다!

하루, 이틀, 사흘, 나흘…… 날이 지나갔다.

그의 생활은 변함없었다.

할위막사와 천중일기만 없을 뿐, 예전의 그와 다를 바 없었다.

아침에 일어나면 씻고 가벼운 산책을 한다. 그리고 돌아와 묵상을 한다.

점심때까지 세 번의 묵상을 더 한다.

육신과 사념을 최소 시간 안에 버려야 한다.

일목!

마음속으로 한마디만 내뱉으면 그 즉시 모든 것이 사라지고 정신만 깨어 있는 상태가 되어야 한다.

이런 것은 수련을 통해서만 얻을 수 있다.

점심을 먹은 후에는 해가 질 때까지 산책을 한다.

한 걸음 걷고 주위를 둘러보고, 두 걸음 걷고 세상을 다시 본다.

길가에 놓여 있는 돌멩이 하나, 나무 한 그루…… 모두 새로운 눈으로 본다.

육신의 눈이 아닌 각성의 눈이다.

오감은 철저히 죽인다.

차가운 바람이 분다. 살을 엔다. 하면 살은 오돌토돌 돌기를 내세운다. 살의 신호를 받은 뇌가 춥다는 것을 인정한다.

천만에! 인정하지 않는다.

살이 전해오는 감각을 차단한다. 살은 춥다고 말해도 정신은 따뜻하다고 말한다.

어느 것이 이길까?

당연히 살이 이긴다. 오감으로 느끼는 감각이 정신을 누른다.

보통 사람들이 이렇게 살고 있다. 거의 대부분의 무림 고수가 이런 방식으로 산다.

이런 현상을 뒤집는 것이 오후 산책의 목적이다.

촉각만 뜯어고치는 게 아니다. 시각이나 후각, 청각, 미각까지도 달라져야 한다.

눈이 내리는 것을 본다. 시각이다.

한데 시각에서 본 것이 뇌에서는 다른 신호로 받아들일 수도 있다.

춥겠구나!

이 신호를 자신이 원하는 쪽으로 바꿀 수 있어야 한다.

오감에 의존하지 않는다. 감각을 믿지 않는다.

저녁을 먹은 후에는 실전 수련을 했다.

정신 무공은 감나무 껍질을 뜯어낼 정도로 강력한 힘을 발휘한다. 환몽을 일으킬 정도로 빠른 속도도 일으킨다. 한데 이 두 가지가 합쳐지면 이것도 저것도 아닌 것이 된다.

숙련의 문제다.

한 가지 명령을 내릴 때는 각성할 수 있는데, 두 가지 명령을 동시에 내리니 각성이 흐트러진다.

두 가지, 세 가지, 네 가지…… 빠름, 파괴력, 변화…… 이 모

든 것이 총체적으로 어우러져서 일시에 터져 나올 수 있어야
한다.

'일목!'

타앗! 드드득!

손이 땅을 훑었다.

땅에는 호미로 판 듯한 도랑이 생겼다.

할위막사와 비무를 할 때 이 정도의 속도와 힘만 나와주었
어도 결과는 달라졌을 텐데.

'일목!'

"큭!"

이번에는 땅이 파이지 않고 손가락이 부러질 듯 아팠다.

방금 전에 공의 무공을 쓰면서 할위막사를 떠올렸다. 정신
분산이다. 하니 공의 무공이 흩어지고 손가락만 남는다. 부러
지지 않은 것이 다행이다.

내공을 잃었다. 단전 진기를 쓸 수 없다.

이 부분, 어떻게든 보완해야 한다. 할위막사와의 비무에서
도 알 수 있듯이 타격 순간을 잡아도 제대로 타격이 이뤄지지
않았다. 역시 내력이 깃들지 않은 육신의 힘만으로는 싸울 수
없다.

손가락이 부러지고 손톱이 빠져도 수련을 중단할 수는 없
다.

'실전의 움직임이 배어 나올 때까지! 일목!'

"큭!"

제길! 또 딴생각을 했다. 수련을 하면서 수련을 열심히 해야 한다는 생각을 하다니!

자신이 알고 있는 모든 초식을 세세하게 생각했다.

그동안 수련했던 초식은 물론이고, 싸우면서 상대가 썼던 초식들까지 기억나는 것은 모두 그렸다. 그리고 그 그림들을 상궁(上宮)에 숨어 있는 나에게 보냈다.

아는 사람을 죽이던 광경, 모르는 사람을 살상하던 광경을 생생하게 되살렸다.

그 속에도 초식이 숨어 있다.

초식은 깊이있게 연구해야 한다.

정신 무공은 육신의 무공과 달라서 초식을 일일이 수련할 필요는 없다. 하나 전혀 모른다면 쓰지 못한다. 아는 것이 많아야 그중에 최적합한 것을 골라서 쓴다.

적합한 초식의 여부는 어떻게 구분하는가.

자신이 구분할 필요가 없다. 자신은 각인(刻印)만 시키면 된다. 모든 건 내 안에 숨어 있는 내가 해결한다. 각성이 재빨리 상황을 판단하고 명령을 내리니 안심해도 좋다.

흔히 여인은 약하나 어머니는 강하다고 한다.

어머니는 자식을 안전하게 돌봐야 한다는 생각을 많이 하기 때문일까? 아니다. 절대 아니다. 아기의 얼굴을 보면서 이 아기를 안전하게 키워야지 하고 다짐하는 일이 몇 번이나 되는지 헤아려 보라.

.대부분의 어머니가 그런 다짐은 거의 하지 않는다.

단지 사랑한다. 아주 깊이 사랑한다. 본인도 모르는 사이에 각성이 사랑을 느끼고 받아들인다.

보호는 사랑의 일환으로 나온 것이다.

수레가 어린아이를 덮친다. 이를 본 어미가 달려들어 수레를 가로막고, 들어 올린다.

아이를 사랑한 어미가 초인적인 힘을 낸 경우다.

이때 어미는 무슨 생각에서, 어떤 신법을 써서 수레를 가로막았을까? 어떤 내공을 써서 수레를 들어 올린 것일까? 평소 수련은 얼마나 열심히 했나.

상당한 우문(愚問)이다.

각성은 이 모든 과정을 알아서 해준다.

순식간에, 본능적으로 내리는 명령을 따르기만 하면 된다.

무인의 경우에는 간단한 행동으로는 절묘한 초식을 감당할 수 없다. 그러니 각성이 충분히 대응할 수 있도록 싸울 도구를 마련해 주어야 한다.

이게 정신 무공에서 추구하는 초식의 개념이다.

잠을 자면서도 초식 꿈을 꿀 정도로 몰입한다. 그래야 뼈에 각인된다. 육신의 무공으로 초식을 수련할 때도 무의식중에 본능적으로 쓸 수 있을 만큼 부단히 수련한다.

무의식중에 본능적으로…… 이것이 정신 무공이다.

그런 면에서 육신으로 초식을 수련하는 것도 빨리 각인시킬 수 있는 방법 중의 하나다.

예전에는 몰랐던 것들이 보인다.

조금만 바꾸면 훨씬 훌륭해질 것 같은 초식들이 줄을 잇는
다.

한 달에 걸쳐서 공의 무공을 수련했다.

진기를 사용하는 것만큼 정신 무공을 능숙하게 펼칠 수 있
게끔 상궁을 발달시켰다.

할위막사와 비무할 때는 정신 무공, 일명 공의 무공을 제대
로 활용하지 못했다. 거기에는 많은 이유가 있지만 공의 무공
을 어떻게 써야 하는지 사용 방법을 몰랐던 것이 가장 큰 이유
다.

이 부분을 기술해 놓은 책자는 없다.

경험자는 더더욱 없다.

정신 무공은 상당히 고차원적인 상승 무공이다. 어떤 면에
서는 육신 무공의 끝이라고 할 수도 있다. 중원에 산재한 수많
은 절학들을 불쏘시개로 만드는 기막힌 무공이다.

이런 무공을 가진 자가 누군가?

자신이 최초라고는 생각하지 않는다. 누군가는 각성을 했을
것이다. 지금도 세상 어딘가에서 각성을 바탕으로 활기찬 삶
을 살고 있을 것이다.

그들을 찾으면 도움이 될까? 아무 도움도 되지 않는다.

공의 무공은 어떤 방식으로 각성했느냐에 따라서 사용 방법
이 달라진다.

육신의 무공은 종종 산을 올라가는 것에 비유된다.

정상으로 올라가는 길은 여러 군데이나 정상에 올라서면 모든 길이 한눈에 보인다고 한다.

만류귀종(萬流歸宗)이다.

정신 무공은 정반대다.

어떤 각성을 하느냐에 따라서 가는 길이 완전히 달라진다.

무인이 무공에 관점을 두고 각성했다면 당연히 아주 강한 무인이 된다. 승려가 자비에 관점을 두었다면 무인의 세상과는 완전히 다른 길을 간다.

무인과 승려는 같은 각성을 이루었으되 가는 길은 전혀 다르다.

이것이 정신 무공이다.

이런 연유로 각성한 사람이 꼭 무림에만 있으란 법은 없다.

학문을 하는 사람 중에 깨친 자가 있을 수 있다. 승려나 도인 중에 있을 가능성은 매우 높다.

어쩌면 성오존자나 벽운 도인이 이런 경지에 이르렀는지 모른다.

그들의 행동으로 추측해 볼 때 각성을 이루었을 가능성이 매우 높다. 하나 그들의 각성과 자신의 각성은 매우 다르다.

성오존자나 벽운 도인은 무공에 뜻이 없다.

평생 무공과 씨름하며 살아온 삶이었지만 각성한 후에는 삶의 방향을 바꿔 버렸다.

그들이 깨친 자임에도 불구하고 무림제일인이 되지 못한 까

닭이다. 아니, 무림제일인이라는 허명 같은 것은 아예 머릿속
에서 지워 버린 결과다.
　이 분야, 자신이 제일이라는 확신을 가지고 나아가야 한다.
　'내가 제일이다' 라는 생각을 할 필요도 없다. 그런 생각은
백 번 해봤자 아무 도움도 되지 않는다. 뼛속 깊숙이에서 울려
퍼지는 울음이 아닌 이상 현현(現現)은 이뤄지지 않는다.

　계야부는 한 달을 더 머물렀다.
　할위막사와의 비무는 절정 무공을 전수받은 것만큼이나 큰
도움이 되었다.
　'나는 죽은 자, 이제부터는 내가 숨은 자다.'
　햇볕이 제법 따가워진 오월 초순, 그는 방갓을 깊이 눌러쓰
고 할위막사와 천중일기의 임시 거처를 떠났다.

『패군』 12권에 계속…

天魔海
천산마제
일륜
新무협 판타지 소설

마계대공 연대기

김광수
퓨전 판타지 소설

Darkness Duke Chronicle

"여기가 마계라굽쇼!"

모태솔로의 저주를 풀기 위하여 눈물겨운 투쟁을 벌이는 강찬우.
벼락 맞고 갑자기 소환된 마계에서 만난 최상급 마족 미소녀
세를리아의 소환수 1호가 되어 벌이는 좌충우돌 대서사시.
그 누구도 깨닫지 못한 고대 마법의 힘을 얻어 마계와 중간계,
천계와 환수계, 정령계를 넘나들기 시작하는데……

행복 꽃사슴 농장 농장주가 되기를 소박하게 꿈꾸는 강찬우.
신들의 비밀을 파헤치고 앞을 막아서는 모든 것들에 강철주먹을 날리며
대륙의 지존영웅이 되어간다.
천상천하 유아독존 마계대공이라는 이름으로……

Book Publishing CHUNGEORAM

풍림화산

임영기
新무협 판타지 소설

천당에서 지옥으로 질풍노도처럼[風] 거지에서 대살수로 웅크린 숲처럼[林]
복수의 화신으로 불길처럼[火] 악마에서 영웅으로 거대한 山이 된다.

풍림화산(風林火山)

한 사나이의 파란만장한 대역정이 웅장하고 장렬하게 펼쳐진다.

유행이 아닌 자유추구 -
WWW.chungeoram.com
Book Publishing CHUNGEORAM